本书为北京市社会科学基金项目"13—19世纪中期日本文学中的中国形象研究"（项目编号：20WXC014）成果

光明社科文库
GUANGMING DAILY PRESS:
A SOCIAL SCIENCE SERIES

·文学与艺术书系·

13—19世纪中期
日本文学中的中国形象研究

张静宇 | 著

光明日报出版社

图书在版编目（CIP）数据

13—19世纪中期日本文学中的中国形象研究 / 张静宇著. -- 北京：光明日报出版社，2025.4. -- ISBN 978-7-5194-8666-2

Ⅰ.I313.06

中国国家版本馆CIP数据核字第2025HB1595号

13—19世纪中期日本文学中的中国形象研究

13—19 SHIJI ZHONGQI RIBEN WENXUE ZHONGDE ZHONGGUO XINGXIANG YANJIU

著　　　者：张静宇	
责任编辑：史　宁	责任校对：许　怡　李佳莹
封面设计：中联华文	责任印制：曹　诤

出版发行：光明日报出版社

地　　址：北京市西城区永安路106号，100050

电　　话：010-63169890（咨询），010-63131930（邮购）

传　　真：010-63131930

网　　址：http://book.gmw.cn

E - mail：gmrbcbs@gmw.cn

法律顾问：北京市兰台律师事务所龚柳方律师

印　　刷：三河市华东印刷有限公司

装　　订：三河市华东印刷有限公司

本书如有破损、缺页、装订错误，请与本社联系调换，电话：010-63131930

开　　本：170mm×240mm	
字　　数：166千字	印　　张：13.5
版　　次：2025年4月第1版	印　　次：2025年4月第1次印刷
书　　号：ISBN 978-7-5194-8666-2	
定　　价：85.00元	

版权所有　　翻印必究

目　录
CONTENTS

绪　论 …………………………………………………………… 1
　第一节　世界文学中的中国形象研究 ………………………… 1
　第二节　日本文学中的中国形象研究 ………………………… 3
　第三节　本课题研究的背景与目标 …………………………… 5

第一章　元日战争和日本文学中的中国形象（13—15世纪）……… 10
　第一节　元日战争和日本对元朝的认识 ……………………… 11
　第二节　日本五山禅僧笔下的中国形象——以《太平记》中
　　　　　的元日战争为中心 …………………………………… 18
　第三节　中国人物形象在日本的变迁 ………………………… 34
　本章小结 ………………………………………………………… 49

第二章　万历朝鲜战争和日本文学中的中国形象
　　　　（16—17世纪）………………………………………… 51
　第一节　万历朝鲜战争前日本遣明使的中国认识 …………… 52
　第二节　朝鲜军记中的中国形象 ……………………………… 64
　第三节　萨琉军记中的中国形象 ……………………………… 81

本章小结 …………………………………………………… 97

第三章　明清交替和日本文学中的中国形象
（17—18世纪前期）…………………………………… 99
　　第一节　明清交替和日本对清朝的认识………………… 100
　　第二节　明清军谈中的中国形象——以《明清斗记》
　　　　　　《明清军谈》为中心………………………… 107
　　第三节　日本郑成功故事中的中国形象………………… 115
　　本章小结 …………………………………………………… 134

第四章　国学的兴起和日本文学中的中国形象
（18世纪中后期—19世纪中期）………………………… 137
　　第一节　日本读本小说中的中国形象——以《三国演义》
　　　　　　的接受为中心………………………………… 139
　　第二节　日本政治思想中的《太平记》——以君臣形象的
　　　　　　重构为中心…………………………………… 153
　　第三节　浮世绘中的中国形象——以吕洞宾形象为例…… 168
　　本章小结 …………………………………………………… 181

结　语 …………………………………………………………… 183
本书内容发表的期刊 …………………………………………… 186
参考文献 ………………………………………………………… 187
后　记 …………………………………………………………… 208

绪 论

第一节 世界文学中的中国形象研究

　　形象学就是研究形象的问题，但比较文学形象学不同于一般文学史阐述中的形象研究，是探索一国形象在异国文学中的流变，即它是如何被想象、被塑造、被流传的，分析异国形象产生的深层社会文化背景，并找出折射在他者身上的自我形象。自20世纪80年代，经过法国学者的努力，形象学的理论体系和研究方法基本建立，成为比较文学研究中十分活跃的研究领域。20世纪90年代初，经北京大学孟华译介，形象学研究在国内兴起。1999年，乐黛云编著的《文化传递与文学形象》一书出版，该书是以外国学者研究论文为主的译文集，重点介绍了文化研究与文学形象研究之间的关联以及在国内外的最新发展。2001年，孟华主编的《比较文学形象学》的出版标志着国内形象学研究步入快速发展时期。

　　进入21世纪，世界文学中的中国形象研究涌现了一大批有价值的研究成果，相关理论也不断得以拓展。欧阳昱的《表现他者：澳大利亚小说中的中国人》（2000）、卫景宜的《西方语境中的中国故事》（2002）等研究西方文学中的中国形象。周宁的跨文化形象学研究起步于20世纪90年代，2004年出版了8卷本的《中国形象：西方的学说与传说》，2006年出版了2卷本的《天朝遥远：西方的中国形象研究》等。周宁还于2010年邀请各方面专家，主编出版了"世界的中国形象丛书"，包括《西欧的中国形象》《美国的中国形象》《俄罗斯的中国形象》《日本的中国形象》《阿拉伯的中国形象》《印度的中国形象》《非洲的中国形象》。此外，周宁等学者借助解构主义、新历史主义、后殖民主义、话语权力等理论，追溯作为一种知识和想象体系的"异国形象"是如何在本国的文化语境中生成、传播的，使形象学研究呈现出了多元化的话语空间特色。近年，周云龙在比较文学形象学的方法论上有着自己独特的思考与突破。其著作《别处的世界：早期近代欧洲旅行书写与亚洲形象》（2021）通过解析早期近代欧洲旅行书写中的亚洲知识状况及其生产机制，探讨亚洲在现代欧洲世界意识形成过程中发挥的意识形态功能；同时借助这项研究，检验并扩展比较文学形象学既有的观念与方法空间。这本专著突破了传统和常规的形象学的研究思路，不仅仅做表浅的亚洲形象的分析，而是深究近代欧洲生产这种东方/亚洲形象背后的机理（意指实践）。① 正如周云龙所言，形象学与后殖民批评的结合曾实现一次学术范型的转换。形象学未来的学术推进，势必仍然需要以吸收、整合其他人文研究的理论方法为契机，在学科之间的边界上促生新的学术生长点。例如，旅行书写研究、族裔文化批评、概念史等都是新兴的边缘或交叉领域，这些看似外在于形象学的研究，却内在地

---

① 陈戎女. 旅行书写：突破传统形象学的别样视角——评周云龙《别处的世界：早期近代欧洲旅行书写与亚洲形象》[J]. 学术评论，2022（2）：20-24.

为异域形象研究带来了诸多可能与新的空间。①

第二节　日本文学中的中国形象研究

日本的中国形象研究或中国观是学界的热点。相关研究成果无论是论文还是专著均较多，仅举与文学或多或少关联几例。以南开大学杨栋梁教授任总主编的《近代以来日本的中国观》（2012）用6卷本的篇幅，使用详尽的历史资料，历时性地考察了日本近代以来中国观的演变。在该丛书的总论中，杨栋梁将近代以来日本的中国观变迁概括为"质疑—蔑视—无视—敌视—正视—竞合"。谭建川的《日本教科书的中国形象研究》（2014）以历时性的时代变迁为线索，以典型的教科书文本为依据，对日本从古代至现代的教科书中的中国形象进行较为系统的历史性考察。这些成果虽然尽非日本文学中的中国形象研究，但研究方法以及部分文献资料对于本研究也具有一定的参考价值和借鉴意义。

国内学界开始关注日本文学中的中国形象是在21世纪之后，产生了一批重要的学术成果。吴光辉的《日本的中国形象》（2010）属于周宁主编的"世界的中国形象丛书"之一，该书将日本对中国的形象分置于"文化帝国""文化比较之对象""文化他者"三个基本内涵下，重点讨论了近代及战后日本人的中国形象，侧重于从思想史角度进行整体式的把握，主要涉及的是日本各时代的思想家或政治家对中国的看法。2006年，张明杰主编翻译了日本的一系列中国游记，在国内掀起

---

① 周云龙. 跨文化形象学的中国方法：超越后殖民"压抑假说"[J]. 文学评论，2022（6）：42-49.

了研究日本作家的中国游记中的中国形象热潮。其中，孙立春等著《日本近现代作家访华游记研究》（2016）对日本近现代的德富苏峰、夏目漱石、芥川龙之介等作家的中国游记进行了细致的文本分析，探求了游记中折射出来的日本近现代作家的中国观和中国形象。硕士、博士论文也以日本近代文学中的中国形象为研究对象，如李雁南的博士论文《近代日本文学中的"中国形象"》（2005）是国内最早使用比较文学形象学理论对明治时代以来日本作家笔下的中国形象进行整理分析的文章，认为近代中国形象来源于强大的意识形态作用下日本民族对中国的集体态度，折射出了日本民族的近代史。对于日本古代文学中的中国形象研究，大多是个别作家或个别作品中的中国形象等，或者一段时期内的中国形象，鲜有从整体上研究的。例如，庄佩珍、吴伟明、寇淑婷、董灏智等对杨贵妃故事、郑成功故事的研究，张哲俊的五山文学研究，等等，都有很大参考价值。

　　日本最早对于中国形象的研究，主要集中在近代文学研究上。中岛岭雄的《中国像の検証》（1972）、村松定孝和紅野敏郎等的《近代日本文学の中国像》（1975）、竹内实的《日本人にとっての中国像》（1992）等都是具有代表性的著作。其中，竹内实基于深刻的中国体验以及对中国的友好感情，对昭和年代从"满洲建国"到战败后"满蒙开拓团"撤离这一时期的文学作品以及历史实录进行解读。此外，还有竹内好、横光利一、佐藤春夫等作家中国观的一系列研究成果，不再一一列举。马场公彦的《戦後日本人の中国像—日本敗戦から文化大革命・日中復交まで》（2010）将研究视角放到1945年日本战败至1972年中日邦交正常化期间日本国内的论坛杂志以及综合性杂志上发表的文章，从这些文章中探寻日本人眼中的中国形象以及其"自画像"的变迁历程。

日本学界对中国形象的研究多从历史的角度，较少将文学作品纳入研究视野，如荒野泰典、村井章介等。对文学中的中国形象研究，小峰和明的论文《侵略文学の位相－襲来と託宣・未来記を中心に，異文化交流の文学史をもとめて－》涉及了元日战争之后日本文学中的中国形象发生了变化。金时德目的专著《異国征伐戦記の世界：韓半島・琉球列島・蝦夷地》将朝鲜军记作为研究对象，考察了日本近世初期对朝鲜半岛看法的变迁，也提及了中国形象问题。目黑将史的专著《薩琉軍記論》整理了部分萨琉军记物语作品，指出了日本对外认识的变化。此外，佐伯真一、井上泰至、德田武、田中正人等日本学者在考察日本文学作品中的日本形象时也多少涉及了中国形象问题。

无论日本还是国内，研究的重点主要都是日本近现代文学中的中国形象，尤其中国学者使用形象学、东方主义等文学理论研究日本近现代文学中的中国形象很具有启发意义。研究成果虽然也涉及了日本古代文学中的中国形象，但只是个别作家或个别作品中的中国形象等，或者一段时期内的中国形象，并未从整体上梳理、研究日本古代文学作品中的中国形象，当然也未涉及13—19世纪中期这一重要时期日本文学中中国形象的变迁。因此，有必要从整体上论述从13世纪元日战争（蒙古袭来）至19世纪中期日本在批判汉学的基础之上建构完成日本国学这一重要时期，日本文学中的中国形象变迁，揭示日本在塑造"中国形象"之时对"本土意识"的建构过程和模式。

第三节　本课题研究的背景与目标

本研究所涵盖的时间起始于13世纪，终结于19世纪中期，横跨日本镰仓时代、室町时代、战国时代、江户时代。主要选取元日战争、万历朝鲜战争、明清交替、国学兴起这四个重要的日本对外认识发生变化的时间点，整理13—19世纪中期日本文学中的中国形象相关材料，分析其中中国形象的变化过程和特点，挖掘中国形象塑造背后的日本本土意识的建构，总结出"异域"的中国形象和"本土"的日本意识的双向建构模式。

元日战争是指日本镰仓时代中期的1274年、1281年，元朝对日本进行的两次进攻。一方面，元日战争后，幕府为了防备元军再次来袭，动员九州北部周边的警备任务一直持续到镰仓时代末期，因战争费用而窘迫的御家人（镰仓时代与幕府将军直接保持主从关系的武士）开始为债务所困，对镰仓幕府不满的人越来越多，最终导致了镰仓幕府的灭亡。元朝曾计划第三次远征日本，但1294年世祖忽必烈去世后，元朝改变了武力进攻的方针，继任的成宗皇帝派遣禅师一山一宁（1247—1317）于1299年赴日尝试谈判。一山一宁虽然未能完成任务，但作为禅僧受到尊敬，不久被邀请到建长寺、圆觉寺，对日本禅文化产生了巨大影响，成为临济宗大师。从13世纪末开始，日元之间开始盛行禅僧往来，贸易也重新开始，大量"唐物"流入日本。金泽文库是镰仓时代中期（13世纪后半期），金泽流北条氏的北条实时在金泽乡（现在的横滨市金泽区）设立的文库。至镰仓幕府灭亡，日本从中国进口了当时最新的宋元版的书籍，反映了中日文化交流的盛况。另一方面，元日战争激发了日本对吸收中国文化的不同声音以及本土文化的自觉。吉田兼好（1283—1352）是镰仓时代末期、南北朝时代的歌人、随笔家，精通儒释道的学问。吉田兼好曾在14世纪初来到金泽，以在当地的见闻为基础，在《徒然草》第120段中批判了金泽充斥着被称为"唐物"的"无用之物"："唐朝之物，除药外，没有也不觉得欠缺。因书在这个国家广为流传，也能抄写。唐船航行困难，因此上面堆满无用之物运回来真是太愚蠢了。只把这些无用的东西堆在一起，让人觉得太愚蠢了。'不以远物为宝'，'不以难得之物为贵'，书上难道不是这样说吗？"①

万历朝鲜战争发生于1592—1598年，是日本丰臣秀吉为征服明朝而侵略朝鲜的战争，对参战的三国以及东亚局势产生了深远影响。这场战争与平定蒙古人哱拜叛变的宁夏之役（1592）、平定苗疆土司杨应龙叛变的播州之役（1599—1600）被称为"万历三大征"，消耗了明朝巨大的国力，以至于无力应付17纪前半叶女真的崛起，导致了后来朝鲜不得不臣服清朝，以及明朝在内外矛盾压力下的灭亡。日军在万历朝鲜战争后撤退时，俘虏了几万朝鲜人，包括优秀的陶工和活字印刷工，为日本文化的发展做出了贡献。日本的有田烧、唐津烧、萩烧、萨摩烧等都是由当时俘获的朝鲜陶工创造的，儒学家姜沆被俘获到日本后影响了藤原惺窝等人，为日本朱子学的发展做出了贡献。推翻丰臣政权的德川幕府虽然对日本发动的万历朝鲜战争持否定态度，却继承了丰臣秀吉的"朝鲜观"，将朝鲜通信使（1607—1811年朝鲜王朝派往日本的12次外交使节）视为对江户幕府的"朝贡使"。国学家本居宣长的《驭戎慨言》于1777年出版，梳理了从崇神天皇到德川家康时期的日本与朝鲜、中国交往的历史，赞扬了丰臣秀吉发动的万历朝鲜战争。本居宣长认为德川幕府对这场战争的善后处理并不是单纯的恢复和平，而是为了让朝鲜半岛重新臣服日本。江户时代，日本将《古事记》《日本书纪》中的神功皇后出兵朝鲜半岛和朝鲜通信使联系起来，视朝鲜通信使为朝贡使以及日本出兵朝鲜是为了显示了日本的武威，这样的认识在近代被日本

---

① 神田秀夫，永積安明，等校注訳. 新编日本古典文学全集：44 [M]. 東京：小学館，1995：176.

继承，转变为征韩论。

明清交替大概从1644年清兵入山海关开始，之后清朝历时数十年，分别击败李自成势力、张献忠势力、南明势力等，直至1683年统一台湾结束。明清交替处于日本江户时代（1603—1868）的前期。江户幕府虽然采取锁国政策，但明朝面对强大清军的压力，1645年的崔芝，1658年的郑成功分别向日本求援。幕府没有回应明朝的求援，然而明清交替时期的国际形势引起了幕府的强烈关注，并收集了相关情报。当时从中国来航的船只被称为"唐船"，长崎行政长官将从"唐船"收集的情报整理成"唐船风说书"的形式报告给幕府。儒官林鹅峰和林凤冈根据唐船风说书，将1644—1671年的信息编成了《华夷变态》。近松门左卫门以郑成功为原型创作了"国姓爷三部曲"，以明清交替为题材的历史小说《明清斗记》《明清军谈》等也出版发行，引起很大的反响，显示了日本民间对明清交替的关注。万历朝鲜战争后，日本与明朝断交。为了与明朝恢复邦交，德川幕府通过朝鲜和琉球王国进行了交涉，但因明朝的拒绝而以失败告终。德川幕府与清朝也没有正式建交，清朝是只实行贸易的"通商国"。日本在长崎的唐人屋敷与清朝等进行贸易交流，还通过萨摩藩支配下的琉球王国与清国、东南亚进行中介贸易。隐元隆琦于1654年访日，带二十位弟子访至长崎，入兴福寺，在京都建造了日本黄檗宗的本山万福寺。一方面，隐元隆琦的法孙高泉性潡（1633—1695）奉隐元隆琦之命于1661年东渡日本，后也成为万福寺主持。另一方面，许多明末遗老遗少，如朱舜水远渡日本，对日本的明清易代看法产生了重要影响。

日本国学是日本江户时代中期兴起的学问，与汉学、兰学并列为江户时代的三大学问，也被称为"和学""皇朝学""古学"等，涉及的范围包括国语学、国文学、神学、歌道、历史学、地理学等。国学通常以契冲（1640—1701）为开端，经过荷田春满、贺茂真渊等人，至本居宣长完成，主要以阐明儒学、佛教传入以前日本固有的精神。契冲原本是真言宗的僧人，受德川光国的委托注释《万叶集》，著有《万叶代匠记》，确立了古典实证研究的方法，奠定了国学兴盛的基础。贺茂真渊（1697—1769）以《万叶集》为中心研究古典，强调日本古代精神。贺茂真渊以荷田春满为师，通过《万叶集》等古典著作研究古代日本人的精神，否定了重视君臣关系的朱子学说，认为在日本古典中存在纯粹的非人为建构的古代日本人精神。贺茂真渊在《国意考》（1765）中主张，神道是日本古代流传下来的纯粹的自然的大道，但其精神被后来传入的佛教和儒教混浊了，国学者的责任是通过研究古典来恢复神道的纯粹性。本居宣长（1730—1801）强烈批判以往用儒家和佛教来解释日本古代典籍，主张神道应该从实证性、文献性的角度来研究古事记等神典，还强调日本自古以来没有儒佛那样的教义，儒佛传到日本后造成国家混乱，等等。本居宣长一生的课题是建立根植于日本而非外来的本土文化，强烈主张去除深入日本人内心的中国文化，恢复日本内心的本土文化。之后的平田笃胤（1776—1843）继承了本居宣长的思想，批判与儒佛融合的神道思想，后抛弃实证主义的研究方法，发展神秘主义的神道思想，对江户时代末期的倒幕运动产生了巨大影响。

总之，元日战争、万历朝鲜战争、明清交替、国学兴起所出的时代是日本对外认识发生变化的重要转折，是日本文学中的中国形象发生变化的时期，也是日本本土意识觉醒以及本土文化建构的阶段。因此，本研究以13—19世纪中期日本文学中的中国形象的变迁为中心，探寻在"异域—本土"这一双向互动中，日本本土意识建构的过程。

第一章

元日战争和日本文学中的中国形象（13—15世纪）

13世纪，蒙古崛起于我国北方草原，1260年，忽必烈继承汗位，统一蒙古内部纷争，并于1271年改国号大元。大元在征服朝鲜半岛之后，元世祖忽必烈分别于1274年、1281年两次派兵进攻日本。这两次战争在我国被称为"元日战争"，在日本被称为"文永弘安之役"或"蒙古袭来"。忽必烈对日本发动战争的目的很明显是试图将日本纳入元朝建立的世界秩序中，这种世界秩序就是朝贡体系，如元朝给日本的国书中以"中国"自居。针对元朝对日本的进攻，日本设置了"异国警固番役"职位，在九州修筑防御工事，一直持续到镰仓幕府灭亡（1333）。由洞院公贤（1291—1360）编写的《历代皇纪》中延庆二年（1309）年蒙古来袭的记述"延庆二年三月三日，镇西飞脚到来，告蒙古袭来，人止之"[①]，三条公忠（1324—1384）的日记《后愚昧记》中应安元年（1368）载有"应安元年五月二十一日，或说曰，蒙古欲攻来日本国"[②] 的记述等。这些记述反映了日本在之后的很长时间对元朝的再次入侵都深感担心和恐惧。元日战争不仅导致了东亚政治格局的变动，也在文化方面激活了日本的自我意识，于是日本重新审视作为效仿

[①] 近藤瓶城.史籍集覽：歴代皇紀［M］.京都：臨川書店，1967：258.
[②] 東京大學史料編纂所.後愚昧記［M］.東京：岩波書店，1992：98.

对象的中国文化，开始建构本国中心主义的独立意识。

元日战争对日本文学也产生了很大的影响，如《蒙古袭来绘词》、《八幡愚童训》（甲本）、《太平记》《增镜》《神皇正统记》《百合若大臣》、谣曲《白乐天》《勘仲记》等对元日战争都有不同程度的描述，是研究日本古代对中国认识的重要文献。这场战争也对日本之后的对外认识影响深远，丰臣秀吉侵略朝鲜半岛、萨摩藩吞并琉球相关的文献之中，元日战争不断被重新提及，甚至甲午战争时期《元寇》的歌曲还被日本谱写传唱。① 在元日战争之前，虽然日本对以中国为中心的朝贡体系有所抗拒，试图追求对等的外交方针，但对中国文化总体上还是处于倾慕、学习和模仿的阶段，谈不上对本国文化的自觉和建构。元日战争促使日本重新认识中国，在"异域—本土"的双向互动中，开始审视、构建本国文化。

第一节　元日战争和日本对元朝的认识

一、对元军的畏惧与蔑视

《八幡愚童记》也被称作《八幡愚童训》，是元日战争后不久，即镰仓时代后期成书的，是叙述八幡神灵验神德与石清水八幡宫的缘起的灵验记，主要宣扬了日本依靠神祇击退元军的经过。该书的开头回顾了历史上日本和外国的战争，指出外国曾经侵略日本达 11 次之多，却都

---

① 谷惠萍，张雨轩. 日本军队歌曲《元寇》与甲午战争日军精神动员 [J]. 抗日战争研究，2018（3）：132-145.

没有征服日本，原因在于日本是神国，有诸神的帮助。其实《八幡愚童记》成书之时外国入侵日本的先例仅有元朝一次，这种夸大外国侵略次数的描写无非是为了强调日本是不可被外国征服的神国。《八幡愚童记》中叙述的"弘安四年夏，蒙古人、大唐、高丽等国家数千万人乘坐108000多艘大船"① 内容极度夸大元军的数量，同时还对外国入侵之人的容貌做了详细的描述，"形如鬼神，身为赤色，头有八个，乘黑云飞来日本，杀害人民"② 的描写很明显是将入侵者视为非人类，体现了日本对元军的想象和畏惧。同样成书于镰仓时代的历史物语《增镜》第九《草枕》中的"彼时，据说蒙古兴兵而来，世间骚动不已，十分害怕。朝廷商议，本院（后深草）、新院（龟山）下关东，内（后宇多）、春宫（伏见）留在京城"③ 记载，反映了整个日本都十分恐惧元军，甚至皇室中的两位上皇都欲前往关东躲避。日本中世幸若舞的剧本《百合若大臣》描写了百合若被任命为迎战元军的大将在神祇的护佑下击败、追讨元军的过程。该书中元朝被描写为令人害怕的"魔王之国"，乘四万艘船，以东夷之棱糟、魁师、飞云、走云四人为大将来攻筑紫之博多，虽然日本武士展开防御战，但他们所放毒箭如春雨一般，所放炮声震动天地，日本无法抵挡只能撤回境内。室町时代成书的《太平记》也对元日战争做了记述，"文永二年八月十三日，大元七万余艘兵船蜂拥而至博多之津，大船并排，在上面安营扎寨。从五岛之东至博多之浦，海上三百里成为陆地，远望如海市蜃楼一般"④。无论是

---

① 桜井徳太郎，萩原竜夫，宮田登，校注. 日本思想大系：第20卷［M］. 東京：岩波書店，1975：189.
② 桜井徳太郎，萩原竜夫，宮田登，校注. 日本思想大系：第20卷［M］. 東京：岩波書店，1975：170.
③ 時枝誠記，木藤才藏，校注. 神皇正統記 増鏡［M］. 東京：岩波書店，1965：96.
④ 鷲尾順敬，校注. 太平記［M］. 東京：刀江書院，1943：1141.

<<< 第一章 元日战争和日本文学中的中国形象（13—15世纪）

夸大元军的数量还是对元军的恐怖描写，都反映了当时日本畏惧的一面。

　　元军两次对日本的入侵，因不熟悉日本的气候，由蒙古军、高丽军、南宋军等组成的军队构成复杂等，最终未能攻占日本，然而日本却将战胜元军的原因归结为神祇的相助，将神国日本作为"优越"于他国的依据，进而以此蔑视元军及外国。《八幡愚童记》认为，日本之所以能战胜外国的入侵，在于从天皇到万民皆为天神地神之子孙。三千余座天神地祇，百王守护，大小乘佛法传递众生寄乐之言教，神明之拥护不懈怠，佛陀之冥助不停息。《太平记》在叙述元日战争的开始和结尾都强调了神祇的作用，"尤其文永弘安两次战争大元国皇帝征服支那四百州，其势盖过天地。小国日本难以战胜，然而轻易将大元之兵消灭，我国安然无恙全赖神灵之帮助"[①]，"原本一下子消灭大元三百万骑大军并非在于我国之武勇，难道不是在于三千七百五十余神社寺院大小神之帮助吗？"[②] 需要注意的是，受神佛习合观念的影响，日本中世的所谓神国思想也包含佛教的因素。《百合若大臣》中将元朝视为"魔王之国"是佛教概念，指存在于六道轮回的第六天（也称为"他化自在天"），妨碍修行之人"第六天魔王波旬"的国家。将外国视为"魔王之国"的类似描述在中世谣曲《第六天》中也存在。《第六天》描写了一位名叫解脱上人的和尚在去往伊势神宫的途中，受到由第六天魔王带领鬼怪的侵扰，伊势神社供奉的皇室主神天照大神之弟神素盏鸣尊闻讯后现身将魔王赶走。日本神祇赶走魔王，而不是佛赶走魔王，这种突出强调神祇的描述暗示了日本神祇的地位高于佛，在神的庇佑下佛教才会昌盛。这种观点在此时期的谣曲《是界》中更加明显。《是界》描写了

[①] 鹫尾順敬，校注. 太平記 [M]. 東京：刀江書院，1943：1127.
[②] 鹫尾順敬，校注. 太平記 [M]. 東京：刀江書院，1943：1131.

唐朝天狗界的首领是界坊将中国佛教界引入了魔道，为挑战日本佛教界飞至日本。然而日本虽是小国却是神国，自开天辟地以来一直深受神祇的护佑，故最终将唐朝天狗赶走，使日本佛教昌盛。这种叙述也包含了唐朝中国非神国，不受神的保护，因此佛教很容易被天狗引入魔道，日本恰恰相反，神祇保护佛教，使佛教兴盛。

此外，《八幡愚童记》还通过贬低元军显示对元军的蔑视，"蒙古是犬之子孙，日本为神之后裔。贵贱差别，天地悬隔。神明和畜生不对等"[①]的叙述将蒙古视为犬的后代，将日本视为神的后代，通过"神明—畜生"的对比突出日本的"优越性"。《八幡愚童记》在叙述元日战争之前还回顾了神功皇后与朝鲜半岛新罗国的战争。神功皇后是日本历史上第14代天皇仲哀天皇的皇后、第15代天皇应神天皇的生母，其征讨三韩的故事在《古事记》《日本书纪》中均有记载。日本中世的文学作品在触及朝鲜半岛、对外战争时都会不约而同地回顾神功皇后的故事，如《源平盛衰记》《平家物语》等。《八幡愚童记》《太平记》等记载神功皇后征服三韩之后，用弓箭在大盘石上书写"新罗国大王是日本之犬"，并将此磐石立于新罗皇宫之外。显然这些作品的叙述是将元日战争和神功皇后征讨三韩的战争作类比，将元朝、新罗视为低日本一等的国家，显示了对它们的蔑视。这种极端畏惧与蔑视的矛盾心理正是日本中世对元军形象描写的集中体现。

二、对中国文化的仰视与平视

众所周知，日本在菅原道真的建议下于894年终止了遣唐使的派遣

---

① 樱井德太郎，萩原竜夫，宫田登，校注. 日本思想大系：第20卷[M]. 東京：岩波書店，1975：191.

<<< 第一章 元日战争和日本文学中的中国形象（13—15世纪）

之后，中日之间的官方交往停止。此后，唐王朝灭亡，中国进入了五代十国的动乱阶段。然而中日两国的民间交流并未终止，反而不断兴盛。尤其在北宋王朝建立之后，中日民间交流不断扩大。据记载，北宋年间，中日之间往来的商船达七十余次。① 在此阶段，日本的社会制度也发生了巨大的变化，武士阶层通过几次战乱登上历史舞台，并于1192年建立了第一个武家政权镰仓幕府。新的阶层必然要有新的文化诉求，而此时在我国兴起的禅宗开始吸引日本僧人的注目。进入南宋时期（1127—1279）之后，在我国江南一带，禅宗的发展进入兴盛阶段，并且建立了五山十刹制度，与此同时大量的日本"入宋僧"到我国学习禅宗。日本僧人荣西（1141—1215）于1168年、1187年两次到我国学习佛教，并将喝茶之风引入日本，逐渐形成了具有日本特色的茶道。从日本的镰仓时代后期到南北朝时代，到南宋、元朝学习可考证的日本僧人有几百人，而榎本涉认为到我国学习的僧人远远超过这个数字，还有很多僧人无法统计。② 此阶段，我国的很多禅僧也东渡日本传播佛教，如兀庵普宁、兰溪道隆、大休正念、无学祖元等人，兰溪道隆在镰仓开创了建长寺，无学祖元开创了圆觉寺。也就是说，日本并未因少数民族政权元朝的建立而停止对中国文化的学习，依然处于对中国文化的仰视阶段。

日本中世是出版事业的兴盛时期，大量翻刻元代名家诗文集和禅僧著作，其刊刻数量之多、传播速度之快，是前所未有的，如元代刊行的《全相平话五种》（包含《武王伐纣平话》《七国春秋平话》《秦并六国

---

① 王晓秋，大庭修. 中日文化交流史大系：历史卷 [M]. 杭州：浙江人民出版社，1996：144.
② 榎本涉. 南宋·元代日中渡航僧伝記集成：付江戸時代における僧伝集積過程の研究 [M]. 東京：勉誠出版，2013：9.

15

平话》《前汉书平话》《三国志平话》）均在这个时期传入日本。五山僧的作品集中多处称呼大元国号，如龙泉令淬《松山集》中有一首《次李惟简韵大元人》，正式称呼元朝国号，显示对元朝的敬仰。清拙正澄的《禅居集》中《跋韶禅人之元颂轴》的"慕元朝仁化之广，耆年宿德之盛，丛林龙象之雄，愿往焉"①的记述，也显示了五山禅僧对元朝的敬仰之情。五山僧中岩圆月（1300—1375）在其著作《日本记》中认为周朝的泰伯为了让贤于弟弟周文王，逃至江南建立吴国，而后又至日本九州，其后代便是天皇家的始祖，即所谓的"皇祖泰伯说"。虽然这种说法可溯源至房玄龄等编撰《晋书》中的"男子无大小，悉黥面文身。自谓太伯之后，又言上古使诣中国，皆自称大夫"②，但同时代北畠亲房的《神皇正统记》却对此说法持批判态度。由此可见中岩圆月对中国文化的喜爱和倾慕。此外，《太平记》通过引用元代典籍《佛祖历代通载》《勅修百丈清规》中"上天之下、一人之上"的封号将细川赖之比拟为元朝的帝师，同时代的五山禅僧春屋妙葩也从皇室得到了和元朝帝师同样的封号，反映了他和细川赖之对室町幕府佛教界权力的角逐。③元代少数民族诗人迺贤的《送慈上人归雪窦追挽浙东完者都元帅四首》中的一首，元代伯颜的诗《过梅岭冈留题》中的"担头不带江南物，只插梅花一两枝"等也被《太平记》引用，④也反映了日本在中世对元代文化的喜爱。

与此同时，以元日战争为契机，日本在中世出现了对中国文化不再仰视的思潮，试图以平视的姿态重新审视中国文化。虎关师炼是日本五

---

① 上村観光. 五山文学全集：第一卷 [M]. 東京：思文閣，1973：319.
② 房玄龄，等. 晋书 [M]. 北京：中华书局，1974：2535.
③ 张静宇. 元代帝师和《太平记》中的西蕃帝师 [J]. 暨南史学，2019（2）：104-112.
④ 森田貴之. 『太平記』と元詩：成立環境の一隅 [J]. 国语国文，2007（2）：1-19.

<<< 第一章　元日战争和日本文学中的中国形象（13—15世纪）

山文学前期的代表禅僧，其成书于1322年的《元亨释书》是日本首部纪传体佛教史籍。师炼的自尊心与宏图大志在其青年时代就已经初露端倪，正安元年（1299），22岁的师炼欲留学中国，《纪年录》记载了他此时的心境，"近时此方庸缁，燥然例入元土，是遗我国之耻也。我其南游令彼知秦有人耳"①，也就是说对于当时日本禅僧争相留学中国、仰慕中华文化，师炼嗤之以鼻认为是日本的耻辱。对师炼而言，留学中国并非只是为了学习中国文化，更为重要的是要向包括禅僧在内的中国政治文化精英展示自身学问。师炼自幼就熟读中国儒家典籍，他清醒地认识到中日两国在国力与文化方面的巨大差距，故而他要通过对中国文化的学习与吸收，来实现对中国文化的超越，并改变日本长期落后于中国的现状与耻辱。尽管因母亲的劝阻及其本人对孝亲的重视，师炼不得不放弃留学梦想，但师炼始终以平视的态度审视中国文化，毕生致力于日本本国文化的构建。1467年，日僧雪舟入明进京朝贡，数次朝见明朝皇帝。据日本典籍《天开图画楼记》的记载，北京礼部尚书姚公听闻雪舟是名画师，于是命其在墙壁上画了一幅画，获得了姚公极高评价，认为明朝朝贡国三十余国未有雪舟如此优秀之画师，并且在礼部举行科举考试之时必指雪舟之画夸奖一番，勉励明朝学子勤于学习。② 五山僧彦龙周兴在《半陶文集》中对雪舟的事迹描述道："一朝归来，声价十倍。曰大唐国里无画师。不道无画，只是无师。盖泰华衡恒之殊，是大唐国之有画也，而其泼墨之法，运笔之术，得之心，而应之手，在我亦不在人，是大唐国之无师也。"③ 雪舟在中国期间，曾向中国画家

---

① 塙保己一. 続群書類従伝部：第9輯：下 [M]. 東京：続群書類従完成会，1957：463.
② 村井章介. 雪舟等楊と笑雲瑞訢：水墨画と入明記にみる明代中国 [J]. 東洋文化研究所紀要，2011（12）：1-37.
③ 玉村竹二. 五山文学新集：第四卷 [M]. 東京：東京大学出版会，1970：477.

学画，该记述是否真实不得而知，但至少可以看出《天开图画楼记》中，彦龙周兴等认为雪舟的成就已经达到了超越明朝人的水平。又如中世五山僧策彦周良在阅读《文献通考》中二十八卷《煎茶水记》时，根据自己的经验，对当时中国的煎茶用水法提出异议，并提出自己的意见。这些事例也都可以说明当时日本人虽然仍旧在学习中国文化，但绝非一味崇拜迎合，而是提出自己的主张，试图平视中国文化。

第二节　日本五山禅僧笔下的中国形象
——以《太平记》中的元日战争为中心

《太平记》成书于室町幕府初期（14世纪70年代），是日本中世军记物语之集大成，与《平家物语》并称为日本军记物语的双璧。该作品篇幅浩大，长达四十卷；时间跨度较长，描写了后醍醐天皇的倒幕、镰仓幕府的灭亡、建武新政、室町幕府的建立、南北朝的对峙、观应之乱、室町幕府内部大名之间的争斗、足利义诠的去世、细川赖之就任"管领"（辅佐将军之职）等一系列重大历史事件。其中，作品卷三十九《大元进攻日本故事》叙述了元朝和日本的战争，是日本文学作品第一次详细地描述这场战争，体现了当时日本对国际社会的强烈关心，但是和历史出入比较大，带有强烈的文学虚构色彩。[1] 众所周知，元朝因为不熟悉日本的气候、军队构成比较复杂（蒙古军、朝鲜半岛军、蒙古军等）等，并没有征服日本，然而日本却将其战胜元朝的原因归于"神"的相助。自此之后，日本"神国思想"意识不断高涨，

---

[1] 増田欣. 中世文藝比較文学論考 [M]. 東京：汲古書院，2002：527.

元日战争也在此后的日本文献中反复被提及，构成了古代日本对外认识的思想来源之一。

一、神国思想的变迁

在现存的文献中，"神国"一词最早出现在《日本书纪》卷九《神功皇后》之中。该部分描写了神功皇后在侵略朝鲜半岛之际，新罗国王看到神功皇后的大军，认为是"神国之兵"降临，于是不战而降。很明显《日本书纪》中的"神国"一词是在和朝鲜半岛对比时使用的，具有很强的对外意图。然而在平安时代，"神国"一词并不怎么被使用，自镰仓时代开始，尤其是元朝和日本战争之后，日本国家意识高扬，"神国"一词开始被广泛使用，神国思想也开始盛行。

日本中世，尤其是日本两次战胜大元的侵略之后，神国思想空前高涨，虽然大元战败的原因有很多，但是日本却简单地将其归于日本各种"神"的帮助。[1] 这种"神国思想"在《太平记》卷二十七《云景未来记》中也表现得淋漓尽致，如下所示：

> 此器（三种神器）乃我朝之宝，从神代至人皇代代传承。我国虽然是小国，却在三国之中最优秀，吾朝神国的不可思议正在于此。[2]

《云景未来记》讲的是一名叫云景的修行者欲到京都参观天龙寺，途经京都西郊之际，被另外一修行者劝诱至爱宕山参观。在爱宕山，云

---

[1] 南鹤基. 蒙古襲来と鎌倉幕府 [M]. 東京：臨川書店，1996：237.
[2] 鷲尾順敬，校注. 太平記 [M]. 東京：刀江書院，1943：780.

景听到了其他修行者对天下大事的评论。这一部分是《太平记》政道观集中体现之处,预测了"观应之乱"和"正平一统"。上述引文认为日本虽然是小国,但在"三国"之中是最优秀的,原因在于日本是神国。"三国"指印度、中国和日本,是古代日本的世界观。作品认为"神国思想"是日本独有的,优越于印度和中国,更不用说朝鲜半岛了。

诞生于南北朝时期、由南朝大臣北畠亲房编写的《神皇正统记》被认为受到了儒家思想的影响,同时又对儒家思想进行了强烈的批判。① 在《神皇正统记》卷一《序论》的开头,就宣扬了日本的神国思想,"大日本是神国。天祖初开基,日神长传道统。只有我国才有此事。异朝无此例。因此谓之神国"②。"异朝"是指代中国或印度,北畠亲房将日本和中国或印度进行对比,指出日本自天祖开基其道统绵延至今,区别于"异姓革命"的中国,体现了日本的"优越性",具有强烈的对外意识。《神皇正统记》在《后宇多院》中再次强调了"神国思想"的"优越性",如下所示:

  辛巳年(弘安四年),蒙古大军乘大量战船侵犯我国,在筑紫进行了大战。神明现威显形阻止。大风突然刮起,数十万贼船皆被掀翻而毁灭。虽是末世,神明之威德真是不可思议。这应是不变的誓约。③

《神皇正统记》认为日本之所以能战胜大元是因为日本"神"的帮

---

① 下川玲子. 北畠親房の儒学 [M]. 東京:ぺりかん社,2001:115.
② 岩佐正,時枝誠記. 神皇正統記 増鏡 [M]. 東京:岩波書店,1965:423.
③ 岩佐正,時枝誠記. 神皇正統記 増鏡 [M]. 東京:岩波書店,1965:432.

第一章 元日战争和日本文学中的中国形象（13—15世纪）

助，这种认识和《太平记》是一致的。"末世"指佛教的末法时期。佛法共分为三个时期：正法时期、像法时期、末法时期。释迦牟尼佛入灭后，五百年为正法时期，此后一千年为像法时期，再后一万年就是末法时期。中世是日本末世思想流行的时期，在文学作品中也得到了体现。北畠亲房认为在末世时期，离开"佛"，"神"显示威德战胜大元实属不可思议之事。北畠亲房强调的"神国思想"并未超出"神佛融合"的框架。

《源平盛衰记》卷九《康赖参拜熊野》中也明确地表达了对中国的意识和神国思想的"优越性"，如下所示：

> 天竺在南国正中，是佛出家之地，然而从像法末期以来，天界诸神的保护渐衰，宛如佛法已亡。然我国自伊弉诺、伊弉冉尊到如今的百王，始终是神国，神的加护和其他国不同，并且，古代神功皇后使新罗、高丽、支那、百济等大国顺服，即便五浊乱漫（末法时期之五种浊的众生生存状态）的今天大乘佛教也得以传播。①

后白河上皇和其近臣在京都近郊鹿谷山庄密谋发动政变，企图打倒控制国家政权的平氏，然而因密谋泄露而失败，史称"鹿谷之变"。平氏首领平清盛将参与"鹿谷之变"的藤原成经、平康赖、俊宽法师流放至现在九州南部的一座孤岛——鬼界岛。三人在鬼界岛向"神"祈祷早日返回京城，俊宽讲述了日本神国的由来，"佛"化身日本的"神"来到日本垂迹。对此，如上述引文所示，平康赖进一步讲述了日本"神"和"佛"的关系，指出佛教已经到了末法时代，而日本从古

---

① 松尾葦江，校注．源平盛衰记：二 [M]．東京：三弥井書店，1991：89．

至今都是神国，所以佛教一直昌盛。神功皇后征服新罗、高丽、百济以及中国，使佛法在末世传播。《源平盛衰记》也未超出"神佛融合"的框架，虽指出"神国"日本优越于朝鲜半岛和中国，但证明的仍旧是东亚共同的世界观"佛教"在日本繁荣的原因。

日本的神国思想受佛教影响，为了克服佛教上的自卑感，日本将这种自卑感转换为"优越性"。佛教自公元6世纪中叶从中国经朝鲜传入日本，虽然被日本积极地学习、吸收，然而在这一强大的外来文化面前，日本人怀有深深的自卑感，常常以"粟散边地"来形容日本的处境。"粟散边地"是将日本和印度、中国作对比，认为日本是小国，处于佛教中心的边缘地带。中世的日本人虽然承认日本是"粟散边地"，却强调日本是神国，和印度、中国不同。鸭长明（1155—1216）的佛教说话集《发心集》中有如下记述：

> 因为日本是小国，处于边疆之地，因此国力弱小，人心愚蠢，……但是我国自伊邪那岐神、伊邪那美神起至百王的今日，一直都是神国，获得神的庇护。①

上文强调日本是"神国"，明显是和佛教的中心地——印度、中国作对比，凸显日本的特殊性。同样的思想在军记物语《保元物语》卷上《新院御谋叛显露和调伏之事》中也有所体现：

> 虽然我国地处边地粟散之境，但因为是神国，故共有七千余座神，尤其是三十位神每日交替守卫朝廷。②

---

① 三木紀人，校注. 方丈記 発心集 [M]. 東京：新潮社，1976：89.
② 永積安明，島田勇雄，校注訳. 保元物語 [M]. 東京：岩波書店，1961：107.

<<< 第一章 元日战争和日本文学中的中国形象（13—15世纪）

虽然日本远离佛教文化中心，但日本是神国，由日本的诸神保护。也就是说日本一方面在佛教上有强烈的自卑意识，另一方面强调日本是神国，试图以神国思想来强调夸大日本在佛教方面的"优越性"，体现了神佛的融合。

二、神国思想与"小"日本的战胜

《元史》对元朝第一次远征日本失败的记述极为简短，仅有"冬十月，入其国，败之。而官军不整，又矢尽，惟掳掠四境而归"①的叙述。朝鲜半岛的《高丽史》提到了"会夜大风雨，战舰触岩崖，多败……军不还者，无虑一万三千五百余人"②，即元朝是遭遇暴风雨而战败的。那么，日本中世的书籍是如何记载日本战胜的呢？《蒙古袭来绘词》又被称为《竹崎季长绘词》，从最后的落款来看，"绘词"创作于永仁元年（1293）二月，距离弘安之役结束不到12年时间。其主人公竹崎季长为了向镰仓幕府说明自己在元日战争中的功绩，命令画师画了他在元日战争中战斗的情况，并配有文字说明，具有很高的史料价值。《蒙古袭来绘词》主要强调的是竹崎季长的军功，并未涉及日本因为神的帮助而战胜。成书于13世纪末14世纪初的《八幡愚童训》认为元日战争中日本战胜的原因在于八幡神的显灵。八幡神又被称为"八幡大菩萨"，被武士阶层的首领源氏尊为武家的守护神。《八幡愚童训》批判了元日战争中未受八幡神保护的为了功名积极战斗的武士，抹杀了

---

① 《元史》卷二百八·列传第九十五。
② 郑麟趾. 高丽史 [M]. 重庆：西南师范大学出版社，2014.

日本武士在元日战争中的功劳。① 《八幡愚童训》是为了叙述八幡神灵验神德与石清水八幡宫缘起的文件，是神国思想充分体现的文献。自镰仓时代开始，尤其是元朝和日本战争之后，日本国家意识高扬，"神国"一词开始被广泛使用，神国思想也开始盛行。然而日本中世的大部分军记物语中虽然也有神国思想的叙述，但对外意识并不是很明显，如《保元物语》上卷《将军塚鸣动》中的"我朝是神国"② 和《平家物语》卷第二《教训状》中的"日本是神国，神不享非礼"③ 等。

《太平记》卷三十九《大元进攻日本之事》详细地叙述了元朝对日本的进攻。其背景是，1367年高丽国持大元国皇帝的国书要求日本解决骚扰朝鲜半岛和中国东部沿海的倭寇问题。因为当时日本仍旧处于南北朝时期，四国、九州主要被南朝所控制，而骚扰朝鲜半岛和中国东部沿海的倭寇主要来源于四国、九州，因此日本方面认为无能为力，赏赐了使者之后，将使者遣回高丽。紧接着，作品通过《大元进攻日本之事》回顾了日本与元朝的战争。在该节的开头作品呈现了如下的叙述：

  倩寄三暇之余，见远古记录发现，自开辟以来，异国进攻我朝已有七次。尤其文永弘安两次战争是大元皇帝在征服了支那四百州之后，其势正是压倒天地之时，因此，<u>以小国之力难以消灭，然而我国轻而易举地消灭大元之兵，使吾国平安无事，只因尊神灵，神之冥助之故也</u>。

---

① 鈴木彰. 蒙古襲来と軍記物語の生成 [M] //鈴木彰，三澤裕子. いくさと物語の中世. 東京：汲古書院，2015.
② 信太周，犬井善壽，校注訳. 保元物語 平治物語 [M]. 東京：小学館，2002：259.
③ 市古貞次，校注訳. 平家物語 [M]. 東京：小学館，1994：136.

<<<   第一章　元日战争和日本文学中的中国形象（13—15世纪）

上述引文认为大元征服了南宋，其势压倒天地，非小国日本所能匹敌，然而小国日本之所以能轻而易举地消灭大元在于日本众多"神"的相助。引文认为，神的保护正是小国日本战胜强大的大元的原因。很明显《太平记》作者以神国思想解释了"小"日本战胜"大"元朝的原因，将小国的自卑意识转换为小国的"优越性"。日本这种小国意识主要是受佛教的影响，为了克服佛教上的自卑感，日本将这种自卑感转换为"优越性"。

此外，作品还极度夸大了元朝军队的数量，以此进一步衬托"小"日本战胜的原因。《太平记》将率军进攻日本的元朝大将设定为一个名叫万将军之人，由他率领370万大军，乘7万余艘船，向日本九州博多攻来。日本武士的数量在元朝大军面前犹如九牛一毛、大仓一粒，一战即溃。于是，日本朝野上下求助于各个神社、寺院，祈祷"神佛"显灵以消灭元朝大军。于是，在万将军的大军经过门司、赤间关海峡，向长门、周防进攻之时，风止云收的天气突然在东北角出现一团黑云，顷刻席卷整个天空。于是电闪雷鸣、狂风大作，元朝的7万余艘战船被击打粉碎，或被大浪逆卷至海底。元朝大军全部灭亡，只剩万将军一人被吹至空中。紧接着作品插入了万将军和吕洞宾的故事，是受我国宋元时代吕洞宾故事的影响。① 在该节的最后，作者以"神佛"的显灵解释了元日战争中日本的战胜：

原本，蒙古三百万骑一时灭亡之缘由不在于我国之勇武，岂非全在于三千七百五十多的大小神之保佑乎？②

---

① 張静宇.『太平記』と呂洞賓の物語 [J]. 軍記と語り物，2016 (52)：67-78.
② 鷲尾順敬，校注. 太平記 [M]. 東京：刀江書院，1943：1131.

作品再次强调了神的显灵使日本战胜了元朝大军。引文中的"不在于我国之勇武"抹杀了日本武士的功绩，目的是进一步突出神的作用。需要注意的是，《太平记》在强调因为"神"的相助而战胜元朝时，也包括佛的要素，体现了"神佛"的融合。也就是说，神国思想并非完全是在日本文化内部产生的，而是产生于"神佛"融合的大背景下，日本古代有"神佛习和"和"本地垂迹"的说法，强调神佛的一体。因此，"神国思想"包括"佛"的要素，是在"神佛"融合基础上形成的，并非田中正人等日本学者认为的完全产生于日本文化内部的思想。①

二、神国思想与华夷思想

《太平记》中的神国思想不仅与"神佛"融合的思想相关，还与儒家中的华夷思想紧密地结合在一起。在卷三十九《大元进攻日本之事》《神功皇后进攻新罗之事》中，作品还将朝鲜半岛、元朝视为夷狄，并再三强调神国日本的"优越性"。既然作品中的"神国思想"与华夷思想紧密相关，那么，"华夷思想"在作品中又是如何被叙述的？

"华夷思想"是儒家思想重要的观念之一，是古代中国中原王朝在处理和周边少数民族关系时所形成的一种思想，"中华"处在世界文化的中心，周边的"四夷"——东夷、西戎、南蛮、北狄被认为是野蛮未开化之地。② "夷狄"和"中华"的关系应该是臣事君的关系，且"夷狄"应对高度发达的"中华"文化怀有"慕圣德而来"之心前来

---

① 田中正人.『太平記』の蒙古襲来記事周辺からみるその対外意識の一端 [J]. 同志社国文学, 2007 (66): 49-60.
② 濱田耕策. 日本と新羅・渤海 [M] //荒野泰典, 石井正敏, 村井章介. 律令国家と東アジア. 東京: 吉川弘文館, 2011.

<<< 第一章 元日战争和日本文学中的中国形象（13—15世纪）

"朝贡"。这样，"中华"和"夷狄"所建立的国际秩序就是所谓的"华夷秩序"或"华夷体系"。① 区分"华""夷"的标准是文明的程度，即儒家思想的"礼"，因此，华夷之间没有不可逾越的界限。先秦时期的早期华夷观，在族群观层面就地理方位而言，并不含有文化歧视与种族歧视的成分，华夷界限具有很大的开放性特征，② 正如韩愈所指出的："孔子之作春秋也，诸侯用夷礼则夷之，进于中国则中国之。"③ 秦汉时期以降，中国形成君主专制的中央集权制国家，国家主要的疆域界限相对稳定，华夷界限比较分明，形成了相对稳固的华夷观。④ 历史上，北魏、辽、金、元、清等少数民族政权入主中原，已都在潜移默化中接受并完成了汉化，辽道宗曾有言："吾修文物，彬彬不异中华，何嫌之有。"⑤ 日本很早就接受了我国的华夷思想，在平安时代形成了一套双重的对外认识：一方面，日本虽被纳入以大唐为中心的册封体制中，对唐称臣纳贡，但日本却在本国的书籍中视唐为邻国，追求对等的外交；另一方面，日本的统治阶层又模仿大唐，构建了一套日本式的"华夷秩序"，日本以"中国"自居，单方面地将朝鲜半岛、渤海，甚至唐朝视为其藩邦。⑥ 需要注意的是，此时日本只是机械地复制我国的"华夷思想"来构建日本式的华夷秩序，还未出现以"神国思想"来强调日本的所谓优越性。

---

① 何芳川. "华夷秩序"论［J］. 北京大学学报（哲学社会科学版），1998（6）：30-45.
② 陈志刚. 先秦时期的华夷观念及其演变［J］. 学术研究，2015（1）：103-110.
③ 吴楚材，吴调侯. 古文观止［M］. 北京：北京燕山出版社，2009：193.
④ 陈志刚. 秦汉至明清时期北部中国华夷观念演变的几个特点：兼论华夷观在华夷族群封贡体系中的地位［J］. 学习与探索，2016（7）：160-173.
⑤ 叶隆礼. 契丹国志［M］. 上海：上海古籍出版社，1985：156.
⑥ 小口雅史. 古代東アジア世界のなかの日本の自国認識：大唐帝国は日本律令国家の「隣国」か「蕃国」か［J］. 国際日本学，2013（10）：285-304.

日本古代一直将朝鲜半岛视为自己的"藩国",日本文学作品,如《日本书纪》很早就以华夷思想解释了神功皇后对新罗的战争。《日本书纪》卷九《神功皇后》一节中将朝鲜半岛称为"西蕃","蕃"的意思是"未开化",即夷狄。很明显,《日本书纪》中神功皇后对朝鲜半岛战争的记述具有很强的对外意图,即日本和中国一样,有自己的藩属国,建立了类似中国的"华夷体系",在其背后暗含了和古代中国比肩的意图。这种意图在军记物语《源平盛衰记》《太平记》等中也有体现。《太平记》卷三十九《高丽人来朝之事》中记述在赏赐高丽使者时,作品使用了"来献之报酬","来献"的含义是来朝献上,而这一部分的标题名也使用了"来朝"一词。"来朝"一词包含藩属国来朝贡的含义,也就是说,很可能当时日本把这次正常的外事活动看作高丽、大元对日本的朝贡,暗含了日本所建立的"华夷体系"。这种"华夷体系"是《太平记》作者所向往的"国家观"体现,如在卷二十六《黄粱梦故事》中,《太平记》的作者加入了《枕中记》《黄粱梦觉》等中国类似故事中所没有的"华夷观","成为楚国之王,蛮夷率服,诸侯来朝,无异于秦始皇并吞六国,汉文慧帝使九夷服从"[1]。这部分讲述的是,一名叫"客"的人听说楚国国君寻求贤才之臣,为了得到重用而去楚国。"客"路过邯郸旅馆之时,吕洞宾借其一枕头,让其经历了富贵之梦。在梦中,"客"和楚王的公主结婚,并生下王子,王子被大臣立为国王,于是蛮夷率服,诸侯来朝,如秦始皇并六国,汉文帝、景帝时征服九夷一样。也就是说,一个国家强大的象征是蛮夷皆服从,诸侯来朝。卷三十九《神功皇后进攻新罗之事》在神功皇后在进攻高丽之时,作品堂而皇之地将朝鲜半岛看作"夷狄",纳入其"华夷体系"

---

[1] 鹫尾顺敬,校注.太平記[M].東京:刀江書院,1943:721.

第一章 元日战争和日本文学中的中国形象（13—15世纪）

之中，成为征伐的对象；同时强调因为日本大大小小的"神"帮忙，故高丽战败，国王认罪投降。也就是说，日本借天神地祇之力使"夷狄"的朝鲜半岛服从，体现了神国思想和儒家思想的融合，是具有日本特色的"华夷思想"。

《太平记》卷三十九《大元进攻日本之事》叙述的元日战争中也多次将元朝军队称为"夷狄"，如"攻向九州的夷狄在此日即可全部灭亡"等。也就是说，这一部分在强调神国思想的所谓优越性之时，也加入了华夷思想，体现了神儒的融合。此外，《太平记》卷四十《细川右马头自西国上京之事》以细川赖之就任管领之职这一历史事件而终结这部书。作品认为，第二代将军足利义诠去世之后，其子足利义满就任第三代将军一职，细川赖之就任管领一职辅助之。细川赖之为人表里如一、德行很高，无人不遵循其命令，"于是日本成为中夏无为的时代，真是可喜可贺之事"。"中夏"一词在中国古代书籍中经常被使用，如《文选》所收录班固的《东都赋》中有"目中夏而布德，瞰四裔而抗棱"[1]，这里的"中夏"和"四裔"是相对的，"裔"是夷狄之总称，即是以华夏中国的德扬威于四方的夷狄。白居易在其《册新回鹘可汗文》中有"克保大义，永藩中夏"[2]，意思是希望回鹘永远藩属中国。由此可见，"中夏"即"中华"，是相对于"夷狄"而言，是所谓的"华夷思想"或"中华思想"的体现。"无为"是太平的含义，在儒家典籍、道家典籍等中均有出现。该词在道家思想的背景下是依天命、顺其自然而达到太平的含义，儒家思想背景下是通过德化感人达到太平的含义。结合上下文背景，此处"无为"解释为儒家想背景下的含义比较稳妥，根据笔者的调查，中国典籍中好像没有将"中夏无为"放在

---

[1] 萧统，编. 李善，注. 文选 [M]. 上海：上海古籍出版社，1986：1045.
[2] 董诰，等. 全唐文 [M]. 北京：中华书局，1983.

一起使用的用例。正如日本学者田中正人指出,结尾的"中夏无为"与卷三十九《大元进攻日本故事》《神功皇后进攻新罗之事》紧密相联系,具有强烈的对外意识,体现了日本试图建构对东亚的日本特色的"华夷秩序",凸显日本"神国思想"的优越性。[1] 然而,此时的日本既没有统一南朝,也没有使朝鲜半岛和大元臣服,因此这种"华夷秩序"是观念性的,是一种想象。

三、对神国思想的自卑

《太平记》一方面继承了这种传统的"神国思想",强调了日本优越于中国;另一方面又对神国思想表现出强烈的自卑。在卷三十九《神功皇后进攻新罗之事》中,作者虽然以"神国思想"解释了神功皇后对朝鲜半岛的战争,将朝鲜半岛称为"夷狄",但在该故事的开头有如下叙述:

>以前,仲哀天皇以圣文神武之德进攻高丽三韩无功而返之时,神功皇后认为仲哀天皇的失败是智谋、武略不足的缘故,于是<u>为了向唐朝拜师学艺,送上砂金三万两,得到履道翁三卷秘书</u>,此乃黄石公在第五日鸡鸣时刻,在渭水之地桥上授张良之书。[2]

仲哀天皇以文治武功之德进攻朝鲜半岛却没有成功,神功皇后认为是智谋不足,用三千砂金换来"履道翁"的三卷兵书,此兵书乃是黄石公传授给张良的兵书。"履道翁"是中国的何许人物不得而知,但张

---

[1] 田中正人.『太平記』の蒙古襲来記事周辺からみるその対外意識の一端 [J]. 同志社国文学, 2007 (66): 49-60.
[2] 鷲尾順敬, 校注. 太平記 [M]. 東京: 刀江書院, 1943: 1131.

<<< 第一章 元日战争和日本文学中的中国形象（13—15世纪）

良是以黄石公传授的兵书帮助汉高祖取得了天下。张良是日本军记物语经常引用的人物，是智谋的象征，如"张良帷帐内之计策""如从陈平、张良肺腑流出"①等。也就是说，神功皇后征服朝鲜半岛除有日本"神"的帮助之外，还利用了中国兵书的兵法。②划线部分"为了向唐朝拜师学艺，送上砂金三万两，得到履道翁三卷秘书"在以往的神功皇后进攻新罗故事中从未出现，很明显是《太平记》作者的增补，体现了13世纪以后的欧亚大陆重商主义性格，也暗示了没有金钱的话，日本天神地祇的神威也难以保全。③ 在《神功皇后进攻新罗之事》的最后，作者对朝鲜半岛使者持大元国书要求日本解决倭寇之事做了如下的评述：

> 即便在其德合天、其化及远的上古时代，正因为借助天神地祇之力才容易征伐，使异国服从。然而，现在因为无恶不作的贼徒侵犯元朝和高丽，从而使高丽派遣谍使，献上其课（贡物），这是亘古未有的不可思议之事。如此下去，我国反而会遭到外国侵略，都是令人不安之事。此时，福州吴元辅王乙赠与我朝之诗歌亦为此意。日本狂奴乱浙东，将军闻变气如虹。沙头列阵烽烟暗，夜半鏖兵海水红。筚篥按歌吹落月，髑髅盛酒饮清风。何时截尽南山竹，细写当年杀贼功。此时令人想到日本一州近年竹叶枯落之事，莫非

---

① 鹫尾顺敬，校注. 太平記[M]. 東京：刀江書院，1943：152.
② 黄石公传授张良兵书的故事在中世文献中常常出现，参见：岡見正雄. 白河印記と兵法[J]. 国語国文，1958（11）：944-952. 中世的小笠原流兵法书将弓的起源和神功皇后故事结合在一起，参见：伊藤聡. 神道とは何か：神と仏の日本史[M]. 東京：中央公論新社，2012：246.
③ 樋口大祐. 「神国」の破砕：『太平記』における「神国/異国」[J]. 日本文学，2001（7）：52-61.

是日本灭亡的先兆？真是令人不安。①

由上述引文可知，上古之时，日本依靠天神地神的力量很容易让外国臣服，而如今无恶不作的海盗在大元沿海、朝鲜半岛掠夺，外国遣使交涉，令人不可思议，也就是说日本的"神"已经起不到让外国顺服、来朝的作用。同时，《太平记》的作者对当时的国际形势担心不已，觉得日本很可能会被外国侵略，此时，福州吴元辅王乙赠日本一首诗歌。吴元辅王乙是何人，已无从知晓，实际上这首诗歌是元朝诗人迺贤（1309—？）的诗，是其《送慈上人归雪窦追挽浙东完者都元帅》中的一首，② 都元帅是元朝的一位将领，镇守于如今的宁波地区。都元帅死后，雪窦寺的慈上人送都元帅遗体北归安葬。迺贤这首诗是为慈上人送行，并追挽了都元帅，讲述了倭寇在宁波一带的抢劫以及元朝都元帅对倭寇反击的功绩。倭寇出现在日本南北朝的大动乱时期，侵扰劫掠中国和朝鲜沿海地区。如上文所述，卷三十九《高丽人来朝之事》记载了高丽遣使要求日本解决侵扰朝鲜半岛沿海地区的倭寇问题。迺贤的这首诗也证明了元代倭寇对我国东南沿海的严重侵扰。《太平记》的作者读完此首诗，十分惧怕，认为日本今年竹叶之所以都枯萎落下了，可能是日本即将灭亡的前奏。在此，作者也失去了在《大元进攻日本之事》中以日本之"神"来击退外国进犯的自信心，体现了作者对神国思想的不自信。

这种对"神国思想"的自卑在成书于中世后期的天正本《太平记》中体现得更为明显，天正本在以上叙述的基础之上，在相当于西源院本

---

① 鷲尾順敬，校注. 太平記 [M]. 東京：刀江書院，1943：1133.
② 森田貴之. 『太平記』と元詩：成立環境の一隅 [J]. 國語國文，2007（2）：1—19.

32

<<< 第一章　元日战争和日本文学中的中国形象（13—15 世纪）

《太平记》卷三十九《高丽人来朝之事》章节的开头增补了以下内容：

> 且说，神木被抬入京时，神木的申诉还没结果期间，人皆惶恐不安。然而，现如今还会有什么事呢？日本、京城之人都觉得很安心，武威也越来越强，甚至有人调侃说鬼界、高丽肯定也会归顺。此时却发布说万户金乙贵、千户金龙将军捧高丽国的敕书来朝，因此听到此消息者无不吃惊。①

贞治三年（1364），南都兴福寺的和尚们抗议室町幕府的管领斯波道朝夺取其寺院的庄园，抬着春日的神木到京都抗议，后来斯波道朝失势下台，兴福寺收回庄园。兴福寺将神木接回奈良之时，公家和武家的权贵纷纷在京都沿途护送。因对"神木事件"的处理得当，幕府的权威也将越来越强化，因此许多人开玩笑地说鬼界、高丽也该臣服了。然而此时朝鲜半岛的使者却持国书让日本解决倭寇问题，令很多人不可思议。兴福寺的"神木诉讼"成功代表了日本"神"的权威，鬼界、高丽臣服日本是日本传统的"神国思想"的对外意识，然而作者对这种传统的"神国思想"用了"謂ひ戯るるところに"，即戏谑来讲，暗指对神佑之事的怀疑。也就是说，天正本《太平记》在古老版本的基础之上，进一步对传统"神国思想"做了批判。

这种对日本传统"神国思想"的自卑实际上批判了"神国思想"能使外国臣服的观点，暗示了没有武威的室町幕府建构的以"神国思想"为中心的"华夷秩序"是不成立的，所谓的"中夏无为"的对外和平更是无稽之谈。进一步说，"中夏无为"不能以"神国思想"来解

---

① 長谷川端，校注．太平記：4 [M]．東京：小学館，1998：417．

决，表面短暂的和平之下隐藏着巨大的威胁，并不能给日本带来和平。这种对神国思想的不自信一方面包含对室町幕府的批判，另一方面也包含了日本传统以来的自卑心态。

综上所述，通过对《太平记》中神国思想的分析可知，日本的"神国思想"并非日本独有，而是在"神佛"融合的基础之上产生的，加入了儒家的华夷思想之后，体现了"神佛儒"三者的融合，构成了日本对外意识的来源。这种神国思想始于《日本书纪》，贯穿于整个日本古代，也体现在日本古典文学之中，军记物语当然也不例外。古代日本强调"神国思想"优越于儒学和佛教，试图建立"神国思想"下的"华夷秩序"，起初只是将朝鲜半岛纳入其中，中世以后逐渐扩大，也企图将大元纳入其中，丰臣秀吉时代又将明朝纳入其中。日本对神国思想既有极强的"优越感"，也有怀有强烈的自卑心态。然而，这种对神国思想的优越感在之后不断膨胀，对日本走上对外侵略战争之路产生了深远的影响，从丰臣秀吉企图征服朝鲜半岛和我国，到近代所谓的"大东亚共荣圈"等均与这种思想有很深的渊源。①

第三节 中国人物形象在日本的变迁

一、《白乐天》中的白居易形象

能乐是戏曲，是文学、歌唱、舞蹈、对话等各种形式因素组合的综

---

① 陈小法. 日本"神国思想"与元明时期的中日关系[J]. 许昌学院学报，2005(1)：92-96.
庄佩珍. 日本丰臣政权时期外交文书中所见"神国思想"的发展与创新：兼论中国典籍对日本思想文化发展的影响[J]. 福建师范大学学报（哲学社会科学版），2010（1）：82-92, 98.

<<< 第一章 元日战争和日本文学中的中国形象（13—15世纪）

合艺术，其文学剧本被称为谣曲。能乐是中世纪的室町时代在猿乐的基础上经过改革、提高创造出来的，题材多取日本古典名著中的故事，也有根据社寺缘起，当时事件、传闻轶事编写的。其中，许多根据中国历史故事和文学名著进行改编，如《白乐天》《东方朔》《项羽》《杨贵妃》《王昭君》等。谣曲《白乐天》讲述了白居易奉皇帝诏书赶往日本测试日本人智慧的故事。白居易乘船到达的松浦泻是日本九州西北部佐贺县海域，是古代通往朝鲜半岛的重要港口。在松浦泻白居易遇到由住吉明神化身正在垂钓的日本渔夫，向渔夫说明了来意之后，白居易作诗，渔夫作和歌，二人展开比赛，最终渔夫胜利，掀起神风将白居易刮回唐朝。对于白居易与住吉明神的相遇，外交文书集《善邻国宝记》的编撰者瑞溪周凤（1391—1473）在其日记《卧云日件录》中说，"又曰白乐天来日本，与住吉大明神相逢，乐天作诗有白云如带绕山腰之句，盖俗说未见所出"①，指出该故事的不可信。日本江户时代中期著名的儒学家新井白蛾（1715—1792）在其随笔《牛马问》中指出该故事荒诞不经，"若乐天真来，由住吉明神与之较量，岂非言日本无人焉。此欲褒日本之美而自取其辱，诚文盲不雅之人所杜撰也"②。虽说谣曲《白乐天》情节荒谬绝伦，篇幅简短，却蕴含丰富的含义，集中体现了日本中世的对外意识。张小钢以谣曲《白乐天》、浮世绘《见立白乐天》为例，探讨了18世纪日本人对中国文化接受情况的变化。③由美国学者Susan所写、荒木浩编译的《作为政治寓意的能乐——围绕〈白乐天〉》一文在久米邦武、高野辰之、天野文雄的研究基础之上，

---

① 近藤瓶城．改定史籍集覧 善隣國寶記［M］．東京：臨川書店，1984：3．
② 日本随筆大成編輯部．関秘録 牛馬問［M］．東京：吉川弘文館，1977．
③ 張小鋼．白楽天と住吉明神との邂逅：十八世紀の日本人における中国文化受容の意識［J］．名古屋大學中國語學文學論集，2007（19）：1-16．

详细地探讨了《白乐天》的成书和"应永外寇"、明朝使节出使日本的关系，指出该谣曲反映了室町幕府第四代将军足利义持不愿意加入明朝朝贡体系的历史背景。① 然而这些研究成果并未将《白乐天》放在日本文学的背景下考察，对历史背景的考察也仅仅停留在"应永外寇"和明朝日本关系之上，并未考虑到"蒙古袭来"对日本文学的影响。基于研究成果的不足之处，本书对《白乐天》中的和歌所谓"优越性"的叙述、住吉明神形象设定的意图作考察，管窥日本中世的对华认识。

（一）和歌的所谓"优越性"

白居易诗歌传到日本之后深受日本人喜爱，白居易也成为日本非常知名的人物，甚至被称为文殊菩萨。平安时代中期，朝廷还史无前例地开设了有关于《白氏文集》的讲座，由当时的名士大江唯时为醍醐天皇及村上天皇进行侍读，讲解《白氏文集》。除讲座外，村上天皇时期还举办要参照白氏七律格式作诗的诗会。由此可见白居易在日本的名声之大，谣曲《白乐天》中也有"其身虽在汉土，但名声很早便传至日本，无人不晓"② 的叙述。渔夫在知晓白居易来日本的意图之后，作品有如下叙述：

> 唐以诗为赏乐，日本以咏歌慰人心。原本歌是由天竺之灵文转为唐土之诗赋，以唐土之诗赋转为本朝之歌而来的。因此，歌是调和三国诗歌而来，写作极大柔和之歌（大きに和らぐ歌），读作大和歌（やまとうた）。③

---

① SUSAN B K，荒木浩. 政治の寓意としての能：「白楽天」をめぐって [J]. 大阪大学大学院文学研究科紀要，2010（50）：29-68.
② 伊藤正義，校注. 謡曲集 [J]. 東京：新潮社，1988：83.
③ 伊藤正義，校注. 謡曲集 [M]. 東京：新潮社，1988：84.

<<< 第一章 元日战争和日本文学中的中国形象（13—15世纪）

引文介绍了和歌的由来，是"天竺灵文—唐土诗赋—本朝和歌"的发展脉络。这种叙述是受三国佛教观的影响，即佛教从印度传至中国再传至日本。引文认为和歌调和三国诗歌，在融合三国诗歌特点的基础上，发展出非常柔和的具有日本特色的"大和歌"。这种对和歌的解释不仅仅出现在《白乐天》，在《古今和歌集序闻书》中也有类似的叙述，是日本中世文学的思潮。然而和歌在《万叶集》中是唱和之歌的含义，也被标记为"倭歌"。《古今和歌集》中，和歌虽是指与"汉诗"不同的日本本民族的诗歌形式，但其序对和歌的解释仍旧套用我国诗歌的定义，如下所示：

夫和歌者，托其根于心也，发其花于词林者也。人之在世不能无为，思虑易迁，哀乐相变，感生于志，咏形于言。是以逸者其声乐，怨者其吟悲，可以述怀，可以发愤，动天地，感鬼神，化人伦，和夫妇，莫宜于和歌。和歌有六义，一曰风，二曰赋，三曰比，四曰兴，五曰雅，六曰颂。①

该序受《毛诗序》的影响，以风雅颂赋比兴套用和歌六义，并未出现所谓调和三国诗歌的解释，也未有解释"和"是所谓的柔和之意。显而易见，谣曲《白乐天》对和歌的解释是将和歌置于东亚佛教传播的语境之下，强调了和歌深受印度、中国的影响，是具有日本独特性的文学样式。

佛教诞生于印度，在中国广为传播之后经朝鲜半岛传至日本，《日本书纪》中也有钦明十三年（552）佛教始由百济传入日本的记载。从

---

① 小沢正夫，松田成穂，校注. 古今和歌集［M］. 東京：小学館，1994：17.

地理位置来说，日本离佛教诞生地天竺非常遥远。根据《仁王经》等的描述，日本人所居住的"南阎浮提"以五天竺为中心，拥有十六大国、五百中国、十千小国，小国外围又有无数"粟散国"。所谓"粟散国"是指像粟一样散落在大海上的无足轻重的国家。在《平家物语》中，二品尼僧抱着年幼的安德天皇准备投海时说，此国乃粟散边土，忧心浮世之地，老尼带你同往那个称为极乐净土的美好世界。这里的"粟散边土"应该是日本对自己远离佛国这一地理位置的准确定位。然而中世的日本人虽然承认日本是"粟散边地"，却强调日本是神国，以此来克服这种先天的不利因素。鸭长明（1155—1216）的佛教说话集《发心集》中载有"因为日本是小国，处于边疆之地，因此国力弱小，人心愚蠢，……但是我国自伊邪那岐神、伊邪那美神起至百王的今日，一直都是神国，获得神的庇护"①，强调日本是"神国"，明显是和佛教的中心地印度、中国作对比，凸显日本的特殊性，追求和印度、中国的对等地位。成书于镰仓时代的《源平盛衰记》卷九《赖参拜熊野》中也阐述了神佛的关系：

  天竺在南国正中，是佛出家之地，然而从像法末期以来，天界诸神的保护渐衰，宛如佛法已亡。<u>然我国自伊弉诺、伊弉冉尊到如今的百王，始终是神国，神的加护和其他国不同</u>，并且，古代神功皇后使新罗、高丽、支那、百济等大国顺服，即便五浊乱漫的今天大乘佛教也得以传播。②

后白河上皇和其近臣在京都近郊鹿谷山庄密谋发动政变，企图打倒

---

① 三木纪人，校注. 方丈记 発心集 [M]. 東京：新潮社，1976：379.
② 松尾葦江，校注. 源平盛衰記：二 [M]. 東京：三弥井書店，1992：89.

<<< 第一章 元日战争和日本文学中的中国形象（13—15世纪）

控制国家政权的平氏，然而因密谋泄露而失败，史称"鹿谷之变"。平氏首领平清盛将参与"鹿谷之变"的藤原成经、平康赖、俊宽法师流放至现在九州南部的一座孤岛——鬼界岛。三人在鬼界岛向"神"祈祷早日返回京城，俊宽讲述了日本神国的由来，"佛"化身日本的"神"来到日本垂迹。对此，如上述引文所示，平康赖进一步讲述了日本"神"和"佛"的关系，指出佛教已经到了末法时代，在印度、中国已经衰落，而日本从古至今都是神国，所以佛教一直昌盛。和歌发端于神代的叙述体现在《古今和歌集》序中，"逮于素盏呜尊到出云国，始有三十一字之咏，今反歌之作也。其后虽天神之孙，海童之女，莫不以和歌通情者"。谣曲《白乐天》中的住吉明神是和歌之神，因此，谣曲《白乐天》对和歌的解释可以理解为和歌在吸收印度灵文、中国诗赋的基础上发展而来，因为起源于神代，所以优越于汉诗。这一点在作品之后的叙述中亦可印证。

谣曲《白乐天》中，听到渔夫的讲述之后，白居易马上吟咏了一首汉诗，"青苔带衣挂岩肩，白云似带围山腰"，渔夫称赞此诗很有趣，认为日本之歌也如此，并回一首和歌"着苔衣之岩十分翠绿，着绿衣之山以白云为带愈发翠绿"。听到这首和歌的白居易认为低贱的渔夫都能作如此优美和歌，令人不可思议。接着作品赞叹，和歌是和国的风俗，其志趣深奥，连渔夫都有如此风雅之心，世间少见。其实白居易吟咏的诗歌在《白氏文集》中并不存在，《江谈抄》卷四记载该诗系都在中和女房的唱和之作。然而世阿弥（1362—1443）的《金岛书·若州》中有"苔带衣挂岩肩，白云似带围山腰，白乐天咏，东船西船出入月影深，浔阳江畔，大概就是这样被知晓的"，认为这两句诗是白居易在

39

浔阳所作。① 总之，谣曲《白乐天》中白居易的这两句诗并非白居易的创作，是谣曲《白乐天》受《江谈抄》《金岛书》等的影响，为了凸显渔夫创作的和歌水平高。作品叙述不仅是人，日本的世间万物皆可吟咏和歌，并引用《古今和歌集》序中的"若夫春莺之啭花中，秋蝉之吟树上，虽无曲折，各发歌谣，物皆有之，自然之理也"做说明，又举例：

> 孝谦天皇在位之时，住在高天寺院之人在春天之际，听到了屋檐下梅花上黄莺的鸣叫：初阳每朝来，不遭还本栖。将其写为文字，刚好为三十一字的咏歌之言。自黄莺声始，鸟类畜类皆如人一般能咏歌。②

此部分在《曾我物语》卷五《莺、蛙之歌故事》中亦有引用。上引是为了说明日本人文化修养很高，不仅仅是低贱的渔夫，甚至动物都能吟咏和歌。很明显这样叙述和作品开头白居易奉旨到日本的目的叙述对应，凸显日本人智慧超越唐朝，和歌具有汉诗无法比拟的"优越性"。

（二）住吉明神形象设定的意图

在比试完诗歌之后，渔夫现身为住吉明神，掀起神风将白居易吹回唐朝。谣曲《白乐天》还以歌舞的形式赞扬了住吉明神的神力之大，不仅彰显了日本人智慧高于唐朝，还避免了日本被唐朝征服。作品的最后再次颂扬了日本神明：

---

① 三村昌義. 能における白居易の受容［M］//白居易研究講座：第四卷. 東京：勉誠社，1994.
② 伊藤正義，校注. 謡曲集［M］. 東京：新潮社，1988：85.

<<< 第一章 元日战争和日本文学中的中国形象（13—15世纪）

　　住吉现身，住吉现身。伊势石清水贺茂春日、鹿岛三岛诹访热田、安艺严岛神明化身为婆竭罗龙王之第三龙女，浮于海上，跳起海青乐。八大龙王奏起八音之曲，在海上翱翔。舞动的小忌衣被手风神风吹回，唐船自此回到汉土。真是太好了。因为神和天皇的威德，天皇统治未动摇，日本是长久无法撼动之国，长久无法撼动之国。①

　　引文中的婆竭罗龙王是佛教的护法神，在《妙法莲花经》《华严经》等中均有出现，神明化身为婆竭罗龙王之第三龙女的叙述体现了神佛融合的思想。其实所谓的神国思想的"优越性"并非日本民族内部产生的独特的思想，而是在佛教的影响下产生的。上引文认为正因为有神的护佑日本才免遭唐朝的侵略，天皇、日本的统治才会牢固长久。那么，住吉明神到底是什么样的神呢？

　　住吉明神是日本神话传说中的住吉三神，指的是底筒之男命、中筒之男命、表筒之男命三位大神，他们几乎总是合为一体出现。住吉明神与玉津岛明神、柿本人麻吕也被称为和歌的三大守护神。住吉明神与和歌的关系在《伊势物语》第117段中有记载，天皇行幸到住吉时，其手下作和歌询问松树年龄，住吉明神显灵回了一首和歌。到了中世时期，将住吉明神与和歌联系起来的记载逐渐增多，《古今和歌集序闻书》等注释书特别强调住吉明神为和歌的守护神，并将和歌解释为"柔和之歌"（やはらぐうた）②。《新古今和歌集》卷十九《神祇歌》中载有住吉明神的一首和歌，在《平家物语》卷二《流板传书》一节

---

① 伊藤正義，校注. 謡曲集 [M]. 東京：新潮社，1988：87.
② 菊地仁. 和歌陀羅尼攷 [J]. 伝承文学研究，1983（28）：1-12.

中被提及，"住吉明神歌咏倾斜屋脊，三轮明神吟唱杉木柴门。昔日，素戈鸣尊始作三十一字和歌，从此以后，许多神佛都作这种和歌，抒发其万千思绪"①，主要强调和歌的起源和神的关系。《源平盛衰记》卷七《和歌德之事》中也涉及住吉明神与和歌的关系，"自奈良天皇始，延喜天历以来，风调雨顺、国泰民安之时，必敕撰和歌集，至今不绝。住吉、玉津岛并非仅仅此道之神，伊势、清水、贺茂、春日之神谕、托梦皆入和歌"②，不仅提到住吉明神与和歌的关系，还提到了玉津岛、伊势、清水、贺茂、春日等神，与谣曲《白乐天》的叙述比较接近。基于住吉明神为和歌守护神的原因，作品选取其化身渔夫，设定其与白居易进行比试诗歌的"文战"。当然作品之所以选取住吉明神是因为其除了有"文"的一面，还有"武"的一面。

在《古事记》《日本书纪》中，住吉三神的出现与神功皇后侵略朝鲜半岛的叙述密切相关。《古事记》在叙述神功皇后征服朝鲜半岛之后，有"后，神功皇后以其御杖冲立新罗国主之门，即以墨江大神之荒御魂为国守神而祭镇，即还渡也"③的叙述，墨江大神之荒御魂，即住吉三神。《日本书纪》中有"住吉三神之荒魂祠于穴门山田邑也，得神相助之新罗亲征"④的叙述，意为神功皇后侵略朝鲜半岛得到了住吉三神的帮助。后白河上皇《梁尘秘抄》第249中"关西军神，一品中山，安艺严岛，备中吉备津，宫播磨广峰总三所，淡路岩屋，住吉西宫"⑤，把住吉明神归为军神。住吉明神不仅在所谓的对外战争中帮助日本，在对内战争中也常常出现。《平家物语》卷十一《志度浦交战》

---

① 市古貞次，校注訳.平家物語[M].東京：小学館，1994：136.
② 松尾葦江，校注.源平盛衰記：二[M].東京：三弥井書店，1992：38.
③ 山口佳紀，神野志隆光，校注訳.古事記[M].東京：小学館，1997：247.
④ 小島憲之，校注訳.日本書紀[M].東京：小学館，1994：338.
⑤ 上田設夫，注釈.梁塵秘抄全注釈[M].東京：新典社，2001.

第一章 元日战争和日本文学中的中国形象（13—15世纪）

中，住吉明神社的神主长盛，晋谒后白河上皇，启奏了神社发出的响箭声音，朝着西方飞去。上皇深为感动，拿出御剑等多种宝物，交给长盛去供奉大明神。该部分回顾了神功皇后御驾亲征讨伐新罗的故事，神功皇后因得到伊势大神宫派遣的二位神明：住吉大明神和诹访大明神为守护神，故战胜新罗。据此，后白河上皇和大臣们都深信不疑，认为在住吉明神的帮助下定会消灭平氏。由镰仓幕府编写的历史书籍《吾妻镜》对这部分也有记载，"同日住吉明神主津守长盛参洛，经奏闻称，去十六日，当社行恒例御神乐之间，及子刻，镝鸣出自第三神殿，指西方行云云，此间奉仕追讨御祈，灵验揭焉者欤"①，认为住吉明神显灵击败了平氏。此外，《太平记》还叙述了住吉明神和诹访明神等神显灵挂起神风，使日本战胜了强大的蒙古入侵。《太平记》卷三十九《神功皇后进攻新罗之事》回顾了神功皇后的故事，将日本战胜蒙古与神功皇后侵略朝鲜半岛类比，其中"以诹访、住吉大明神为副将军、稗将军，其余大小之神三千余艘向高立国进发"②的叙述将诹访、住吉明神直接作为参战的将领。《八幡愚童记》在回顾神功皇后故事时，详细描写了住吉明神作为大将调兵遣将战胜新罗的过程。

住吉明神具有"文武"两面性，故谣曲《白乐天》才设定住吉明神化身渔夫与白居易进行"文战"，通过"文战"战胜白居易，掀起神风将白居易刮回唐朝。这让人不知觉地联想到神风击败蒙古大军的情景，也可以说预示了"武战"的胜利。"文战"和"武战"的双重胜利或许才是作品深层次的含义。

（三）"蒙古袭来"之后的影响

"应永外寇"是日本应永二十六年（1419）李氏朝鲜王朝进攻日本

---

① 黑板勝美．吾妻鏡［M］．東京：吉川弘文館，1964：74.
② 鷲尾順敬，校注．太平記［M］．東京：刀江書院，1943：1133.

对马岛事件的称呼。其背景是，自高丽王朝末期开始，朝鲜沿岸地区经常受到来自日本的倭寇的袭击，朝鲜多次要求室町幕府在九州的官员（九州探题）镇压倭寇的活动，都未得到应允，于是朝鲜王朝派遣朝鲜水军进攻对马藩以清剿倭寇。满济（1378—1435），是日本南北朝时代至室町时代中期的真言宗僧人，被室町幕府第三代将军足利义满收为养子，深受足利义满、足利义持、足利义教的信任，参与室町幕府的内政、外交等决策，人称"黑衣宰相"，被授予准三宫的待遇。其著有《满济准后日记》，是研究室町时代历史的重要史料。《满济准后日记》对"应永外寇"有如下记载：

> 所诠如文永时，不及是非，可被追归分御治定云々。蒙古已发向对马，两方死人数辈在之云々。注进在之由风闻，折节笼居寺住间，不及委寻问，就风闻注之了。
>
> 自九州岛小贰飞脚进在之。其状云，蒙古舟先阵五百余艘，押寄对马津。小贰代宗右卫门以下七百余艘驰向，度々合战□六月廿六日终日相战，异国者共悉打负，于当座大略打死。或召取云々。异国大将两人生取，种々白状在之云々。此五百余艘悉高丽国者也云云。唐船二万余艘，六月六日可令着日本地处，件日台风起，唐船悉□归，过半没海由。注进在之旨。彼生取大将高〈高丽人〉白状由。同注进之。凡此合战之间，种々奇瑞在之云々。①

引文中的"文永"指"文永之役"，即1274年蒙古第一次进攻日本。满济在叙述这场战争时直接将朝鲜半岛的军队称为蒙古，将朝鲜王

---

① 塙保己一，编．太田藤四郎，补续．羣書類従補遺：满济准后日记[M]．東京：続群書類従完成会，1958：142.

<<< 第一章　元日战争和日本文学中的中国形象（13—15世纪）

朝称为高丽。也就是说，满济对"应永外寇"的认识还停留在蒙古进攻日本之时，并未认识到15世纪的东亚已经发生了很大的变化。这种看法在伏见宫贞成亲王（1372—1456）《看闻御记》中也存在。伏见宫贞成亲王是室町时代的皇族，世袭亲王家之一的伏见宫第三代主人。其日记记述了1416—1448年朝廷内的各项活动，是室町中期的基本史料。《看闻御记》收录了九州探题涉川持范寄给朝廷的书信，该书信详细地记述了"应永外寇"交战的经过，将入侵的朝鲜王朝军队称为"蒙古高丽"：

抑异国袭来事去六日探题注进状不虑披见记之。

抑六月廿日<u>蒙古高丽</u>一同引合军势五百余艘对马嶋押寄，打取彼嶋之间，我等大宰少贰势。……大船四艘差锦旗三流，<u>大将者女人也</u>，其力量不减，将乘舟之蒙古军兵三百余人投入海中，斩杀蒙古大将之弟其外以下廿八人。……廿七日夜半过异国残兵皆々引退，听闻蒙古被击退，其说未定也。……虽末代<u>神明威力</u>，吾国拥护现然也。此注进状正说也。①

引文不仅将朝鲜王朝对对马的进攻视为蒙古高丽进攻日本，还以神风解释了日本战胜。该书信还记载有一神秘女人率领四艘舰船帮助日本与蒙古交战，很明显这位女将是神功皇后。这种叙述和《八幡愚童训》《太平记》等讲述与蒙古交战的场面类似，是一种类型化的描写手法。

谣曲《白乐天》成书的具体年代不详，但记录显示该谣曲曾于宽正五年（1464）上演。此外，该谣曲还被中世能乐家观世正盛（1429—

---

① 塙保己一，編. 太田藤四郎，補続. 羣書類従補遺：看聞御記［M］. 東京：続群書類従完成会，1958：172.

1470）演出，因此其成立时间是15世纪。美国学者Susan认为，该谣曲具有很强的政治寓意，反映了"应永外寇"时期日本误认为吕渊出使日本和朝鲜王朝袭击对马藩有直接的关系，担心明朝和朝鲜半岛意欲联合出兵攻打日本。"应永外寇"时期室町幕府的将军是足利义满的儿子足利义持。足利义满是室町幕府的第三代将军，其在位期间积极发展和明朝的关系，甚至向明朝称臣。然而足利义满死后，公元1408年，其子足利义持接任将军，并于1411年、1417年、1418年三次拒绝明使进入京都，使朝贡贸易关系中断十余年之久。《善邻国宝记》中收录了足利义持送给明朝的国书，其中有"灵神托人谓曰我国自古不向外邦称臣"的解释，是足利义持向明朝说明其不接待明朝使者的原因。足利义满生病时，占卜结果为神在作祟，神托梦说日本自古不向外邦称臣，故神降罪使义满生病，于是义满在临终时向神立下今后无受外国使命的誓言。足利义持的这封国书与至元三年（1266）日本回复蒙古国书的叙述类似。日本朝廷回复蒙古的国书，因为幕府反对回复而未能送达蒙古，但这封国书却保存了下来，在这封国书中有"凡自天照皇大神耀天统，至日本今皇帝受日嗣，圣明所覃，莫不属左庙右稷之灵，得一无贰之盟，百王之镇护孔昭，四夷之修靖无斁，故以皇土永号神国，非可以智竞，非可以力争，难以一二，乞也思"[1]，强调神国日本是不可被征服的。通过对比，很明显足利义持以神国思想解释不愿加入明朝朝贡体系的原因，与日本朝廷拒绝臣服蒙古的国书叙述相近。因此，可以说日本中世的对外意识主要受蒙古袭来的影响，谣曲《白乐天》正是在这种对外意识的影响下被创作的。

---

[1] 竹内理三. 鎌倉遺文：古文書編：第十四巻 [M]. 東京：東京堂出版, 1971.

<<< 第一章 元日战争和日本文学中的中国形象（13—15 世纪）

二、杨贵妃形象的流变

伴随着白居易《长恨歌》等在日本的流行，杨贵妃故事也为日本人喜爱，对日本古代文学产生了很大的影响。日本平安时代文学中的杨贵妃故事受白居易《长恨歌》的影响，有重视唐玄宗和杨贵妃之间所谓爱情的一面，如《和汉朗咏集》卷上 250 首的"杨贵妃归唐帝思、李夫人去汉皇情"[1]，突出了唐玄宗对杨贵妃的思念。《源氏物语》的《桐壶》一节中将桐壶更衣比拟为杨贵妃："唐朝就有此等事，弄得天下大乱。这消息逐渐传遍全国，民间怨声载道，忧心忡忡，认为此事十分可忧，将来免不了会引发杨贵妃那样的大祸。"[2] 这部分描写的是桐壶天皇对美女更衣的宠爱所引起的议论，世人担心桐壶天皇沉溺于更衣会导致唐朝那样的"安史之乱"，是对杨贵妃"红颜祸水"一面的接受。

日本中世文学在元日战争的影响下对杨贵妃故事接受发生了变化，即杨贵妃在马嵬兵变中未死而是流落日本并化身热田明神的传说。热田明神是热田神宫祭祀的主神，传说日本皇室的三种神器之一的天丛云剑就在该神社中。杨贵妃东渡日本的传说的主要内容是，因为唐玄宗企图征服日本，热田明神便化作杨贵妃去迷惑唐玄宗，挫败了唐玄宗侵日之志气。该传说的起源最早能追溯到比叡山和尚光宗（1276—1350）的佛教书籍《溪岚拾叶集》。在该书的序言（1318 年）中有"唐玄宗皇帝共杨贵妃至蓬莱宫。其蓬莱宫者，我国今热田明神是也。此社坛后有五轮塔婆，五轮铭释迦种子字书，此塔婆杨贵妃坟墓也热田神乂见"[3]

---

[1] 菅野禮行，校注訳. 和漢朗詠集［M］. 東京：小学館，1999：58.
[2] 中野幸一，校注訳. 紫式部日記［M］. 東京：小学館，1994：96.
[3] 中世禅籍叢刊編集委員会. 中世禅籍叢刊：第 7 卷［M］. 東京：臨川書店，2016.

的记述，认为唐玄宗、杨贵妃都到了日本蓬莱宫，并且杨贵妃葬在了热田神宫。

《曾我物语》成书于镰仓时期，根据曾我佑成、时致兄弟讨伐父亲的仇敌工藤佑经的史实创作而成。其卷二《玄宗皇帝故事》中载有"方士乘飞车来到我朝尾张国，化身为八剑明神。杨贵妃是热田明神。蓬莱宫即是此地"①，也记述了杨贵妃到日本化身热田明神的传说。由足利义晴于大永三年（1523）编写的《雲州樋河上天渊记》中也详细叙述了唐玄宗攻取日本的故事，"李唐玄宗募权威、欲取日本。于时日本大小神祇评议给、以热田倩给、生代杨家而为杨妃、乱玄宗之心、醒日本夺取之志给"②。室町时代后期的儒学家清原宣贤（1475—1550）在其《长恨歌抄》中也记载了此传说，"一说此蓬莱乃言日本尾张热田明神，玄宗欲攻取日本，热田明神变成美女，以迷玄宗之心"③。《职原抄闻书》出版于1674年，是对北畠亲房（1293—1354）《职原抄》一书讲释的记录。该书记述了唐玄宗皇帝欲夺取日本，岩户姬与日本诸神谋划之后化身杨贵妃，熊野权现化身为杨国忠，春日明神化身为安禄山，共同阻止唐玄宗的侵日行为。由此可见，杨贵妃渡日故事在日本中世的流传广度，与谣曲《白乐天》的故事互相映衬，共同构成了日本中世文学中的中国形象。

总之，白居易、杨贵妃都是日本家喻户晓的人物，他们频频出现在日本文学之中，是中国文化的象征。谣曲《白乐天》以及杨贵妃化身为热田明神的故事正是通过"汉诗—和歌""元军—住吉明神""唐玄

---

① 梶原正昭，大津雄一，野中哲照，校注訳. 曾我物語 [M]. 東京：小学館，2002：161.
② 塙保己一. 羣書類従：第2輯 [M]. 東京：書類従刊行会，1952：107.
③ 近藤春雄. 長恨歌·琵琶行の研究 [M]. 東京：明治書院，1981：246.

<<< 第一章 元日战争和日本文学中的中国形象（13—15世纪）

宗（象征元朝）—杨贵妃（热田明神）"这三组"异域—本土"的具象，来彰显日本"和歌""神祇"的特殊性，构建了不同于中国文化的日本文化的"优越性"。

本章小结

江户时代末期，为应对俄罗斯北方的威胁，塙保己一于1811年将"蒙古史料"汇编为《萤蝇抄》以供幕府参考。《萤蝇抄》引用的资料多达130种，均来自日本，并未引用朝鲜半岛和我国古代的资料。塙保己一（1746—1821）是日本江户后期的盲人国学者、文献学者，5岁失明，13岁前往江户求学，入贺茂真渊门下潜心于国学，以惊人的记忆力学习日本史和古代制度，历时41年编撰完成530卷666册的《群书类从》。《萤蝇抄》总共五卷，另加一个附录。第一卷主要内容是日本抵御上代新罗国的入侵，以及神功皇后和新罗的交战。第二卷从弘仁三年（812）始，止于宽仁四年（1020），主要内容是"新罗袭来"和"刀伊入寇"，其中"刀伊入寇"部分占了该卷一半以上。这部分对"新罗袭来"的记载相对比较客观，多用"新罗海贼"称呼，主要集中于日本贞观年间（859—877）。第三卷从蒙古国书到来的文永五年（1268）至第一次元日战争爆发和结束的文永十一年（1274），关于战争的过程主要参照的《八幡愚童训》和《蒙古袭来绘词》。第四卷从文永十一年（1274）的改元和宋幼帝德祐二年（1276）记载始，弘安四年（1281）第二次蒙古袭来的结束终。第三卷和第四卷大量引用"蒙古袭来"相关记载，对蒙古使者的到来、日本对蒙古的防范、战争的经过与结果等做了详细整理。不足之处是并未参照中国、朝鲜半岛的相关记载，对许多失信的叙述也未加辨别指正。而元禄四年（1691）编撰的《参考太平记》中的"蒙古袭来"记事除了参考日本相关史料，还参考了《元史》《高丽史》，指出了《太平记》中的诸多谬误之处。第五卷从弘安五年（1282）至正庆二年（1333），记载镰仓幕府为防止蒙古再次袭来的警备情况，"按正庆二年北条家灭亡探题英时自杀于是异贼警卫终寝"，也就是说镰仓幕府对蒙古的戒备直至镰仓幕府的灭亡。第五卷还记载了应永二十六年（1419）的"应永外寇"。附录主要收录与蒙古袭来相关记载。从这六部分的内容来看，"蒙古袭来"相关资料是主要部分，占据一多半。该书对日本相关的元日战争资料做了翔实的梳理，并继承了日本中世以来的对外认识，强调具有"武国""神国"优越性的日本不惧怕任何外国入侵，能够战胜任何外国入侵势力。

此外，长村鉴于1816年编写的《蒙古寇纪》、大桥纳庵于1853年编写的《元寇记略》、江户后期国学家橘守部的《蒙古诸军记辩异》、渡边义象于1890年出版的《元寇始末》等均是元日战争的相关资料，突出反映了日本近代前后对外的危机意识，从元日战争的经历中寻求本国对外的自信。总之，元日战争是古代日本本土第一次遭受重大的入侵，对日本政治思想文化文学，以及对外认识的形成产生了重要影响。元日战争之后，日本中世文学中的中国形象发生了很大的转折，通过对元军的畏惧与蔑视、对中国文化的平视，显示了日本对本国文化的自信以及对日本本国文化的积极建构。当然，这一时期日本对中国文化的倾慕并未消失，这种倾慕持续存在于整个日本发展的各个历史阶段。日本中世对本国文化的建构也只是一个开端，最终完成于日本近世19世纪中后期，是在"汉学—国学"这一双向的建构中完成的。

第二章

万历朝鲜战争和日本文学中的中国形象（16—17世纪）

  明朝万历二十年至二十六年（1592—1598）爆发的万历朝鲜战争（朝鲜称为"壬辰倭乱·丁酉再乱"，日本称为"庆长文禄之役"）是一场波及中国、日本、朝鲜乃至东南亚诸国的大规模军事冲突，影响了明日朝三国的历史命运，对17世纪东亚政治格局的重塑起到了巨大作用，是日本近代征韩侵华，以及一系列对亚洲侵略战争的前奏。[①] 这场战争对明日朝三方都产生了深远影响，朝鲜王朝自此之后国力衰退，百年间一蹶不振。《明史》的记载虽然比较简略，"自关白侵东国，前后七载，丧师数十万，靡饷数百万，中朝与朝鲜迄无胜算。至关白死，兵祸始休"[②]，但其实这场战争消耗了明朝的国力，致使明朝损失了数以万计的兵力，无暇顾及对周边疆域民族的控制，最终明清易代。这场战争也给日本人民造成了沉重的负担，军费、兵力等巨大的战争资源耗费，然而战争对日本来说也并非全是坏事，"从朝鲜掠夺的物资、人力

[①] 韩东育认为1592—1945年日本在东亚地区先后发动的"壬辰倭乱""甲午战争"和侵华战争等一系列侵略行为定调于丰臣秀吉。参见：韩东育. 日本对外战争的隐秘逻辑（1592—1945）[J]. 中国社会科学，2013（4）：180-203, 208. 加拿大学者塞缪尔·霍利将这场战争视为日本近代发动的甲午战争、日俄战争、侵华战争和太平洋战争的先例，参见：霍利. 壬辰战争 [M]. 方宇，译. 北京：民主与建设出版社，2019：3-5.

[②] 《明史》卷三百二十《外国三·日本》。

资源却能弥补日方的全部损失"①，此外日本还从朝鲜掳走了大量的书籍、文物以及各种能工巧匠，被俘的朝鲜朱子学者姜沆等，促进了朱子学在日本的兴盛。战争结束之后，明朝日三国分别基于各自立场对这场战争做了记录与书写，诞生了诸多相关历史文艺作品，是我们了解参战三国对这场战争言说方式的绝好材料。

第一节　万历朝鲜战争前日本遣明使的中国认识

其实在万历朝鲜战争前，日本笔下的中国形象已经开始发生变化，尤其是遣明使的中国认识。自1401年室町幕府第三代将军足利义满以"日本国准三后源道义"的名义向明朝遣使正式恢复官方通好开始，截至1547年大内氏派出的最后一次遣明使，日本共向明朝派遣使节19次。日本与明朝的官方交往意味着重新回归以中国为中心的朝贡体制，以朝贡国的身份往来于明朝。日本遣明使从九州福冈出发，利用春季或秋季的季风漂流至宁波，在宁波通过京杭大运河到达北京，在北京完成朝贡一系列活动之后，原路返回日本，完成朝贡之行。遣明使团规模庞大，船只多时达10艘，人数1000多人，其中到北京朝贡人数也多达几百人。这些遣明使成员在中国的所见所闻，以及在北京朝贡时的观察和描写既可补充我国国内史料的阙失与不足，也有助于我们从异域的视角，加深对明代中国及北京的认识，更是研究中日文化关系的绝好材料。同时，对日本遣明使记述中国之行的材料中折射出的日本人内心情

---

① 崔官. 壬辰倭乱：四百年前的朝鲜战争 [M]. 北京：中国社会科学出版社，2013：7.

感变化和若隐若现的自我形象进行分析，不仅可以使我们了解持续几千年的中日关系的某些特性，亦可以理解日本对中国复杂的民族心理，更能够揭示这种心理在"自我"和"他者"相互审视中生成的过程。

现存遣明使记录中国之行的文献主要有《笑云入明记》《唐船日记》《戊子入明记》《壬申入明记》《初渡集》《再渡集》等，在日本中世的其他文献中也能零散地看到对遣明使的记载。《唐船日记》《戊子入明记》《壬申入明记》等是入明文书的记载，故本书主要以笑云瑞䜣的《笑云入明记》和策彦周良的《初渡集》《再渡集》为中心。《笑云入明记》也被称为《允澎入唐记》，主要记述了景泰四年（1453）以东洋允澎为正使出使明朝的过程。东洋允澎在景泰五年（1454）五月从北京返回宁波的途中在杭州病逝。《初渡集》《再渡集》分别记录了策彦周良于嘉靖十八年（1539）、嘉靖二十六年（1547）两次分别以副使（正使为湖心硕鼎）和正使的身份出使明朝的经历。目前国内外学界虽然对遣明使的北京之行有所研究，但研究成果仅仅停留于介绍层面，对遣明使的北京之行折射出的日本民族心理未进行深入探讨，其中的一些考证也存在值得商榷之处。北京之行对遣明使来说是中国之行的重中之重，集中体现了他们对明代中国的认识及对本国的重新审视。因此，本书将重点放在遣明使笔下的北京之行，揭示他们在与"他者"明朝交往过程中的民族心理，探究他们通过"他者"反思"自我"的情感历程。

一、入京前的交涉与抗议

日本遣明使团到达宁波之后，需接受明朝相关机构对携带物品的检查，然后才会被允许入住驿馆休息。明朝相关机构将使团携来的勘合文书与保管在浙江布政司的勘合作核对，查验贡物并封存于府库，使团携来的兵器、船具等也会被临时管制。与此同时，宁波地方官员将遣明使来朝的消息报告朝廷，遣明使团便在驿馆中等待允许上京的诏令。日本遣明使进京路线基本是确定的，从宁波出发到达杭州，沿京杭大运河过嘉兴、苏州、常州等地，跨长江北上途径徐州、济南、顺天府等，抵达通州张家湾，然后在张家湾乘坐马车进入北京城。据《笑云入明记》的记载，景泰四年（1453）4月20日遣明使一行入住宁波安达驿，5月3日官人陈氏前往北京上奏日本八艘进贡船来之事，5月27日宁波地方官员在备茶饭宴请遣明使之时，北京礼部札至，内容为已知晓日本国进贡船来朝，速令动身前往北京。7月11日陈大人自北京归。8月6遣明使从安达驿出发，各乘船出发前往北京。笑云瑞䜣一行到达宁波之后，截至允许进京的诏令大约有1个月，接到诏令到出发进京花费了2个月左右时间。这2个多月除为进京做准备外，遣明使还利用空闲时间游览宁波当地的寺院。

笑云瑞䜣一行在宁波期间适逢景泰皇帝之寿诞。皇帝的诞辰日在明清时代也被称为万寿节，取万寿无疆之义，与元旦、冬至并称为三大节日，也是古代全国性的重要礼仪活动。《笑云入明记》记载，"8月1日五更起劝政堂为月旦礼，又起天宁寺习皇帝圣诞之礼仪，府中诸官府学县学秀才天童山育王寺延庆万寿，清众恭趋于祝延圣寿，道场一等立定，秀才一人立阶上，唱排班拜典"[1]，也就是在皇帝寿诞之前各个地方要练习相关礼仪以便在寿诞之日行礼，包括外国使节。景泰皇帝的寿诞为8月3日，当日府官及诸刹僧众皆趋天宁寺而讲礼，然而日本遣明使却因雨未去致使负责人陈内官大怒。也就是说，遣明使作为朝贡国的使节必须参加庆祝，虽然笑云瑞䜣等人学习了皇帝寿诞之礼，但在寿诞

---

[1] 村井章介，須田牧子. 笑雲入明記：日本僧の見た明代中国 [M]. 東京：平凡社，2010：190.

当日却因雨未参加。《笑云入明记》并未记载遣明使的心理活动，但我们似乎可以推测他们是不情愿参加此类活动的，只是假借下雨之名而已，体现了对这种礼节活动的抗拒。

虽然策彦周良在嘉靖十八年（1539）5月25日已达宁波，但由于受1523年细川氏和大内氏"宁波争贡之乱"的影响，迟迟得不到进京的诏书。[①]"宁波争贡之乱"起因于日本大名大内氏和细川氏争相派遣对明朝贸易的遣明使，两团在抵达宁波之后因勘合符效力而引发冲突，导致大内氏的谦道宗设等人与细川氏的代表鸾冈端佐等人发生武装冲突，殃及宁波一带居民，甚至出现明政府官兵战死的情况。此后明朝对日本的警戒提高，策彦周良正是在这样的背景下入明的。因在宁波等待太久，策彦周良分别于6月15日、6月17日呈书于宁波的太监，多次请求进京的日期。直到8月16日策彦周良才得到允许上京的诏令，"午刻北京文书写本到来。各开欢颜"[②]的记述表达了他们得到进京允许的喜悦之情。因明廷担心日本人再次发生骚乱，这次遣明使的北京之行遭受了前所未有的戒备，在北行途中许多城池不允许日本人进入，策彦周良在《初渡集》中多次表达过对不能进入杭州城的抗议。牧田谛亮认为，与笑云瑞䜣一行进京路线不同的是，策彦周良一行绕开了沿途许多繁华的城市，是明朝护送人员为了方便警戒故意为之。[③]

策彦周良第一次来华与宁波官员做了大量的交涉，表达了日方对明朝严格管理的不满，同时也流露出与明朝构建对等外交的意图。《初渡集》嘉靖十八年（1539）5月21日有如下记载：

---

① 朱莉丽. 行观中国：日本使节眼中的明代社会［M］. 上海：复旦大学出版社，2013：65.
② 牧田谛亮. 策彦入明記の研究［M］. 東京：臨川書店，2016：152.
③ 牧田谛亮. 策彦入明記の研究［M］. 東京：臨川書店，2016：432.

巳刻周通事来，予笔谈云，吾国高出于朝鲜琉球之上，是曩昔以来之规也。故吾国先王丰聪帝丁本邦隋帝之朝致书，有东皇帝奉书西皇帝之语。然近年指吾国王使臣等，枉呼夷人何哉？周文衡以书答云，日出处与日没处不同，原先朝贡之初，班首使臣也。①

引文中策彦周良指出日本国的地位高于朝鲜琉球之上，认为这是自古以来之规。策彦周良的这种认识是日本古代长期的自我主张，8世纪初期成书的《古事记》《日本书纪》就已经将朝鲜半岛视为其藩属国，甚至753年在唐长安城大明宫发生了遣唐使大伴古麻吕曾和新罗使者争夺上等席位的事件。②策彦周良引用圣德太子执政时期向隋朝派遣使节的先例，其中的"东皇帝奉书西皇帝"的说法，即日本追求平等外交的意图体现，与《隋书》中记载"日出处天子致书日没处天子无恙云云"一致，引起了隋文帝不悦。因为在朝贡体系之下，古代中国的藩属国是不能自称皇帝的，应该使用比皇帝低一等的"国王"称呼，如室町幕府代代将军写给明朝皇帝的国书也均是使用日本国王的自称。策彦周良还通过翻译周文衡抗议明朝对日本国王使臣使用"夷人"这一蔑视称呼。从这段对话可以看出，策彦周良继承了圣德太子时期追求与中国对等的外交方针，流露出其对明政府朝贡外交的不满和抗议。

二、对在京礼仪活动的顺从与抗拒

藩国国王或使节在京城面见皇帝，呈上国书、贡物的过程是朝贡礼仪的核心所在，是为了借助繁杂有序的礼仪维持天朝上国的权威。在封

---

① 牧田諦亮. 策彦入明記の研究 [M]. 東京：臨川書店，2016：55.
② 石井正敏. 大伴古麻呂奏言について：虚構説の紹介とその問題点 [J]. 法政史学，1983（1）：27-40.

<<< 第二章　万历朝鲜战争和日本文学中的中国形象（16—17世纪）

建统治者看来看，四夷咸服、称臣纳贡是最大程度彰显天朝皇帝恩泽四方、声教广布天下的途径。为此朝廷制定了一系列严格而又极度繁杂的仪式，是古代中国以儒家学说确定对四夷施以德化的"礼"的重要形式。① 对于朝贡礼仪，尽管我国各个朝代的规定不尽相同，但历代的典籍中对其均有不厌其烦的描述。明朝也不例外，中央对藩国在京城朝贡期间的驿馆、赏赐等有详细严密的规定，推动这些制度实施的是礼部、鸿胪寺以及隶属兵部的会同馆等机构。日本遣明使船自进入宁波之后，出迎的仪仗、负责接待官员的级别、下榻的住所、宴席的招待等均有章可循，体现明朝大国之风范。进入北京后，从住宿、宴请等日常生活到一切外事活动，无不受到制度的约束和规范，也体现了国家的礼仪制度以及朝贡秩序。

　　无论是笑云瑞䜣一行还是策彦周良一行，在入住北京会同馆或玉河馆之后，首先必须在鸿胪寺习礼亭学习朝参之礼，为正式朝见做准备。笑云瑞䜣朝参次数达26次，其中亲见景泰皇帝有8次。景泰皇帝频繁接见日本使节或许是为加强统治的合法性，因其是在明英宗被蒙古瓦剌部俘获情况下继位的。策彦周良两次来华均未进入宫城内，也未受嘉靖皇帝的亲自接见，与嘉靖皇帝不上朝沉溺于修炼道教、倭寇猖獗肆虐东南沿海致使中日关系恶化等相关。不论怎样，笑云瑞䜣、策彦周良都顺从了在京繁文缛节的朝参活动，但这并不意味着他们对在京礼仪活动没有意见，在遵守明朝基本礼仪活动之外，他们对涉及本国尊严的场合显示出不满与抗拒。据《笑云入明记》1453年11月21日中的记载，"日本清海高丽官人赐茶饭于本馆，争位，主客司来，左日本右高丽"②，

---

① 栾凡. 明代中朝朝贡礼仪的制度化[J]. 社会科学战线，2008（12）：109-112.
② 村井章介，須田牧子. 笑雲入明記：日本僧の見た明代中国[M]. 東京：平凡社，2010：212.

高丽指当时的朝鲜王朝，日本在涉及与朝鲜王朝座次高低的场合丝毫不妥协，一定要显示出地位高于朝鲜之上。此外，明朝在朝贡贸易体制下采取"厚往薄来"的方针，对朝贡国进贡的方物赔偿其价。《笑云入明记》记载1454年2月1日朝参奉天门，正使捧表请益方物给价，因明廷给的价格不符日本期望，故多次向明廷交涉，并提出若不依宣德八年（1433）之例绝不回国，以此威胁明朝。最终明朝礼部妥协依照宣德年间先例议定给价。

与笑云瑞䜣一行相比，策彦周良在京的礼仪活动更为曲折，当然主要原因在于上文所述的受"宁波争贡之乱"影响。原本遣明使在京朝见皇帝之时献上表文，但由于当时中日关系的恶化，嘉靖皇帝并未接见遣明使。嘉靖十九年（1540）3月8日，礼部直接差遣二大通事向日本索取表文。这引起了策彦周良等人的不满和抗拒，认为有辱国家尊严，坚决不向礼部交出表文。但礼部多次坚持，日方不得已只好通过通事交予礼部。不仅如此，策彦周良等人在京的活动还受到明朝严格限制。3月17日礼部提督主事施牌，对遣明使提出要严格遵从明朝法律，"须达礼秉法，名分严明御下。毋从，天朝鉴诚加重。如辱国体孤使命，聘词求胜，非国王所望于使臣也。图之。日止照分，毋相侵越，夜慎火烛，毋致疏虞"[①]，显然这是明廷为了防范遣明使在明朝引发冲突之故。对于明朝赏赐的衣服，遣明使上短疏表达不满，认为赏赐的衣服与以往不一样，使臣中有僧人有俗官，但是赏赐的衣服均是俗服，而非僧衣，没有按照以前的约定俗成赏赐，让明朝朝廷依例赏赐。同时对明廷赏赐货物也提出异议，多次上短疏抗议请求明廷重新赏赐。明廷对此表达了日方在没有解决"宁波争贡之乱"的前提下就派出使节的不满。在1540

---

① 牧田諦亮. 策彦入明記の研究［M］. 東京：臨川書店，2016：127.

<<< 第二章　万历朝鲜战争和日本文学中的中国形象（16—17世纪）

年4月14日，礼部出牌质问遣明使宁波之乱的日方处理情况，"赏赐之类，又准照例。朝廷柔远之恩至矣。今乃轨以货物为言，是来此专为利也。敬顺之意何在。今朝廷且不深究。袁指挥漂没来历。该国反以货物为言可乎"①，意为在日方未解决宁波争贡之乱情况之下，明政府让策彦周良入京朝贡已是宽宏大量，日方反而在赏赐方面斤斤计较，这是专为利益而来朝贡，毫无恭顺之意。对此，日方于16日呈短疏，进行了申辩和抗争，认为日方已经尽力解决此事：

> 如事不达而仓皇归国，则吾王必督责曰，件件事既具别幅以闻，然而尔等辱我使命于大国。其罪孰大焉。就戮如指掌也。迷惑之至，进退维谷。盖吾王乞旧货之一举。平素唯有富国拯民之意也，全非先利后贡也。伏希感吾王修贡之诚，悯使臣远来之劳。详转达愚讼于天庭，复旧货，颁新勘合，则弗胜感戴之至。一则俾生还使臣等出免刑之路，二则可使国王世世称臣奉贡不绝。此安宁长久之道也。②

策彦周良在上文中使用软硬兼施的口吻，一方面表达了朝贡的诚意，另一方面暗示了若达不到日方要求则两国永无安宁。当然这里并不意味着日方将发兵进犯，而是日方将不与明朝齐心协力解决倭寇问题。明朝与日本恢复交往以及明朝对日本的怀柔政策的目的之一是希望日方能够控制国内倭寇，避免骚扰侵犯沿海地区。无论是策彦周良《初渡集》还是我国明史相关材料都未记载明廷对此短疏的具体反应。但据《初渡集》的记载，在此短疏上奏之后，明廷在5月1日重新赏赐了日

---

① 牧田諦亮. 策彦入明記の研究 [M]. 東京：臨川書店，2016：129.
② 牧田諦亮. 策彦入明記の研究 [M]. 東京：臨川書店，2016：130.

方衣服和货物。由此可以推测，明廷担忧倭寇问题，避免与遣明使发生冲突，继续采取怀柔政策，做出巨大让步，希冀日方能在倭寇问题上配合明朝政府。5月2日遣明使到宫中拜谢，而策彦周良独以微恙不赴。这样的记述或许也可以看出策彦周良强烈的自尊心和对明朝的不满。5月9日离京之时，明朝相关官员提供遣明使驴车，策彦周良再次呈短疏，抗议说古往今来贡使不乘驴，之后明朝官员斥责有关官员，提供马匹，遣明使才动身离京。

三、对在京文化活动的自信与自大

日本遣明使在京除参加的礼仪活动外，还参加了一系列的文化活动。因遣明使的主要成员是僧人，故参观寺院是他们在京必不可少之活动。据策彦周良《初渡集》《再渡集》记载，日本遣明使分别于1540年4月29日、1548年7月28日参观了北京最大的两所寺院：大慈恩寺和大隆善寺（护国寺）。《初渡集》对这两所寺院的外观做了详细的介绍。《笑云入明记》记载笑云瑞䜣一行除参拜大慈恩寺和大隆善寺外，还游览了大兴隆禅寺、知果寺、正觉寺等。其中景泰五年（1454）正月二日笑云瑞䜣游法华寺，入僧堂后，有"一老僧曰：我师乃日本亮哲也。师曾有偈曰：眼前风物般般别，唯有寒梅一样花"[①] 的记载。这里的法华寺现位于北京市东城区法华寺街，现存寺院为清代重修。老僧自称其老师为日本亮哲，无从可靠，应为杜撰，目的是强调日本佛法水平之高。亮哲偈诗意为，虽然明代中国风物与日本不一样，但相同的是中日两国均有寒梅花。梅花是中国文化的象征，隐喻了日本与中国一样

---

① 村井章介，须田牧子. 笑雲入明記：日本僧の見た明代中国 [M]. 東京：平凡社，2010：210.

<<< 第二章 万历朝鲜战争和日本文学中的中国形象（16—17世纪）

是文明高度发达的国家。由村井章介、须田牧子编写注解的《笑云入明记：日本僧看到的明代中国》认为这两句偈语与《禅林句集》中的名句"月知明月秋，花知一样春"类似。① 然而据笔者调查，清代乾隆年间陶元藻编写的《全浙诗话》卷三十九《倭诗》有与这两句偈语几乎相同的诗句，原文是"《台州府志》：建跳所相传，一倭飘风至。题绝句云：出日扶桑是我家，好风相送到中华。眼前景物千般异，惟有寒梅一样花。传送至官，乃遣还国。当嘉靖未乱以前事，设其来晚，将不免为囚矣"②。这里的嘉靖未乱指的是嘉靖三十四年（1555）倭乱之前。《全浙诗话》认为这首诗是一日本人漂流至浙江台州，写了此首汉诗，中国官员感其才华将其放回。《笑云入明记》成书于日本中世，从时间上来讲应为《笑云入明记》影响《全浙诗话》，但现今流传的《笑云入明记》版本源于江户时代，因此很难断定二者之间的影响关系。此外，笔者还在高泉性潡的《山堂清话》中发现了这首诗，原文如下：

  受业无住老人尝语予曰："昔福省有人捕一船，其中人物仪具极其济楚，引之，登岸，面省主，主见其人物俊秀，知是贵人，以觚翰置前，令通信。乃赋诗曰：日出扶桑是我家，飘摇七日到中华。山川人物般般异，惟有寒梅一样花。其末书云：某日本国某王之子，因月夜泛舟，不觉随风至此。省主见其诗，叹曰：'异方之人亦有才若此，可嘉。'命有司以盛礼款待，具大舟送回。"予以是知：日域通文有自来者。及至此方，询其人，并无有知之者。谅

---

① 村井章介，须田牧子. 笑雲入明記：日本僧の見た明代中国［M］. 東京：平凡社，2010：122.
② 陶元藻. 全浙诗话［M］. 北京：中华书局，2013：957.

61

年代久远，无人能述。①

高泉性潡是日本黄檗宗的开山鼻祖隐元之法孙，于1661年渡日继承隐元衣钵。引文讲述了日本一王子漂流至福建，赋诗之后，省主叹其才，将其送回日本。高泉性潡讲述此故事主要是为了说明日本的文化形象极为昌明，显示了对日本深具好感。② 这则故事还被江户时代室鸠巢的随笔《骏台杂话》等引用，反映了故事在中日之间有一定程度的传播。当然笔者受资料所限无法详细考证出这首诗歌的来龙去脉，但至少可以看出《笑云入明记》引用这首诗歌的意图，即强调日本文化的发展水平与明代中国并无二致，反映了笑云瑞䜣对本国文化的自信。例如，僧策彦周良在阅读《文献通考》中二十八卷《煎茶水记》时，根据自己的经验，对当时中国的煎茶用水法提出异议，并提出自己的意见。③ 这些事例也都可以说明当时日本人虽然仍旧处于学习中国文化的阶段，但绝非一味崇拜迎合，而是提出自己的主张，显示了对学习中国文化的自信。

笑云瑞䜣甚至还以自大的心态来记述这种文化的自信。在《笑云入明记》1453年10月9日的条目中记载了明朝中书舍人至会同馆拜访遣明使，笑云瑞䜣呈一诗给舍人，舍人夸奖说外域朝贡大明五百余国中，唯日本人独读书。这种夸奖显然带有客套的成分，而笑云瑞䜣这天就单单记下了这件事，可见其对舍人的夸奖十分在意，以此来彰显日本

---

① 黄檗文化研究所高泉全集编纂委员会. 高泉全集：第三卷[M]. 京都：黄檗山萬福寺文華殿，2014：1149.
② 廖肇亨. 高泉与温泉：从高泉性潡看晚明清初渡日华僧的异文化接触[J]. 长江学术，2017（3）：71-84.
③ 朱莉丽. 日本遣明使笔下的江南城市生活：以对文人生活的刻画为中心[J]. 东岳论丛，2013，34（7）：88-93.

<<< 第二章　万历朝鲜战争和日本文学中的中国形象（16—17世纪）

在学习中国文化方面是优于其他朝贡国的。然而事实是古代中国朝贡国中，一般认为汉诗文水平较高的是朝鲜半岛和琉球。同样在《笑云入明记》1454年2月16日的条目中，笑云瑞䜣拜访兴隆寺独芳和尚洞下遗老道重王臣之时，有这样的对话："次师举烧饼曰日本有么，曰有。又举枣子曰有么，曰有。师曰，这里来为什么。予曰老和尚万福。师笑赐自所注心经一卷。"① 兴隆寺属于禅寺，笑云瑞新是禅僧，而禅宗最讲究的是觉悟。因此，道重王臣问笑云瑞䜣日本是否有烧饼、枣子，表面上是问食物，实际是问日本是否有如中国这样之佛法。笑云瑞䜣的回答明显是强调日本佛法的发展水平与中国相同。通过这样的叙述可以看出日本试图超越中国文化的自大心态。

综上所述，日本遣明使的北京之行看似是日本对明朝的朝贡之行，其实在遣明使笔下处处体现了他们对明朝建立的朝贡秩序的不满和抗议，从入京前的交涉抗议到在京的文化活动，甚至离京时的各种礼仪活动之中均有表达，体现了他们对本国利益的追求，以及试图构建与明朝对等的外交。如果我们将遣明使笔下的北京之行与15世纪朝鲜人崔溥用汉文撰写《漂海录》对比的话，更能看出与朝鲜"事大主义"心态不同，② 日本的北京朝贡之行更多是为了追求朝贡贸易之下的经济利益，并不认同明朝建立的国际秩序。虽然遣明使崇尚中国文化，但在中国之行中处处显示了学习中国文化过程中试图超越母国的优越性与自大心态。明朝末期，随着遣明使的终止，丰臣秀吉发动万历朝鲜战争欲侵占朝鲜、明朝不仅是对东亚朝贡体系的挑战，也显示了对中国文化的挑

---

① 村井章介，須田牧子. 笑雲入明記：日本僧の見た明代中国［M］. 東京：平凡社，2010：214.
② 滕宇鹏，刘恒武. 明代日本、朝鲜的中国认知：以策彦周良、崔溥为中心的考察［J］. 当代韩国，2016（3）：34-48.

战以及对本国文化的自信与自大。

第二节　朝鲜军记中的中国形象

日本江户时代陆续出版的"朝鲜军记物"是日方对万历朝鲜战争书写、想象与重构的历史小说。"朝鲜军记物"系日本学者中村幸彦[①]首次提出，经韩国学者崔官、金时德等的研究推进，目前学界大概厘清了"朝鲜军记物"的产生、发展，以及与中国、韩国相关文献的交涉情况。"朝鲜军记物"的产生与发展大概可分为四个时期：第一时期是根据参战武士、从军僧侣的日记，如《朝鲜渡海日记》《西征日记》《宿卢记》等，江户初期的思想家小濑甫庵（1564—1640）创作的《太阁记》卷十三至卷十六中有丰臣秀吉出兵朝鲜的内容；第二个时期是《朝鲜征伐记》等作品主要以万历朝鲜战争为书写对象，吸收了《太阁记》中出兵朝鲜的内容，同时参考了中国典籍的相关记载，如成书于1606年前后五卷本的《两朝平壤录》等；第三个时期是1705年马场信意的《朝鲜太平记》等作品。在《朝鲜征伐记》基础之上，借鉴了朝鲜相关资料，如反省朝鲜在这场战争中教训和得失的柳成龙（1542—1607）的《惩毖录》等；第四个时期是幕末朝鲜军记物的绘本化，如《绘本朝鲜征伐记》《绘本武勇大功记》《绘本太阁记》《绘本朝鲜征伐记》等。这四个时期波及了整个近世以及明治时代初期，体现了"朝鲜军记物"繁盛之状况。其中，《朝鲜征伐记》作为最初完整书写万历朝鲜战争的作品，奠定了之后"朝鲜军记物"的基本框架和书写风格，

[①] 中村幸彦在《日本古典文学大辞典》（岩波书店，1985年）中设置了"朝鲜军记物"的条目。

<<< 第二章 万历朝鲜战争和日本文学中的中国形象（16—17世纪）

是了解日本人对这场战争书写与认识的重要文献。

《朝鲜征伐记》（以下简称堀本《征伐记》）成书于1659年，作者是江户初期儒学家藤原惺窝门下四大弟子之一的堀杏庵，全书共四卷，记录较为简略，文学性较弱。1665年，大关定佑在此书基础之上，创作完成了十三卷本的《增补朝鲜征伐记》（以下简称大关本《征伐记》），具有很强的虚构性和文学性，对之后的《朝鲜太平记》《朝鲜征伐军记讲》《绘本武勇大功记》等"朝鲜军记物"产生了较大影响。虽然近些年学界对"朝鲜军记物"文献群之间的关系进行了梳理，在基础研究方面取得了较大的进展，然而对其中战争的书写特点、民族性建构等方面还存在有待进一步考察的空间。

一、征伐与日本的朝鲜观

《朝鲜征伐记》顾名思义就是出兵征讨朝鲜的记述，其中"征伐"是儒家典籍中经常使用的带有"正义"色彩的词汇。[①]《论语·季氏》中有"孔子曰：天下有道，则礼乐征伐自天子出，天下无道，则礼乐征伐自诸侯出"[②]，即礼乐征伐出自天子是合乎礼义的有道行为，反之如出自诸侯的话则为无道。《孟子》卷十四《尽心下》中的"孟子曰：《春秋》无义战。彼善于此，则有之矣。征者，上伐下也，敌国不相征也"[③]的语句也是强调征伐出自天子，诸侯之间的相互征伐是无正义可

[①] 鄭杜熙. 『朝鮮征伐記』に描かれた戦争—戦後のある日本人儒学者の視線から見た秀吉 [M]//鄭杜熙. 壬辰戦争：16世紀日・朝・中の国際戦争. 東京：明石書店，2008：282-289.
金時徳. 異国征伐戦記の世界：韓半島・琉球列島・蝦夷地 [M]. 東京：笠間書院，2010：4-17.
[②] 刘兆伟，译注. 论语 [M]. 北京：人民教育出版社，2015：392.
[③] 刘兆伟，译注. 论语 [M]. 北京：人民教育出版社，2015：353.

言的。深谙儒家思想的堀杏庵使用"征伐"一词显然是有意为之。那么，《朝鲜征伐记》是如何书写这场战争的，是日本与朝鲜之间的"春秋无义战"抑或吊民伐罪的"正义之战"呢？

堀本《征伐记》卷一开篇从丰臣秀吉统一日本、威震四海开始叙述，朝鲜国王听闻之后于万历十八年（1590）派遣使者来朝，奉上贺表。大关本《征伐记》从日本兵乱历史开始叙述，增补了丰臣秀吉统一日本的最后一战"小田原之战"，最后以"诚天下归一统，四夷、八蛮靡从之事，如疾风吹劲草。秀吉公威风遍及异域，朝鲜王李昖遣三使前来问候"①切入朝鲜之事。其实，1586年，丰臣秀吉曾对耶稣会传教士表示过有征服明朝和朝鲜的想法。在征服九州岛津氏的1587年，丰臣秀吉即命令熟知朝鲜事务的对马藩宗氏传达让朝鲜派遣使者赴日，然而朝鲜对此要求果断回绝。面对丰臣秀吉的多次施压，对马藩积极帮助朝鲜捉拿并送还边境叛乱逃至日本的朝鲜人，于是宗义智与外交僧景澈玄苏在1589年得以有机会至朝鲜谒见了朝鲜国王，以极大诚意劝说派遣使节至日本。从1590年朝鲜遣使致日本国书也可以看出，朝鲜出使日本只是礼节性地庆贺丰臣秀吉统一日本，希望两国友好平等交往。但无论是堀本《征伐记》还是大关本《征伐记》都省略了朝鲜出使日本之背景，将这次朝鲜来使叙述为丰臣秀吉的威风所致，是蛮夷主动朝贡之行为。同时将朝鲜视为蛮夷也是将日本作为"华"的上国，是华夷思想的体现，与界定朝鲜战争为"征伐"一词的使用一致，也是将这场战争视为"上国"对"下国"的所谓正义之战。

《征伐记》中对待朝鲜的态度继承了日本自古以来的朝鲜观。将朝鲜视为自己的"藩国"，将朝日关系自我定义为"上—下"国之关系，

---

① 大関定祐. 朝鮮征伐記：1 [M]. 東京：国史研究会，1916：17.

<<< 第二章 万历朝鲜战争和日本文学中的中国形象（16—17世纪）

甚至采取居高临下的蔑视姿态，这些可以追溯至日本上代。《古事记》中卷《仲哀天皇》中简略地记述了神功皇后与新罗的战争，神功皇后战胜的结果是"故，新罗国为御马饲，百济为渡所之屯仓"①。然而大概和《古事记》同期编撰的《日本书纪》将神功皇后升格为与天皇同等重要的地位，将其事迹作为单独一节编撰，卷九《神功皇后》中对朝鲜半岛的战争结果叙述为"于是高丽、百济二国王闻新罗收图籍降于日本国、密令伺其军势、则知不可胜、自来于营外、叩头而款曰从今以后，永称西蕃，不绝朝贡"②，意为高丽和百济作为日本之"西蕃"不断向日本朝贡，是指日本对朝鲜半岛建立了"朝贡体系"，日本与朝鲜半岛关系确定为宗藩关系。《日本书纪》中神功皇后对朝鲜半岛战争的叙述显然具有很强的对外意图，即日本和中国一样，有自己的藩属国，建立了类似中国的"华夷体系"。神功皇后战胜新罗使朝鲜半岛臣服的叙述并非史实，是历史的虚构，但在《平家物语》《源平盛衰记》《太平记》等军记物语中反复被书写，也是元朝对日本战争之后日本民族意识空前高涨的反映。不仅如此，《八幡愚童训》《太平记》等文献中还增补了"三韩夷狄之王前来谢罪投降，神功皇后用弓箭在石壁之上写上'高丽之王为日本之犬'"的叙述，体现了日本对朝鲜半岛的极度蔑视。③《征伐记》继承了这些叙述特点，反复引用神功皇后的故事，将丰臣秀吉出兵朝鲜与神功皇后侵略三韩的战争重合，暗含了这场战争是宗主国讨伐藩属国的"上"对"下"的"正义之战"，是天子征伐诸侯的行为。

《征伐记》不仅继承传统对朝鲜之叙述将这场战争定义为"征伐"

---

① 山口佳紀，神野志隆光，校注訳. 古事記［M］. 東京：小学館，1997：246.
② 小島憲之，校注訳. 日本書紀［M］. 東京：小学館，1996：430.
③ 鶴卷由美.『延慶本平家物語』の神功皇后譚［J］. 国語国文，2012（9）：36-50.

的所谓正义之战，还利用儒家思想批判朝鲜君臣失德、无道，进一步为侵略战争披上合法的外衣。"朝鲜国王李昖在位日久，政道废弛。是故贤臣受斥，小人得势。邪臣柳承、李宠、李德馨等人，进谄谀之词，疏忠良之人，致国家不知其兵，万民忘战"①，"朝鲜国承平日久，风俗异于往昔，帝王李昖在位已久，政道废弛，日夜淫乱，万事皆依女缘而定，纲纪大乱。是故贤臣勇士遭到排斥，小人蒙辈得势"②。《两朝平壤录》中虽然也有类似的叙述，"朝鲜国王在位日久，政务废弛，邪臣柳成龙、李德馨等，谀佞迎合，忠直见疏，且国中久不被兵，民不习战，闻倭兵猝入，君臣束手，百姓逃奔山谷，守土者望风迎降"③，但《两朝平壤录》对朝鲜君臣的批判主要是针对朝鲜承平日久，国防松弛，对日本毫无提防之心而言的。虽然《征伐记》受到了《两朝平壤录》等文献的影响，也使用了这种书写方式，但目的却是为日本干预朝鲜之内政、师出有名寻求依据与借口。此外，儒学家贝原益轩（1630—1714）在和刻本《朝鲜惩毖录》④序文中说，"韩人之脆弱而速百瓦解者，繇教养无素守御失道，故不能用应兵。是所谓忘战者也。呜呼，朝鲜之国势危急而几亡者职此而已。宜哉，柳相国之作《惩毖录》也，是观前车而戒后车之意也"⑤，也是将丰臣秀吉侵朝战争的原因归结于朝鲜，体现了日本近世的共同认识。

---

① 堀正意.通俗日本全史：第20卷[M].東京：早稻田大学出版部，1913：12.
② 大関定祐.朝鮮征伐記：1[M].東京：国史研究会，1916：92.
③ 姜亚沙，经莉，陈湛绮.朝鲜史料汇编：18[M].北京：全国图书馆文献缩微复制中心，2004：44.
④ 《惩毖录》是柳成龙（1542—1607）在万历朝鲜战争结束之后写成，检讨朝鲜在战事中所得的教训，希望自己的著作能像《诗经》里"予其惩而毖后患"的精神一样，让后世不要重蹈他们一辈人的覆辙。
⑤ 姜亚沙，经莉，陈湛绮.朝鲜史料汇编：18[M].北京：全国图书馆文献缩微复制中心，2004：255.

<<< 第二章　万历朝鲜战争和日本文学中的中国形象（16—17世纪）

《征伐记》中"征伐"的对象并不仅是朝鲜，还涵盖了明朝。原本丰臣秀吉出兵侵朝的最终目的就是明朝，在天正十八年（1590）丰臣秀吉给朝鲜的国书中的"一起直入大明国、易吾朝之风俗于四百余州、施帝都政化于亿万斯年者、在方寸中、贵国先驱而入朝"，以及给琉球国书中的"城中悉一纯也。繇之三韩、琉球远邦异域，诶塞来享。今也欲征大明国，盖非吾所为，天所授也"①等明确表示了侵朝的目标是明朝以及整个亚洲。《征伐记》虽然并没有直接批判明朝皇帝，但叙述了大明司马石星、沈惟敬因每日淫乱，误国家大事，致使和谈失败，最终石司马身陷囹圄，沈惟敬也被朝廷所杀。这样的书写暗示了重用这样大臣的明朝皇帝也并非明君，营造了对方淫乱无道、理应受到征伐，并最终败亡的结局。因此，通过"征伐"的言说以及对朝鲜与明朝内政的批判叙述等，可知《征伐记》以儒家思想书写日本发动万历朝鲜战争的所谓正义性。

二、神国思想与武威的宣扬

万历朝鲜战争的初始阶段，朝鲜毫无准备、仓皇应战致使日军在朝鲜势如破竹，开战数月间小西行长的第一军便攻陷平壤，加藤清正的第二军攻至朝鲜北部咸宁道。然而在以李如松为首的明军入朝作战之后，日军一路败退，被压制于朝鲜半岛南部一带，难以北上进军，且胜少败多。②《征伐记》继承了《太阁记》中对战争的书写特点，将交战中无法确认的日军的胜利置于日本战败之后，冲淡了日军战败的结局，营造

---

① 堀正意. 通俗日本全史：第20卷［M］. 東京：早稻田大学出版部，1913：3.
② 王煜焜. 万历援朝与十六世纪末的东亚世界［M］. 上海：上海大学出版社，2019：75-76.

了日军胜利的假象。① 例如，小西行长在第二次平壤攻防战中败北，李如松乘胜追击，在碧蹄馆遭遇伏击，双方损失均比较大，然而《征伐记》却夸大了明军伤亡人数，并虚构了日军追击明军至临津江边导致明军死伤无数的惨状。其实，碧蹄馆之战是明军入朝作战的重要转折点，双方经此战之后感觉无法短时间消灭对方，于是开启了和谈。日军在第一次晋州城攻防战败北，之后双方又经历数次交战，日军处于劣势，然而《征伐记》却有意忽略这些，直接叙述第二次晋州之战日军的胜利。从时间上来讲，第一次晋州城攻防战是1592年10月，第二次晋州城攻防战是1593年6月，《征伐记》却将这两场战斗设定为1593年连续发生的战争。《征伐记》在强调两场连续战争之时，意在强调后半场日本的胜利。② 例如，幸州山城日军首日败北，次日却胜利；蔚山城攻防战前半场日军败北，后半场胜利。诸如此类的书写是将原本无连续的战斗连续在一起，彰显日军"转败为胜"的战胜者形象。此外，加藤清正占领的镜城、吉州、端州等地之后由于郑文孚率领义军包围被迫撤退至汉阳，在撤退途中遭受各种袭击和苦难，然而，《征伐记》的叙述却是加藤清正为了镇压汉城周边起义军而撤退的。《征伐记》卷六《碧蹄馆之战李如松败军》将碧蹄馆之战视为明军的战败，之后卷七的开端还描写了加藤清正吓退主动前来议和的明朝使节。卷七《安南府城加藤主计头功落并麻贵战事》中不仅虚构了明军大将麻贵的战死，而且在此章节之后紧接的是《大明日本和谈》。这样的叙述营造出了明军失败的氛围，暗示了日军胜利之后明朝、日本才开启和谈这样的结局。

---

① 金時徳. 異国征伐戦記の世界：韓半島・琉球列島・蝦夷地［M］. 東京：笠間書院，2010：50-54.
② 崔官. 朝鮮軍記物の展開様相についての考察［J］. 語文，2004 (3)：54-68.

<<< 第二章　万历朝鲜战争和日本文学中的中国形象（16—17世纪）

卷七《大明日本和谈》的历史背景是，万历二十一年（1593）正月，李如松率军攻克平壤，乘胜追击日军，但至汉城附近碧蹄馆之时遭遇日军受挫，于是战争陷于僵持状态，议和的呼声再起。在沈惟敬与小西行长商谈之后，负责朝鲜军务的经略宋应昌派遣无明廷授权的正副使节谢用梓、沈一贯赴日会见丰臣秀吉。谢用梓、沈一贯出使日本之经过在我国史书中较少提及，在日本相关资料中却被详细记述并做了文学性的描述，被视为日本第一阶段作战的"胜利"结果。在谢用梓、沈一贯一行到达釜山准备渡海去日本之际，丰臣秀吉向浅野长政、黑田如水以及朝鲜三奉行下达了朱印状《大明日本和平相定条约》，在该条约中，除包含之后的《大明日本和平条约》七项外，还指示日军进攻晋城，显示了日方做好了和战两方面的准备。5月15日，石田三成、小西行长等陪同谢用梓、沈一贯一行到达明护屋（位于九州佐贺县唐津市，是丰臣秀吉为侵朝入明所筑之城）。5月23日，丰臣秀吉在黄金装饰的茶室会见了谢用梓、沈一贯，之后博多圣福寺的景澈玄苏与二位使节进行了笔谈。这次笔谈主要强调了明日两国和平的重要性，并未涉及具体的条目。《大明日本和平条约》最迟在6月21日出示于明使，6月22日主要围绕条约明朝公主嫁予日本与中分朝鲜，玄圃灵三与谢用梓、沈一贯展开笔谈交涉，明使迫使日方收回了和亲要求，明确反对日方瓜分朝鲜。① 6月29日谢用梓、沈一贯一行启程离开日本，结束了持续40多天的出使。《太阁记》卷十五没有记述双方笔谈的交涉情况，在《唐使归朝之事》章节之后是《遣大明一书之事》《对大明敕使报告之条目》，营造了明使在没有交涉的情况下默许日方单方条约的氛围。堀本《征伐记》包含丰臣秀吉向朝鲜三奉行以及黑田如水下达了朱印状《大

---

① 郑洁西. 跨境人员、情报网络、封贡危机：万历朝鲜战争与16世纪末的东亚[M].上海：上海交通大学出版社，2017：228.

明日本和平相定条约》，只是对谢用梓、沈一贯一行出使日本做了简单交代，并未详细叙述。而大关本《征伐记》根据《太阁记》做了增补，其章节顺序为《熊谷内藏助、水野理左卫门朝鲜渡海》《大明两使明护屋乘船》《明使归帆》，完全未涉及明使在日期间的笔谈交涉。大关本《征伐记》有意删减《太阁记》中的内容，显然是为了进一步将明使出使日本书写为主动求和的行为，是日方第一阶段在朝作战的所谓战果。此外，谢用梓、沈一贯在日出使期间，《太阁记》《征伐记》中均记述了二位使节观看日本的能乐，而在大关本《征伐记》中增加了能乐的具体曲目：一番吴服、二番玉井、三番白乐天、四番弓八幡、五番金札。其中，三番谣曲《白乐天》讲述了白居易赴日测试日本人的智慧，在九州附近海面与住吉明神化身的渔夫进行了诗歌比赛，失败后被住吉明神掀起神风吹回唐朝的故事。该谣曲通过白居易与渔夫比试诗歌的"文战"强调了和歌的优越性和特殊性。住吉明神既是和歌之神又是军事之神，作品通过"文战"的胜利暗示日本"武战"的获胜。这样的叙述与蒙古袭来之时日本的对外意识密切相关，暗示了神国日本能够赢得这场战争。

在古代，东亚共同的价值体系主要依据是儒家思想和佛教思想。日本很早就接受了儒佛思想并将其作为治国理政、教化民众的重要手段，然而日本在与我国交往过程中，民族国家意识不断增强，为强调不同于儒佛的独特思想，神国观念不断被提及建构。成书于镰仓时代初期的军记物语《保元物语》卷上《新院御谋叛显露和调伏之事》中"虽然我国地处边地粟散之境，但因为是神国，故共有七千余座神，尤其是三十位神每日交替守卫朝廷"①，意为日本虽远离佛教文化中心，但因是神

---

① 永積安明，島田勇雄，校注訳. 保元物語［M］. 東京：岩波書店，1961：107.

第二章 万历朝鲜战争和日本文学中的中国形象（16—17世纪）

国而受诸神的保护。也就是说日本一方面在佛教上有强烈的自卑意识，另一方面强调日本是神国，试图以神国思想来强调夸大日本在佛教方面的"优越性"。《太平记》成书于蒙古对日战争之后的南北朝时代，该书强调"神国思想"优于儒学和佛教，建构以"神国思想"为中心的"华夷秩序"，是日本建立有别于儒家视域下国际秩序的一种尝试。[①] 成书于江户初期的军记物语《太阁记》记述了丰臣秀吉的一生，详细地描述了丰臣秀吉侵略朝鲜半岛，以及中国和朝鲜半岛联合抗击日本侵略的过程，其中卷十五收录有丰臣秀吉写给大明朝的国书，国书的开头有如下记载：

> 夫日本者神国也。即，天帝，天帝即神也。全无差。依之国俗动神代风度崇王法，体天则地，有言有令。……日本之贼船，年来入大明国，横行于村村，虽成寇，予曾依有日光照临天下之先兆，欲匡正八极。而及远岛边陬，海路平稳，通贯无障碍，制禁之，大明亦非所希乎。何故不伸谢词耶。盖吾朝小国也，轻之侮之乎。以故将兵欲征大明。[②]

在此国书的第一条，丰臣秀吉明确地强调日本的特色"神国"。引文中把日本的"神"比作"天帝"是别有用心的。众所周知，在汉字文化圈中，"天帝"代表至上神，它创造了包括人类在内的一切生灵，因此被比作"天帝"的日本的"神"也具有了至上神的特质，可以主宰和统治一切。进而言之，神国日本也具有了可以征服和统治包括中国

[①] 张静宇．"神国思想"和《太平记》中元日战争的叙述 [J]．外国问题研究，2018（3）：21-28，117．

[②] 檜谷昭彦，江本裕，校注．太閤記 [M]．東京：岩波書店，1996：448．

73

在内的亚洲大陆的可能，显见其侵略性思想。① 日本这种神国思想不仅对东亚使用，还成了日本禁教的理由。天正十五年（1587），丰臣秀吉签发了传教士驱逐令，之后的天正十九年（1591），秀吉在对葡萄牙驻印度第二任总督就要求保护传教士一事的回信中说道：

> 夫吾朝者神国也，神者心也，森罗万象不出一心，非神其灵不生，非神其道不成。增劫之，此神不增，减劫之，此神不减。阴阳不测谓之神，故以神为万物根源矣。此神在竺土唤之为佛法，在震旦以之为儒道，在日域谓诸神道。知神道则知佛法，又知儒道。……如尔国土，以教理号专门，而不知仁义之道，次故不敬神佛，不隔君臣，只以邪法欲破正法也。从今以往，不辨邪正，莫作胡说乱说。②

丰臣秀吉在回信中把日本是神国作为了禁止天主教在日本传播的理由，认为神国日本优于佛法、儒道，更优于西方宗教。大关本《征伐记》中也随处可见神国思想的叙述，如卷四《加藤主计头清正擒朝鲜两王子》中叙述加藤清正擒拿到朝鲜两王子时，"在马上遥拜日本之方向，说这完全是本朝灵神八幡神三所怜悯清正赤诚无二之心所为"，"本朝宗庙天照大神宫、八幡大菩萨远来西戎，怜悯清正之丹心，施以援手"③ 等记述不见于堀本《征伐记》，是大关定佑的增补，目的是突

---

① 庄佩珍. 日本丰臣政权时期外交文书中所见"神国思想"的发展与创新：兼论中国典籍对日本思想文化发展的影响 [J]. 福建师范大学学报（哲学社会科学版），2010（1）：88-92, 98.
② 北島万次. 豊臣政権の対外認識と朝鮮侵略 [M]. 東京：校倉書房，1990：157.
③ 大関定祐. 朝鮮征伐記：1 [M]. 東京：国史研究会，1916：92.

<<< 第二章 万历朝鲜战争和日本文学中的中国形象（16—17世纪）

出体现日本神国的"优越性"。

万历朝鲜战争最终以丰臣秀吉去世、日军从朝鲜撤兵而告终，可以说日本并未实现发动这场战争的目的，然而堀本《征伐记》卷四的结尾却将日本塑造为战胜者形象。卷四《大明日本赏军功之事》最后部分叙述了日本将杀死的明朝、朝鲜士兵耳朵鼻子装载车中运送至大阪、伏见、京城，供人观看，为使日本永远记住此战之功，在东山大佛殿前建立坟冢"耳冢"，"据说朝鲜人来朝之时在此祭祀为国而死去之人"①。"朝鲜人来朝"的背景是自1607年始，朝鲜与德川幕府重新建立友好关系，定期互派使节，然而日本却将这种友好关系单方面自我定义为朝鲜对日本的臣服与朝贡。《征伐记》也将朝鲜通信使的来日、在耳冢祭祀的行为视为万历朝鲜战争的战果，认为日本赢得了这场战争。大关本《征伐记》在此基础之上，增补了对丰臣秀吉褒扬的评价，"太阁秀吉公虽起于陋巷、孤独之身，天才英武、独步古今，由卒入士，由士入大夫，成为诸侯，不久为主君报仇讨平明智光秀，平定日本，位极关白、大相国之尊。岂止日本，甚至使朝鲜、大明屈从，死后成为丰国大明神，绝非易事"②，"使朝鲜、大明屈从"的叙述显然歪曲了历史真相，也是将这场日本未得逞的战争视为日本的胜利，同时还将这场侵略战争视为秀吉的"丰功伟业"，秀吉也因此成为丰国大明神。大关定佑还感叹当时丰国神社的破败不堪，无人修缮，呼吁重修神社，宣扬秀吉的所谓战功，流传后世。丰国大明神是丰臣秀吉去世第二年（1599）获得的神号。据《丰国大明神临时祭礼御记录》记载，"丰国大明神"的命名与日本神话中的"丰苇原中津国"以及姓氏"丰臣"相关，是

---

① 堀正意. 通俗日本全史：第20卷 [M]. 東京：早稻田大学出版部，1913：297.
② 大関定祐. 朝鮮征伐記：2 [M]. 東京：国史研究会，1916：214.

将日本兵威远播外国的武神之意。① 日本历史上将死去的人作为神来祭祀并建神社的先例在丰臣秀吉之前只有菅原道真一人。平安时代的菅原道真被称为"学问之神",是忠臣之楷模,因遭摄关家藤原氏打压被贬至九州,郁郁而亡,日本朝鲜上下同情其遭遇,将其神化。而丰臣秀吉出身底层,因统一日本、发动对外战争的所谓"丰功伟绩"而被神格化。这反映了日本自古以来神国思想的变容,影响了近代靖国神社的建立。

三、武国思想与民族文化的建构

《征伐记》除彰显日本是神国外,还构建了"武国"这一日本民族的所谓优越性,以区别于明朝、朝鲜的"文国"意识。丰臣秀吉在1592年给朝鲜作战的毛利辉元的朱印状中强调了日本是"弓箭之国",与"长袖之国"明朝、朝鲜不同。②《征伐记》也多次将明朝称为"长袖之国","若朝鲜全入我手,则可在多位公子中选派一人渡海,攻入大明。其虽有四百余州,但乃文学长袖之国,攻下大明易如反掌。一鼓作气征服后,将四百余州大王、北京皇帝生擒回日本,面缚于六条河原,使君之勇武显于震旦"③,"诸位皆兵强马壮,作为先军,攻入大明长袖之国,必十拿九稳,此无须多虑也"④。"文学"指崇尚文学、文政治国的行为或人、即文官、公卿;"长袖"是武士阶层对公卿、文官等文弱之人的蔑称,因古时武士常穿袖子较短、便于活动的装束,如铠甲

---

① 桑田忠親. 太閤記の研究 [M]. 東京:徳間書店,1965:112.
② 井上泰至,金時徳. 秀吉の対外戦争:変容する語りとイメージ:前近代日朝の言説空間 [M]. 東京:笠間書院,2011:206.
③ 大関定祐. 朝鮮征伐記:1 [M]. 東京:国史研究会,1916:67-68.
④ 大関定祐. 朝鮮征伐記:1 [M]. 東京:国史研究会,1916:182.

<<< 第二章　万历朝鲜战争和日本文学中的中国形象（16—17世纪）

等，而公卿、僧侣、医师等人常着长袖服饰的缘故。因此，这样的叙述显然是把"文学长袖之国""长袖之国"视为文官治理的文弱之国。《征伐记》将"文学之国"与"弓箭之国"对立起来，言说日本民族的独特性。这种叙述与之前的军记物语《平家物语》《太平记》中将骑马射箭之武士视为"蛮夷"也不同，反映了日本试图构建日本民族异于儒家"文治"的武士阶层的话语体系。

最早出现日本人认为"武"具有优越性的言说是镰仓初期由藤原定家创作的"渡唐物语"《松浦宫物语》。《松浦宫物语》虚构了遣唐使副使的橘氏忠在唐朝的恋爱及经历唐朝"安史之乱"的故事。唐朝新帝的母后因担心叛军猛将宇文会突袭，向氏忠求助时说，"和国作为兵之国，国虽小，但受到神的极力守护，人心贤明。出谋划策，尽力助我国"[1]。氏忠答应之后，设下伏兵，在日本神灵帮助之下变出四名日本武士，斩杀了叛将军宇文会，接着又与燕王作战。作品详细描写了氏忠等人使用的日本弓箭，射程远、力道强，使叛军闻风丧胆，畏惧而退军。在蒙古侵日之际，僧人东严慧安（1225—1277）向石清水八幡神祭拜祈求神佛保佑日本，其中的《东严慧安意见状》强调了日本"武"的优越性，"传日本国武艺超过诸国、弓箭无有比类、甲胄令怖鬼神"[2]，借蒙古之口夸耀日本之勇武。这种武国意识在中世军记物语中却未被作为日本民族的独特性被继承，《平家物语》《太平记》等军记物语反倒更重视"文"的优雅，轻视作为"蛮夷"武士的粗鄙。虽然《平治物语》开头强调了"和汉两朝相同以文武两道为先，以文助万机之政，以武平四夷之乱"的文武两道，但这里的"武"是儒家视域下的武，并非对日本武国优越性的强调。据佐伯真一考证，将"武"与

---

[1] 藤原定家. 松浦宮物語［M］. 東京：小学館，1999：59.
[2] 類聚伝記大日本史：第八卷［M］. 東京：雄山閣，1936：105.

"文"对立起来的记述最早出现在15世纪前半期成书的《义贞军记》一书中,至丰臣秀吉时代以及近世,"武国"经国学家、神学家的不断阐释被建构为异于中国的日本民族的独特性内容。① 近世儒家神道创始人、纪州藩士吉川惟足(1616—1694)曾对藩主赖宣阐述过他的"武国史观",《日本书纪》中出现的伊邪纳岐、伊邪那美二神从"天浮桥"上探出"天琼矛"用以搅动尚处于混沌世界的下界、生成诸国,说明日本为"天琼矛"生成的国家,是武国。日本皆佩太刀、携弓矢,因而上代时能保持世间和平。但异国人不带刀剑,只赏玩音乐、创作诗歌,以文德治世,是为文国,而日本从推古天皇的时代开始盛行异国之教,导致我国固有之道衰微,武废文盛,众人沉溺于诗歌管弦。② 山鹿素行在《中朝事实》中写道,"谨按、大八洲之成、出于天琼矛。其形乃似琼矛、故号细戈千足国。宜哉、中国之雄武乎。凡开辟以来、神器灵物甚多、而以天琼矛为初、是乃尊武德以表雄义也"③,这里的"中国"指代日本,将日本的武国论追溯至神代。日本文学作品之中对"武国"优越性的描写随处可见,如《国姓爷合战》描写国姓爷郑成功在与鞑靼决战之时,对听闻日本将出兵帮助明朝的鞑靼的心理做了描述,"日本擅长弓矢,武道训练名声在外,鞑靼夷狄闻之,十分畏惧,犹豫不前"④,显然这样的描写是为了彰显日本武道之优越,国姓爷也正是在日本之神威、武威的加持之下才击退鞑靼,成功助力明朝复国,结束分裂局面。

《征伐记》极力宣扬日本之"武威",与武国的叙述相呼应。在作

---

① 佐伯真一.「武国」日本:自国意識とその罠[M].東京:平凡社,2018:160.
② 德橋達典.吉川神道思想の研究 吉川惟足の神代卷解釈をめぐって[M].東京:ぺりかん社,2013:160.
③ 塚本哲三.山鹿素行文集[M].東京:有朋堂書店,1914:237.
④ 鳥越文蔵,等校注訳.近松門左衛門集:3[M].東京:小学館,2000:341.

<<< 第二章 万历朝鲜战争和日本文学中的中国形象（16—17世纪）

品结尾评价丰臣秀吉之时，"秀吉公智才勇猛、如光耀古今之大树，十年内外，平定天下内乱，征服四海、九州，日本数代的兵乱，此时归于一统，……无不仰秀吉公武勇之威光，蒙其恩泽，诚为旷世之伟业"①，认为从室町幕府将军足利义教开始至天正十年（1582），日本大乱，而秀吉公以方寸之谋讨平东夷、西戎、南蛮、北狄，统一日本。如今四海平静，天下和平，全归于秀吉公之武德，无人不称颂之。大关本《征伐记》还通过对加藤清正人物形象的塑造体现日本的武威，② 主要集中体现在所谓的"清正杀美人"的虚构故事之中。该故事的背景是，清正杀至朝鲜北境，并长期驻扎于一个叫作蝗秉的地方。此时大明敕使刘子咸、李庚山率一支约三十人的队伍前来求见。他们此行的目的是逼清正退兵，同时讨还先前被清正所掳的朝鲜王子及家眷、随从。清正隆重接待了他们。对于明方的挑衅和恐吓，清正不为所动，有理有据、不卑不亢地予以驳斥，并当着他们的面枪挑"朝鲜第一美人"孟良妃，将明使吓走。"敕使见之，肝胆俱裂，失魂落魄，舌头震颤，恐惧不已，双手合掌拜曰，请饶我等性命，遂回大明。大明人皆称之为鬼神上官，无人不惧。听闻直至今日，大明朝鲜仍将之尊为上下之守护神，每逢天行疾痢，瘟疫横行，则无论贵贱，俱书清正画像，贴于门板之上，如此则疫病瘟疫不得入内，将画像作为守护符，则疫病当即痊愈"③，清正因此事得名"鬼神上官"，名扬大明，以致于在大明每当瘟疫流行时，就会把清正的画像贴在门上作为守护神。这个故事在后世的人形净琉璃、歌舞伎等多种戏剧形式中反复出现，如江户中期的《朝鲜征伐军

---

① 大関定祐. 朝鮮征伐記: 2 [M]. 東京: 国史研究会，1917: 214.
② 《征伐记》一方面将加藤清正塑造为日本"勇武"的象征，另一方面还将他塑造为"仁慈"的武将，这在其他《朝鲜太平记》中表现更加明显。
③ 大関定祐. 朝鮮征伐記: 1 [M]. 東京: 国史研究会，1916: 294.

记讲》（1758）、人形净琉璃《鬼上官汉土日记》（1796）、明治初期的绘本《高名合战记》（1869）、歌舞伎剧本《增补桃山谭》（1873）等，是彰显清正勇武的象征，暗合了日本民众对日本民族建构的"武国"思想远播明朝的向往。

1831年，曾担任水户藩彰考馆编修总裁的川口长孺在使用明朝日三国资料的基础之上编写了《征韩伟略》，从书名亦知是站在日本立场书写这场战争的所谓"丰功伟绩"，结尾部分的"自壬辰以来七年间明丧师数十万，縻响数百万，明与朝鲜迄无胜算，至秀吉薨始得免焉"①，不但夸大了明军的伤亡人数，还认为丰臣秀吉的突然离世使明朝、朝鲜免于战败。1887年青木辅清编撰出版的《绘本朝鲜征伐记》序文对万历朝鲜战争的无果而终表示遗憾，"独有鬼将军之勇且仁，得太阁之心者。然小西行长等嫉其功相阋，奸计及册封之事，将污国体，其罪大也矣。……呜呼，使太阁果诛行长等，姑舍朝鲜之役，乃遣鬼将军等越海直问明主之罪，则朱明之国者在太阁之手而朝鲜之地者为群下沐浴之邑"②，认为如果诛杀主张议和的小西行长，重用鬼将军岛津义弘的话，日本将赢得这场战争，占领明朝、朝鲜。这种狂妄的认识反映了日本对万历朝鲜战争结局的不甘心。村井弦斋的《朝鲜征伐》（又名《铠之风》）在1894年7月至11月在《都新闻》报刊上连载了96回，1898年出版刊行了单行本。连载时期刚好与甲午中日战争时期重合，唤起了日本人对300年前战争的记忆。结尾"假如秀吉寿命延长十年，朝鲜、明国会成为我国的领土"③的叙述一方面表达了对万历朝鲜战争结果的

---

① 姜亚沙，经莉，陈湛绮．朝鲜史料汇编：18［M］．全国图书馆文献缩微复制中心，2004：766．
② 青木辅清．绘本朝鲜征伐记［M］．東京：同盟舎，1887：3．
③ 村井弦斋．鎧の風［M］．東京：春陽堂，1898：307．

<<< 第二章 万历朝鲜战争和日本文学中的中国形象（16—17世纪）

遗憾，另一方面暗含了甲午战争的胜利实现了日本长久以来的夙愿。

第三节 萨琉军记中的中国形象

　　1609年（明朝万历三十七年，日本庆长十四年），日本萨摩藩在德川幕府的许可下发动对琉球王国的侵略战争，藩主岛津家久3月4日派大将桦山久高率兵三千人、船一百余只，自九州岛山川港出发入侵琉球，4月1日在琉球大岛登陆，4月5日占领首里城。5月17日，萨军俘虏琉球王尚宁和王子官员一百余人撤兵回国，强迫琉球国成为萨摩藩的附属，向日本称臣纳贡。这一历史事件被称为庆长琉球之役、琉球侵攻或己酉倭乱。自此，琉球被纳入了分别向中国、日本双重朝贡的支配体制。萨摩侵攻的原因有很多，如琉球在万历朝鲜战争期间与日本不配合、萨摩藩通过战争解决财政危机、控制琉球使其充当明日贸易的中介等。[①] 对于这场战争，明朝并未出兵相助，原因有情报未及时送达、琉球国态度暧昧致使未向明朝提出强烈的支援愿望、明朝国力疲敝爱莫能助等。[②] 虽然这场战争的规模小、持续时间短，但造成的影响是巨大的。萨摩侵攻琉球是丰臣秀吉发动的万历朝鲜战争的延续，是日本对以明王朝为中心的建立在朝贡体制下的传统的东亚国际秩序的挑战，象征着明王朝的衰落和日本的崛起，最终导致了近代日本对琉球的强行吞并。[③]

[①] 刘晓露.1609年萨琉之役原因探析［J］.黑龙江史志，2011（21）：3-5.
[②] 陈小法.琉球"己酉倭乱"与明代东亚局势推演之研究：兼论琉球的历史归属［J］.浙江社会科学，2015（11）：96-106，159.
[③] 袁家冬.日本萨摩藩入侵琉球与东亚地缘政治格局变迁［J］.中国社会科学，2013（8）：188-203，208.

虽然萨摩侵攻琉球引起了中日历史学界的极大关注，取得了丰硕的研究成果，但学界对该事件在文学作品，尤其是"萨琉军记"是如何书写的却关注不足。"萨琉军记"是描写萨摩藩入侵琉球军记物语作品集的总称，数量众多，版本达一百种之多，成书的期间是享保十七年（1732）至天保四年（1833），以手抄本的形式在民间广为流传，直到1835年才产生印刷本《绘本琉球军记》。① 虽然"萨琉军记"以历史事件为题材，描写的却是虚构的战争、虚构的人物、虚构的场景，② 具有很强的文学性，是近世日本人对琉球这一异域集体想象的产物。萨琉军记的广泛传播催生了日本江户时代的"琉球热"，成为文学作品创作的素材与史书编撰的资料来源。在"琉球热"背景下产生的读本小说《椿说弓张月》于1811年刊行完毕，是曲亭马琴的重要文学作品，主要描写了源为朝从伊豆大岛逃至琉球，平定琉球内乱，成为琉球国王的过程。赖山阳于1827年编撰完成的《日本外史》对萨摩侵攻琉球的记述为："先是，岛津家久奉教诏琉球。琉球不至。请而讨之。是岁暮，遣其将新纳一氏，将八千人南伐。桦山久高为先锋。抵东求岛，执琉球戍兵三百。夏，攻难八津。房以铁锁联船，扼津口。而津旁有山险多蛇蝎，房恃不置兵。我军放火赭山而上，进夺阳睽滩，战于千里山，不利，转攻朝筑城拔之。琉球王尚宁使其弟具志来乞降，不许。五战而至国都，擒尚宁及王子大臣数十人。而严禁抄掠，安抚国民。以六十日定琉球。"③ 显然这样的记述并非源于史实，而是源于萨琉军记，可见萨琉军记在日本的广泛传播。目前，日本学界对"萨琉军记"的研究者

---

① 目黒将史.〈薩琉軍記〉について [J].史苑，2010（3）：81-86.
② 目黒将史，霍君."萨琉军记"描述的侵略琉球：解读与异国交战的历史叙述 [J].日语学习与研究，2017（3）：29-37.
③ 赖山阳.重订日本外史 [M].久保天随，订.北京：北京大学出版社，2015：481.

<<< 第二章 万历朝鲜战争和日本文学中的中国形象（16—17世纪）

主要是小峰和明和目黑将史，在版本整理、翻刻出版、作品的特点等方面取得了较大的突破，但对作品的深入解读、"侵攻"的书写以及折射出的对外认识方面还有补充和探讨的余地。鉴于此，本书拟从萨琉军记中的为朝渡琉谭、萨琉军记中的中国书写、"琉球侵攻"的国际书写这三方面出发，考察萨琉军记对这场"侵攻"战争正当性言说的逻辑，揭示近世日本的对外认识。

一、萨琉军记中的为朝渡琉故事

源为朝是平安时代后期的武将，源为义的第八子，是源义朝的弟弟、源赖朝的叔父，擅长弓箭，在"保元之乱"中与其父跟随崇德上皇，兵败后因流放至伊豆半岛，后因狩野茂光进攻而自杀。然而在日本传说之中，源为朝渡海到了琉球，成为琉球国创立者舜天的父亲，这就是在日本流传甚广的"为朝渡琉谭"。为朝渡琉谭最早可以追溯到日本室町时代的《鹤翁字铭并序》，是五山禅僧月舟寿桂（1470—1533）记录从渡日琉球僧人鹤翁智仙听闻关于琉球的信息，其中有如下记述：

> 吾国有一小说，相传曰，源义朝舍弟镇西八郎为朝，膂力绝人，挽弓则挽强。其箭长而大，森々如矛，见之勇气佛膺，儒夫亦立。尝与平清盛有隙，锥有保元功勋，一旦党信赖，其名入叛臣传，人皆惜焉。然而电请海外，走赴琉球，驱役鬼神，为创业主。厌孙世々出干源氏，为吾附庸也。与统一志所载不同，将信耶，将不信耶。①

---

① 塙保己一. 続群書類従：第13辑［M］. 東京：経済雑誌社，1959：287.

为朝至琉球，驱除疫病鬼神，成为琉球始祖，然而为朝渡琉谭以及琉球为日本附庸国的说法不见于《大明统一志》，故月舟寿桂持怀疑态度。南浦文之（1555—1620）是鹿儿岛大龙寺的主持，担任萨摩藩三代藩主（岛津义久、义弘、家久）的外交顾问，其起草的《计琉球诗并序》中对源为朝渡琉有如下描写：

> 八世孙义朝公令弟为朝公为镇西将军之日，挂千钧强弩于扶桑，而其威武便塞垣草木。是故远航于海，征伐岛时，于斯时也。舟随潮流求一岛于海中，以故始名流求矣。为朝见巢居穴处于岛上者，颇雖似人之形，而戴一角于右发上，所谓鬼怪者乎。为朝征伐之后有其孙子，世为岛之主君，固筑石垒，家于其上，固效鬼怪之容貌，结髻于右发上，至今风俗不异。①

为朝登陆琉球之时，发现琉球人似人形，但因戴一角于右鬓之上，又似鬼怪。为朝征伐琉球之后，其子孙为岛主，但结髻于右鬓的风俗仍未变化。很显然上引的叙述是将琉球描写为风俗未开化的野蛮国家，为萨摩侵琉寻求正当性。这种将琉球描写为鬼怪之国的叙述也出现在《琉球神道记》之中。《琉球神道记》是渡琉的日本僧人袋中良定（1552—1639）的著书，虽于1605年完成，但其后有许多增补内容。该书将日本神道套用于琉球神话，是萨摩藩侵略琉球前后记述琉球的重要资料。袋中良定原本是为了在琉球搭乘前往明朝的朝贡船，在琉球三年（1603—1606）感到渡明无望，不得已返回日本。在《琉球神道记》中，袋中良定也将琉球描写为鬼怪之国：

---

① 南浦紹明. 南浦文集［M］. 日本国立国会图书馆电子书，1625.

<<< 第二章 万历朝鲜战争和日本文学中的中国形象（16—17世纪）

昔他国人来治理此国。此国多鬼类，戴两角。他国人打落此国人一角，残留单角。之后此国人虽成为人，但怀念往昔，仍旧保留单角。①

袋中良定虽未明确指出源为朝渡琉，但将琉球描写为野蛮之国，充满了对琉球的蔑视。这一点与南浦文之的叙述一致，反映了萨摩藩侵琉之前日本对琉球共同的认识。需要注意的是，1650年琉球编撰的《中山世鉴》也利用了为朝渡琉的故事，认为琉球王室的始祖舜天是源为朝的后代。当然琉球利用为朝渡琉谭的目的是强调日本、琉球同源同流，反映了琉球不甘成为日本附属国，试图追求与日本对等的外交。②

虽然为朝渡琉谭在日本、琉球广泛传播，但在初期的萨琉军记之中并未被引用。《琉球军谈》在最后叙述萨摩使琉球屈服之时，做了如下总结：

接下来将俘虏的彼国官人带出。岛津义弘将他们叫至唐木书院相见，很快达成归附和汉合体之约。……之后彼国与岛津通婚成为合体之国。日本之武名远播其他国家，真是可喜可贺之事。③

琉球归附萨摩藩之后，通过岛津氏与琉球王室联姻，日本琉球一体化。联姻暗含的是源氏血统进入琉球王室，因为岛津氏与德川氏同属于

---

① 明治聖德記念学会研究所. 琉球神道記 [M]. 東京：明世堂書店，1943.
② 矢野美沙子. 為朝伝説と中山王統 [J]. 沖縄文化研究，2010（3）：1-48.
③ 池宮正治，小峯和明. 古琉球をめぐる文学言説と資料学：東アジアからのまなざし [M]. 東京：三弥井書店，2010：356.

源氏一脉。这样的叙述与为朝渡琉谭情节相同，只不过是将为朝渡琉替换为岛津氏渡琉而已。此外，萨琉军记均不同程度地强调岛津氏是源赖朝的后代，与琉球王室的联姻意味着琉球是源氏后代之国度。从《岛津琉球合战记》开始，为朝渡琉谭被引入萨琉军记之中。在该书的《琉球古事谈》一节中有如下内容：

> 后白河帝之时，据说镇西八郎为朝到达龙宫，即是琉球国。琉球是龙宫的别称。袋中法师琉球神道书中记载，琉球国王宫有一牌匾，上写龙宫城。①

引文将为朝到达的龙宫解释为琉球。也就是说，萨琉军记逐渐开始利用为朝渡琉谭为萨摩侵琉提供正当性。

在军记物语《保元物语》中，源为朝未被杀害而是最后逃至鬼界岛。堀麦水（1718—1783）的《琉球属和录》（萨琉军记之一）不仅将琉球视为鬼界岛，还进一步将源为朝神化，其中有如下描述：

> 东风一吹，为舜天增添力量，毫无疑问这全赖日本父君为朝公之神灵。舜天于是在此建造宫殿，尊源为朝为神。自此之后，琉球全无鲸鱼之害。全部村庄皆劝请作为神的源为朝，除去恶鲸之害。其后鲸鱼之害遂绝。②

舜天是琉球王国的建造者，是所谓源为朝的儿子。舜天在平定大臣

---

① 池宫正治，小峯和明．古琉球をめぐる文学言説と資料学：東アジアからのまなざし［M］．東京：三弥井書店，2010：386．
② 堀田麦水．琉球属和録［M］．日本国立国会图书馆电子书，1766．

<<< 第二章 万历朝鲜战争和日本文学中的中国形象（16—17世纪）

叛乱之际，遇到深受鲸鱼之害的村民。为除去鲸鱼之害，舜天驾舟出海，一阵东风吹过，鲸鱼逃走。一阵东风是源为朝显灵所致，于是源为朝作为除掉鲸鱼之害的神明受到琉球全岛的信奉。《琉球军记》的《琉球地理产物之事》一节中也有类似的记载：

  彼（为朝）求得一岛，登陆之后，平定奇怪之人，安抚岛上人民，支配该岛屿，即是琉球国。之后，岛上之人尊崇吾国之风俗，崇敬祭拜日本之神祇。故至今国中镇西八郎之遗迹甚多。①

日本中世创造的为朝渡琉谭原本只是民间故事，在近世被日本利用，并被萨琉军记引用，源为朝的形象也逐渐神格化，升格为琉球国建国之神，为萨摩侵攻琉球提供正当性，也为琉球成为日本附属国提供论据。

二、萨琉军记中的中国书写

琉球对萨摩侵攻琉球的记录十分稀少，主要有《喜安日记》和《球阳》等。日本僧人喜安（1566—1653）于1600年渡琉球，作为尚宁王的侍从，在萨摩侵琉之时作为俘虏跟随尚宁王被带至鹿儿岛，为琉球和日本的交涉做了许多工作。喜安撰写的《喜安日记》记述了萨摩侵琉的过程，具有很高的史料价值，其中有如下记述：

  庆长14年（1609）3月3日，岛津家久命令以桦山权右卫门

---

① 池宮正治，小峯和明. 古琉球をめぐる文学言説と資料学：東アジアからのまなざし［M］. 東京：三弥井書店，2010：423.

尉为大将，以平田太郎左卫门尉为副将，率300余人乘坐70余艘船于次日出击。10日制服奄美大岛，16日到达琉球北部的今归仁，25日从运天港出发至大湾渡口，4月1日攻陷那霸。4月2、3日，有大臣出首里城投降，有大臣逃跑，4日尚宁王献城投降。16日在崇元寺和大将门会见。①

除了引文之外，《喜安日记》对萨摩侵琉中的战争场面多少有所涉及，只是寥寥数笔，并未记述详细战斗过程。《球阳》是1743—1745年编撰的琉球王国的历史书籍，以汉文书写，对该事件的记载比《喜安日记》更加简略，如下所示：

日本以大兵入国，执王至萨州。本国素与萨州为邻交，纹舡徃来，至今百有余年。奈信权臣谢名之言，遂失聘问之礼。由是，大守家久公特遣桦山氏、平田氏等来伐本国。小大难敌，寡不敌众，王从彼师军到于萨州。②

萨摩藩及日本关于萨摩侵琉的资料十分丰富，与琉球的资料匮乏形成鲜明的对比。"萨琉军记"诸本间虽有较大不同，但故事的基本情节大体相同：萨摩藩主任命新纳武藏守一氏为大将出兵琉球，萨摩军从"要溪滩"登陆，先锋佐野带刀先后攻占琉球"千里山""日头山""都城"，之后战死。新纳一氏控制琉球"都城"，琉球国王与大臣投降，成为俘虏，臣服萨摩以及日本。显然正如小峰和明、目黑将史所

---

① 屋良朝陳. 喜安日記 [M]. 琉球王代文献頒布会，1940：35.
② 鄭秉哲，等. 訳註球陽 [M]. 東京：三一書房，1971：109.

<<<　第二章　万历朝鲜战争和日本文学中的中国形象（16—17世纪）

指，萨琉军记的人物、内容都是虚构的。① 那么，萨琉军记为何要做这样的虚构？虚构的特点和意图又是什么呢？

　　萨摩藩参加过万历朝鲜战争、关原之战等战役，在实战方面经验丰富，出兵前做过精心的策划与部署。而琉球军事实力弱小，缺乏军事训练和作战经验，因此萨摩从出兵到占领首里城仅仅一个多月时间，琉球便投降了。这场持续时间短、规模小的战争让萨摩藩获利巨大，不仅掠夺了首里城的财物，还通过琉球控制了东南亚的贸易。然而这场战争却不足以向整个日本彰显萨摩藩武士的勇武，不足以炫耀萨摩藩的丰功伟业。因此，摆脱史料的束缚，虚构、想象、重新建构对这场战争的书写对于萨摩乃至日本的民族尊严就十分必要。对当时的日本来说，最强大的对手毫无疑问是明朝，故在"萨琉军记"中琉球的描写往往中国化。成书于江户时代后期的《琉球征伐记》卷三《虎竹城—氏破琉兵》一节中，在萨摩与琉球对阵时对琉球话有如下描写：

　　　　理剑菱当如是未开琉国，元于萨国无仇。然理不尽取围者汝等，忽以盘如碎鸡卵自灭，无疑迅速可退下云云。②

　　引文中的琉球话是用汉文表达的，是将琉球人的形象与中国人形象重合。萨琉军记还将琉球士兵比拟为中国历史上的人物，以萨琉战争暗示中日战争，如下所示：

---

① 小峯和明. 琉球文学と琉球をめぐる文学：東アジアの漢文説話・侵略文学 [J]. 日本文学, 2004（4）：10-21.
　 目黒将史. 〈薩琉軍記〉について [J]. 史苑, 2010（3）：81-86.
② 目黒将史. 架蔵『島津琉球合戦記』解題と翻刻 [J]. 立教大学大学院日本文学論叢, 2010（10）：25-45.

然而从琉球军中杀出一位七尺开外的男子头发披散两边，眼角眦裂开来，名叫鬼鹿毛的烈马放置着金覆轮的马鞍，紧勒盔甲，手持一丈八尺之矛，横冲直撞，横扫敌军，如樊哙关羽一般，日本之兵如风吹落叶般四散逃走。①

《琉球军鉴记》第三《萨摩势乱入琉球国之事》

古代三国之时，曹操的勇士许褚、典韦都或许不及他。②

《萨琉军谈》卷之二《竹虎城战争之事》

《琉球军鉴记》《萨琉军谈》成书于19世纪初。引文将琉球将领比拟为樊哙、关羽、许褚、典韦，而萨摩藩的武士常常会被比拟为历史上著名的武士楠木正成、源义经等人，这种描写是为了清晰地向读者传达萨摩是在与异国交战。显然萨琉军记是想象的中日之间交战，与中国著名将领的交战也正是彰显萨摩武士勇武的最好方式，也满足了近世日本强烈的民族主义自尊心。

此外，《萨琉军谈》借鉴了许多《国姓爷合战》的场面描写，如《岛津义弘准备战争之事》一节中对琉球地理的描写，"琉球之地离本国海陆之距为170里。彼地登陆地有小关所，名为要溪滩。距此50里有城郭，名为千里山，其前面有条河，是岸边岩石耸立的泷波逆。好像岩石漂浮于河流之上，亦被称为龙门之泷。离此城7里北边有虎竹城"。与《国姓爷合战》中的"这一日到了有名的千里之竹，是老虎栖息的

---

① 池宫正治，小峯和明. 古琉球をめぐる文学言説と資料学：東アジアからのまなざし [M]. 東京：三弥井書店，2010：311.
② 池宫正治，小峯和明. 古琉球をめぐる文学言説と資料学：東アジアからのまなざし [M]. 東京：三弥井書店，2010：345.

<<< 第二章　万历朝鲜战争和日本文学中的中国形象（16—17世纪）

大片竹林。过了此地就是名为浔阳江的地方，是猩猩栖息之地。耸立的高山是赤壁，是苏东坡流放之地。甘辉所在的狮子城离此不远。……跳过险峻的岩石、枯烂的树根，飞跃过湍急的泷津波"① 描写类似，《萨摩势琉球乱入之事》一节中的"眼看就要渡桥攻来，如何办？马上打开城门，将桥迅速拆掉运入城内。这即是日本常说的算盘桥"与《国姓爷合战》中的"国姓爷肯定会使用日本式的算盘桥吧。或者说是折叠桥"② 类似。《国姓爷合战》是日本江户时代剧作家近松门左卫门所作的人形净琉璃历史剧，1715年在大阪松竹座首演，连续上演了17个月，在当时颇受好评。王向远指出，《国姓爷合战》其实反映了丰臣秀吉侵华迷梦破灭之后日本人仍旧怀有对中国觊觎之心。③ 因此，可以说《萨琉军谈》创作者在意识到万历朝鲜战争基础之上，将萨摩侵琉与和藤内（郑成功）成功反清复明、光复南京相提并论，暗示了日本侵略中国的成功，即通过将萨摩侵琉和万历朝鲜战争重合，唤起民众对万历朝鲜战争胜利的想象，满足了丰臣秀吉以来日本成功征服明朝的心理。

三、萨琉军记中的亚洲书写

自1835年《绘本琉球军记》刊行以来，分别于1836年、1860年、1864年、1885年、1888年重印出版，显示了日本对琉球前所未有的关注，此时正好处于1874年日本吞并琉球之前后，体现了日本自古以来的对外侵略思想。《绘本琉球军记》中的《太守忠久归阵川岛》一节对萨摩侵攻琉球做了如下的说明：

---

① 鳥越文藏，等校注訳. 近松門左衛門集：3 [M]. 東京：小学館，2000：288.
② 鳥越文藏，等校注訳. 近松門左衛門集：3 [M]. 東京：小学館，2000：330.
③ 王向远. 江户时代日本民间文人学者的侵华迷梦：以近松门左卫门、佐藤信渊、吉田松阴为例 [J]. 重庆大学学报（社会科学版），2008（4）：120-124.

琉球虽为朝鲜属国，但彼国暗弱，近来无道且不服从。尤其此国每年将商船送我萨摩交易，补偿本国不足。该国和平太久，上下穷奢极侈，丝毫不守法令，此等风说传达我国，因此奉将军之命。……满必欠是天地之理。当时足下荣华日日增长，到至极之时，离亏欠就不远了，却仍旧自作自受，违背天之思虑，国将不国。如果能痛改前非，有遵从天理之心，会避免国家灭亡，国泰民安。今足下认识到此点，降服我日本，说明还未违背天理。①

引文是岛津忠久对投降的琉球国王与大臣说的一番话。忠久运用儒家思想指出琉球近来施政不正，穷奢极欲，不尊法令，国将不国，因此萨摩出兵讨伐琉球是正义行为，具备正当性，是为琉球的国泰民安着想。引文还认为琉球投降日本是顺应天理之行为。这种言说显然是颠倒是非曲直，为侵略披上一层美丽的"仁义"外衣，与日本近代对外侵略的说辞一致。此外，引文中的"琉球为朝鲜属国"的说法非历史事实，也不见于其他文献之中，是萨琉军记独特的叙述。韩国学者金时德认为，萨琉军记深受朝鲜军记的影响，反映了日本近世共同的对外认识。② 因此，可以说将琉球与朝鲜视为一体的叙述方式唤起人们对万历朝鲜战争的记忆，将萨摩侵琉视为万历朝鲜战争的延续，营造出了日本在万历朝鲜战争中的胜利假象。如前所述，这种想象的观念上的胜利在近松门左卫门的《国姓爷合战》中也有所体现。《国姓爷合战》将明朝的首都设定为南京，以和藤内（郑成功）收复南京结尾，也是营造出

---

① 宮田南北. 絵本琉球軍記 [M]. 東京：永昌堂, 1887：384.
② 金時徳. 『鎮西琉球記』·『絵本琉球軍記』の研究：琉球軍記物と朝鮮軍記物との接点として [J]. 日本文学, 2009 (5)：22-30.

<<< 第二章 万历朝鲜战争和日本文学中的中国形象（16—17世纪）

了日本帮助明朝打败清朝从而占领中国的假象。

《绘本琉球军记》还将日本历史上几次对外战争，即神功皇后征伐三韩、元朝征讨日本的战争、丰臣秀吉对朝鲜的侵略联系在一起，以神国思想来解释日本在这些对外战争中的获胜，如下所示：

> 蒙古百万之兵侵犯我国却因神风毁船人亡大半，故如虾夷朝鲜的国家悉数归附献贡，至今不绝。自神功皇后征伐三韩以来我国从未征讨过外国。琉球虽为朝鲜属国，并不顺从，也不向我国朝贡。既然朝鲜已经归顺我国，何况小国琉球。因此，予久欲伐琉球，以正其罪。然而日本久处战国，保元以来万民为干戈所困，一日未安。此时天下稍微太平，四海静谧，发动中国之兵欲征服琉球，恐再使诸民陷于困穷。思之，琉球非强大之国，久忠率兵讨伐之并非难事。①

引文认为朝鲜已经归顺日本非历史事实，从《古事记》《日本书纪》开始，日本就单方面地将朝鲜半岛视为其藩属国，江户时代也不例外。万历朝鲜战争之后，考虑到清朝在东北的崛起和威胁，又经过对马藩欺瞒式的斡旋，朝鲜王朝在1607年向德川幕府正式派出通信使。朝鲜方面认为派遣通信使的行为是一种平等外交，但日本视其为朝鲜对日本的臣服与朝贡。《岛津琉球军记》中也与《绘本琉球军记》有类似的说法：

> 神功皇后征伐三韩，三韩跟随我国以来，丰臣秀吉威胁朝鲜大

---

① 宫田南北. 绘本琉球軍記 [M]. 東京：永昌堂，1887：394.

明以来，外国畏惧臣服如草木随风倒伏。镰仓北条时赖之时，大元派遣百万船只进攻日本，因为神风频频刮起，大元船只等倾覆。……果然不仅朝鲜琉球，万国无不臣服，乐受我神国之德。①

引文也是将这三次对外战争放在一起叙述，不仅强调神国日本不可征服，还以"万国臣服中国，乐受神国之德"露骨地表达了神国日本可以征服整个东亚地区。袋中良定的《琉球神道记》不仅为日本侵略琉球提供合法性，还将侵略之言说扩至东南亚乃至欧洲诸国：

自神功皇后征伐三韩而顺从吾国以来，丰臣关白秀吉威胁大明国以来，外国惧怕屈从我国如风吹草木一般。镰仓北条时赖之时代，大元以百万艘船进攻日本却被神风吹散，船只全部倾覆海底，只有二三人逃回。况小国琉球，背弃日本而不成。此次琉球无礼，琉球半个国家成为岛津氏领地，永为岛津氏支配。然而，中山王尚贞及早悔悟，顺从我国，保全王位，得以尚氏社稷不绝。岂止朝鲜、琉球、交趾、阿兰陀、佛郎机万国顺从。这全赖我国是神国，东照大神君之恩惠，清和源氏之流处于天皇君临之下，真是可喜之事。②

"阿兰陀"是指荷兰，佛郎机是指葡萄牙和西班牙。东照大神君指代德川家康，德川氏属于清和源氏。引文中神风、神国、东照大神君的说法都是神国思想的反映。在"天皇—幕府（源氏德川将军）"二元

---

① 池宮正治，小峯和明. 古琉球をめぐる文学言説と資料学：東アジアからのまなざし [M]. 東京：三弥井書店，2010.
② 明治聖徳記念学会研究所. 琉球神道記 [M]. 東京：明世堂書店，1943：152.

<<< 第二章 万历朝鲜战争和日本文学中的中国形象（16—17世纪）

政治的统治之下，万国都会顺从神国日本。此种言说即是萨琉军记的对外认识，也反映了近世日本的世界观。

武国思想是指日本是由武士阶层建立的国家，与中国士大夫治国的"文"相对，是日本独特的不同于儒家思想的自我文化建构。例如，丰臣秀吉在给毛利辉元的朱印状中，将日本称为"刀箭锐利之国"，将中国称为"大明长袖之国"。"大明长袖之国"是指士大夫的文弱国家，而"刀箭锐利之国"指武士的武力国家，通过与我国对比来强调日本武国思想的优越性。《琉球神道记》对日本之勇武做了如下说明：

> 文学武艺以日本为师。铠甲用皮革，善于射箭，能射200步。勇士耐饥寒，临战不倦怠，不如朝鲜人之卑贱。身高肤白，容貌甚美，品格优雅，朝鲜人远不及其勇武武道。然而琉球却逊色于日本之勇武。①

上文认为琉球文学武艺以日本为师，其勇武超过朝鲜却不及日本。这种说法显然不正确，琉球在文学方面是以中国为师，汉诗文也是其文学的创作主要形式。日本勇武超越朝鲜、琉球的说法在《琉球军谈》的最后结尾，岛津氏会见琉球俘虏之时也有类似叙述：

> 确实其他国家也恐惧岛津之武威。岛津氏蒙受松平常磐（德川光国）贤君之余光。琉球与萨摩联姻，合为一国，日本国之武名远播其他国家，真是可喜可贺之事。②

---

① 明治聖德記念学会研究所. 琉球神道記 [M]. 東京：明世堂書店，1943：237.
② 池宮正治，小峯和明. 古琉球をめぐる文学言説と資料学：東アジアからのまなざし [M]. 東京：三弥井書店，2010：320.

《琉球军谈》认为萨摩能征服琉球在于日本之勇武，此战将日本武名传播其他国家，是可喜可贺之事。《绘本琉球军记》的序言中也认为萨摩侵琉成功地将日本之武威远播其他国家，起到了巨大的震慑作用。

萨琉军记不仅极力言说日本神国、武国思想的"优越性"，还认为这种"优越性"的言说远播外国，起到了巨大震慑作用，致使中国、朝鲜半岛、琉球，乃至东南亚以及欧洲荷兰、葡萄牙、西班牙等国纷纷臣服于日本。当然这是一种想象的自大的心态。因此，萨琉军记中的琉球侵攻书写不是仅局限于琉球，而是集中体现了日本当时对东亚乃至整个国际的认识。

萨摩侵攻琉球虽是一场局部的小规模的战争，但其影响却是不言而喻的，是日本成功挑战明朝朝贡体系的尝试，为以后吞并琉球、占领朝鲜半岛、入侵中国、发动为亚洲带来深深伤害的大东亚战争埋下了伏笔。以萨摩侵琉为题材的萨琉军记虽然是虚构的人物、虚构的地点、虚构的场景，却集中体现了日本古代的对外认识，是了解日本战争观、世界观的绝好材料。萨琉军记之所以对史实做全面的虚构是为了夸大这场战争，将与琉球的战争看作和中国的作战，幻化出万历朝鲜战争的胜利，挽回民族尊严。在如何书写这场侵略战争的正当性方面，萨琉军记利用了中世以来的为朝渡琉故事，将源为朝视为琉球祖先，强调日琉同祖说，并将其神化为琉球最高之神。儒家思想中的无道、失德、民不聊生等也被用来书写为萨摩侵略琉球的正当性，这点与朝鲜军记中形容朝鲜、中国的说辞类似。此外，神国、武国思想作为日本"优越"于其他国家的独特思想也被用来言说日本侵略琉球，这种言说还被不断扩大，成为东亚、东南亚、欧洲国家归附日本这一观念性说辞的重要依据。

<<< 第二章 万历朝鲜战争和日本文学中的中国形象（16—17世纪）

本章小结

"朝鲜征伐"的文学叙事始于《古事记》与《日本书纪》中神功皇后出兵朝鲜半岛的记述，原本是日本为追求与中国的对等外交，宣扬日本与中国一样拥有自己的藩属国，建立了以日本为中心的对朝鲜半岛的华夷秩序。在13世纪"蒙古袭来"之后，"朝鲜征伐"被中世文学唤起与激活，与"蒙古袭来"形成互文性的文学叙事。《八幡愚童记》《源平盛衰记》《太平记》等将神功皇后"朝鲜征伐"归因于新罗的主动进攻与对日本的背叛，以"神明—畜生"的叙事方式建构日本与朝鲜半岛、蒙古的区别，言说神国日本的所谓优越性。万历朝鲜战争之后，《朝鲜征伐记》等军记物语中的"朝鲜征伐"呈现出新的叙事特点，以儒家思想对朝鲜君臣作批判，为侵略战争寻求正当性。同时以神国思想、武国思想来建构日本民族的独特性，以区别于朝鲜与中国，进而宣扬日本民族的优越性。以17世纪初期萨摩侵攻琉球为题材创作的萨琉军记虚构了这场战争，将琉球视为朝鲜附属国，对"朝鲜征伐"进行了重构。萨琉军记将萨摩侵攻琉球之战与神功皇后出兵朝鲜半岛、元朝入侵日本、万历朝鲜战争并置叙述，视之为"朝鲜征伐"的延续。

1872年，明治天皇册封琉球国王尚泰为藩王，位列华族，将琉球国降格为藩。1879年，日本对琉球实行废藩置县，将琉球称为"琉球县"或"冲绳县"，最终采用了"冲绳县"的名称。日本将1872—1879年这一段时间称为"琉球处分"，而日语中"处分"的含义是对破坏规则法律之人施以处罚，将吞并琉球视为日本国内政治问题，掩盖了非法侵占琉球的事实。1875年宜湾朝保编的《冲绳集》，1877年伊地知贞馨著、重野安绎校的5卷本《冲绳志》，1878年伊地知贞馨的《冲绳志略》均已使用冲绳的名称。杉山藤次郎1887年出版的《丰臣再兴记》采取章回体小说形式（共30回），在序言中将丰臣秀吉视为"东洋之拿破仑""地球大皇帝"①，日本万历朝鲜战争的认识在近代殖民语境中获得了进一步的发展。可以说，近世日本出版刊行的大量"朝鲜军记物"相关作品在近代语境之中进行了再生和发展，与甲午中日战争交织重叠在一起，刺激着丰臣秀吉时代以来的对外侵略意识。终于在清朝与朝鲜王朝衰落之际，率先成功学习西方的亚洲强国日本乘虚而入，征韩侵华，步步蚕食，使这种意识成为现实。

---

① 杉山藤次郎. 豊臣再興記：仮年偉業［M］. 東京：自由閣，1887：1.

第三章

明清交替和日本文学中的中国形象（17—18世纪前期）

1589年，女真爱新觉罗部首领努尔哈赤统一建州女真，1616年建立后金，1636年皇太极改国号为大清。自1644年清兵进入山海关至1683年清朝统一台湾，明清之间的战争持续了近40年。明清交替不仅是中国王朝变动的重大历史事件，对东亚政治格局以及思想文化也产生了巨大影响。明清交替时期，日本江户幕府先后于1633—1639年发布5次锁国令，严禁日本人出国，将与外国的交流限制在长崎、对马等地。同时，日本对海外情报的收集主要通过中国商人、荷兰商人进行，被翻译为"唐船风说书""荷兰风说书"等上报给幕府。清朝在统一台湾的次年，解除了为切断郑成功势力财源而实行的海禁，允许民间船只出海，并设立海关管理海外贸易。因此，去日本的中国船只大幅增加。为了应对这一情况，德川幕府在拒绝与清朝官方接触的同时，在贞享二年（1685）出台了贞享令和正德年（1715）的正德新例等限制贸易的政策。另一方面，清朝也想利用日本方面颁布的正德新例，控制前往日本的中国船只。日本与清朝虽无官方正式交流，但民间贸易往来几乎未曾间断。日本在长崎的唐人屋敷与清朝等进行贸易交流，还通过萨摩藩支配下的琉球王国与清朝、东南亚进行中介贸易。隐元隆琦与其法孙高泉性潡赴日创建并传播黄檗宗，明末遗臣朱舜水在日本教授朱子学思想等，都对明清时代中国文化思想在日本的传播起到了重要影响。以下以日本对清朝的认识、明清军谈中的中国形象、日本近世文学中的郑成功形象为中心，探讨明清交替时期日本文学中中国形象的变迁。

第一节　明清交替和日本对清朝的认识

一、从"华夷变态"到"明清革命"

明末清初的战乱致使许多中国士人逃往日本，为日本带去了中国的书籍、思想和文化，对江户时期的日本产生了深远的影响。朱舜水（1600—1682）在明清交替之际，曾作为郑成功的使者向日本求援，1659年定居日本，1665年接受德川光国的邀请到江户，1682年病逝。朱舜水在日本言传身教，将明朝的典库制度、衣冠制作、祭器等传至日本，育成了水户学派的中坚人才，并指导编撰《大日本史》。《中原阳九述略》是朱舜水于明亡17年后，流寓日本时总结明亡历史教训，谋划灭清复明之策的著作。全文以"致虏之由、虏势二条、虏害十条、灭虏之策"四章内容分别探讨了明朝败亡的缘由、清朝兴起的原因、清的祸害和灭清复明的策略。全文围绕人心向背、虐政仁政的主线，结合军事方略，探讨了明清易代的原因。其中朱舜水对清朝有如下看法：

> 中国之有逆虏之难，贻羞万世，固逆虏之负恩，亦中国士大夫之自取之也。……奴虏种类，原自不蕃。先年李宁远以奴隶畜之，玩之掌股，使其长养内地，知我虚实情形；又加以龙虎将军名号，使得控崇别部，狡焉启疆，失于防御，遂灭北关、白羊骨诸

<<< 第三章 明清交替和日本文学中的中国形象（17—18世纪前期）

种，益致披猖。①

朱舜水使用"逆虏""奴虏"等蔑视性的词汇称呼清人，认为满族人不过是落后的夷狄，并历数清人入主中原的十大罪状。朱舜水在日门生、朋友众多，深受幕府重视，因此他对清朝的看法也影响了日本人对清朝的看法。

日本幕府儒官林春胜（1618—1680）、林信笃（1644—1732）父子所编《华夷变态》一书，记载明清易代之际中国的种种变化，来源于德川幕府时期的"唐船风说书"。该书所收入文件起于1644年，止于1728年，记录了明清交替的过程。其中序言（1674）中写道：

> 崇祯登天，弘光陷虏。唐鲁谗保南隅。而鞑虏横行中原。是华变于夷之态也。云海渺茫，不详其始末。如《剿闯小说》《中兴律略》《明季遗闻》等既记而已。按朱氏失鹿当我正保年中。而来三十年，所福漳商船往来长崎，所传有达江府者，其中闻于公。件件读进之，和解之，吾家无不与之。其草案留在反古。恐其亡失，故叙其次第，录为册子，号华夷变态。项间，吴郑檄各省有恢复之举。其胜败不可知焉。若夫有为夷变于华之态，则纵异方域，不亦快乎。②

按书中所述、崇祯去世，弘光皇帝被俘，南明的唐王和鲁王命悬一线地保卫着中国的东南角，鞑虏横行中原，这昭示着中国正在从华夏变成蛮夷。在林信笃抄录这本小册子的同时，中国的吴三桂将军和郑成功

---

① 朱舜水. 朱舜水集 [M]. 北京：中华书局，1981：13.
② 林春勝，林信篤. 華夷変態 [M]. 東京：東洋文庫，1958：1.

101

将军正在联络全国各省，号召各地百姓起来恢复明朝。林信笃认为这次到底能否成功恢复明朝还是一个未知数。序言充分反映当时日本学者对大明亡国的看法，所谓"华夏变于夷之态"的明清交替是华夏礼仪之邦变成蛮夷的过程。明亡后，日本、朝鲜、越南初时皆不承认清朝，有自命为华夏正统的"小中华"观念。日本儒学者、兵学家山鹿素行（1622—1685）的《中朝事实》成书于1669年，是一本汉文历史书，全二卷，并有附录一卷。该书以日本朝廷为世界中心，称日本作"中华""中朝""中国"，称中国为"外朝"，认为日本才配得上称为"中华文明之土"。山鹿素行认为，"外朝"多次被夷狄征服，已失去文明；且"外朝"自春秋时代以来多次因篡位弑君而改朝换代，不守君臣之义，已失去了"礼"，故不配称"中国"。而日本则不曾受夷狄侵略，且有二百万年以来万世一系的皇统，守礼守义，可称"中华"。

1680年，清政府平定以吴三桂为首的"三藩之乱"后，《华夷变态》中的相关情报记述对清朝的称呼由"鞑靼"转化为"大清"，认为清朝在康熙帝统治下，重用儒学，官民一体，和平昌盛。尤其幕府第八代征夷大将军德川吉宗（1684—1751）自1716年继任将军之位，下令幕府开展翻译《大清会典》的工作以及对清朝的研究，日本开始对明清交替持肯定的态度。松崎慊堂（1771—1844）是儒学家，受清代考据学影响。其在《拟请兴学疏》一文中对清代的帝王给予了高度评价，如下所示：

> 元禄中（彼康熙中）改用三跪九叩之拜，是礼也。彼臣民见伪王礼也，于是向之所名为虏者，心悦诚服，以为旷世希有之主。彼明国之君臣上下，盖尝以冠裳夷狄，为其德之广，彼今则变为辫发腥膻之俗，彼且乐而为之。而况堂堂大国，唐尧在上，虞舜佐之

<<< 第三章　明清交替和日本文学中的中国形象（17—18世纪前期）

下，一转移之力也哉。鼓之以礼，舞之以仁，其向大化也，盖亦然，而因陋护朽。①

松崎慊堂认为康熙皇帝改变夷狄之风俗习惯，重视儒学，实行儒家的一系列礼仪，行仁政，是旷世稀有之君。

江户时代中期的儒学家大田锦城（1765—1825）在《明清革命论》中高度评价清朝，认为明朝后期皇帝昏庸无道，清朝皇帝英明神武，明清交替是一种革命行为。"革命"一词最早出现在《易经·革卦》之中，用于解释商汤取代夏、周武王灭商这两大改朝换代的历史事件，将殷汤和周武王推翻夏朝、商朝的军事行为视为顺天应人的革命。"革命"在我国古代是用来形容有德之君王代替无道之君王的行为，是一个褒义词，是被社会认同的。《明清革命论》对清朝有如下评价：

> 明清革命之际，有疑天人之变者焉。清祖起于边隅蕞尔弹丸黑子之地，其始起兵，仅十三人矣，并吞诸部，以基王业。率数百之众能破九姓之敌，分数千之众能破四路二十万之兵。杀敌一万，而损小卒二人而已，歼十万之敌，而损兵二百人而已。军威所向如摧枯拉朽，古来史册所载武功之盛，未有其比，则非人力之所能为也。……清祖宗，虽出夷狄，其功德与汉祖唐宗无异，而其重道尊德，则有过焉。是故开二百年之太平，而学问文物之盛，有超于前古，非北魏若金元之所能及也。②

将清朝开国皇帝与汉高祖、唐太宗相提并论，学问文物的繁盛远超

---

① 崇文院. 慊堂全集 [M]. 東京：崇文院, 1926：43.
② 大田錦城. 錦城文録 [M]. 江戸：和泉屋金右衞門, 1858：33-35.

103

前代。

二、日本对清代文化的接受

如前文所述，德川吉宗继承将军之位后，日本对清朝的文治武功开始积极评价，并大规模接受清代的文化。林子平（1738—1793）在《海国兵谈》序文中有"今之清优于古之唐山"① 的记述，感服清朝文化之隆盛，尤其感慨清朝学风的优越。江户时代的汉诗开始脱离古文辞学派的影响，正式展开新的诗风要从江户的折中派儒者井上金峨（1732—1784）弟子山本北山（1752—1812）的《作诗志彀》问世，开启了批判伪唐诗以及宋诗大受欢迎的风潮。山本北山以清初诗集及其评价为依据，抨击深受明代复古思潮"文必秦汉，诗必盛唐"的影响。以荻生徂徕为首的古文辞派，认为明诗是抄袭唐诗的伪诗，《唐诗选》是伪书，宋诗清新得唐诗之真，文章应以韩愈、柳宗元为典范。近世日本的汉诗，到18世纪中叶为止，古文辞派保持势力，一般采用模仿盛唐诗和明诗的作诗方法。与此相对，这个时期以后，首先在京都大阪，之后在江户，反拟古的想法开始出现。这种反拟古的主张被称为性灵或清新性灵之说。到宽政时期（1789—1800）为止，日本文坛上对性灵派的接受和宋诗的流行，相对于以盛唐诗为主的古文辞学，以及针对经解、教育中的仁斋学、徂徕学等异学的宋学的重新确立，都是因为清初康熙年间出版汉籍的引入。

宽政二年（1790），日本发布"异学禁令"，重申朱子学为"正学"，朱子学以外的"异学"一律禁止。此时，长期担任江户汤岛圣堂儒者和林家塾头的市河宽斋辞去了圣堂教授一职，组建了"江湖诗

---

① 林子平. 海国兵談 [M]. 東京：図南社, 1916: 3.

第三章 明清交替和日本文学中的中国形象（17—18世纪前期）

社"，他与山本北山共同标榜"清新性灵"的诗，为江户诗坛带来了革新。他们重新接受并依据的是性灵派袁枚（1716—1797）的诗论。神谷东溪主编，山本北山、大田锦城、佐藤一斋、大洼诗佛、柏木如亭参与校订的附有序文的《随园诗话》10卷补遗2卷于文化元年（1804）出版了日本刻本，被认为是清代诗歌的最新观点。赖山阳（1780—1832）读到此书回顾了宋代严羽以后的诗论，惊叹于随园浩瀚的诗论。菊池五山（1769—1849）是江户后期的汉诗诗人，参加市河宽斋的江湖诗社，与柏木如亭、大洼诗佛等人一起作为诗人活动。他以中国清朝袁枚的《随园诗话》为蓝本，在1807年以后，以年刊的形式出版了《五山堂诗话》，共出版了15卷。《五山堂诗话》在1832年前后的26年间出版了正编10卷，补遗5卷，堤它山（1783—1849）校订出版了与袁枚、蒋士铨并称乾隆中"江右三大家"之一的赵翼（1727—1814）的《瓯北诗话》10卷、《瓯北续诗话》2卷。大洼诗佛（1767—1837）是江户中后期的汉诗诗人，著有《卜居集》《诗圣堂诗集》《诗圣堂诗话》等。他在山本北山的奚疑塾学经学，在市河宽斋的江湖诗社学诗，在江户诗坛鼓吹清新性灵之诗。1806年，他神田阿玉在池中经营诗圣堂，从此走上了流行诗人的道路，与盟友菊池五山一起成为文化、文政时期江户诗坛的中心人物。《诗圣堂诗话》是日本反古文辞派诗话代表作之一，受袁宏道思想的影响，提倡性灵的诗歌。

考据学是中国清代的核心学问，学者们通过考证这一种方法来研究中国古典，尤其是经学，在乾隆、嘉庆年间（1736—1820）迎来鼎盛时期。所谓考据是针对具体文献记载的事项收集客观证据，厘清圣贤语言的真正含义。江户时代初期，藤原惺窝的弟子林罗山提倡朱子学，受德川家康的提拔，成为幕府的儒学首领。然而当时的儒学家山鹿素行、伊藤仁斋、荻生徂徕等受明代儒学的影响，竞相抨击朱子学，建立自己的学说，风行一时。考据学在文化、文政年间（1804—1830）传入日本，大田锦城（1765—1825）的《九经谈》是日本接受考据学的开端。在《九经谈》中，大田锦城引用了清朝朱彝尊、顾炎武等人的学说，介绍了清代对《今文尚书》与《古文尚书》考据的成果。儒学家那波鲁堂（1727—1789）17岁时，师从京都儒生冈龙洲学习古文辞学，然而宝历年间（1751—1764），他被老师开除教籍后转而研究朱子学，展开对古文辞学的批判。其《学问源流》一书阐述了平安时代的延喜、天历以来日本的儒学史，赞扬了创立日本程朱学的藤原惺窝的功绩，谴责批判程朱学的中江藤树等阳明学派、伊藤仁斋等古义学派以及荻生徂徕等古文辞学派等。在该书中，那波鲁堂高度赞扬了清朝的学问：

> 清朝之学，博读经史，驳杂不堕，泥于道理，就各其事，考合诸书众议，以明是非之至当，得程朱之真为旨，往往胜元明诸儒之说。陈廷敬、顾炎武、万斯大、徐乾学、朱彝尊卢诸人其选塔尔。①

那波鲁堂高度赞扬了清朝的学问，认为清代学问条理清晰，明是非，深得程朱之学的精髓，是正统之学。那波鲁堂还认为清代的程朱之学远胜于元明时代诸儒的学说，并列举了清代陈廷敬、顾炎武等人。

总之，文化、文政时期，日本研究《十三经》《说文解字》《尔雅》的学者辈出，如松崎慊堂、狩谷棭斋、市野迷庵、山梨稻川等。狩谷棭斋对国典有很深的造诣，在日本的古籍整理中使用考据学的手法，开创了校勘学。其著述除《转注考》外，均为有关日本古籍的研究。市野迷庵也喜欢校勘学，其著作有《正平本论语述》《大永本论语述》《覆

---

① 宫田脩述. 東洋倫理學史書解題 [M]. 東京：早稻田大学出版部，1900：108.

<<< 第三章 明清交替和日本文学中的中国形象（17—18世纪前期）

刻正平本论语及述》。松崎慊堂跟随林锦峰、林述嘉治理朱子学，后来与狩谷棭斋、市野迷庵、山梨稻川三人交往，根据三人的说法，成为十三经的专家。他的著述有诗文集十四种，其中最费力气的是《缩刻十二经》。盐谷宕阴、安井息轩师从松崎慊堂。盐谷宕阴写文章喜欢模仿以欧阳修为主的唐宋八大家，在幕末以文章闻名。幕末考据学的集大成者安井息轩（1799—1876）重视汉唐古注疏，精于考证，以著名文学家著称，论述军备必要性等，对西方学说也十分关心。他专攻汉唐旧说、清儒考据学，著作有《论语集说》《孟子定本》《管子纂话》，都是体现日本考据学成果的著作。

第二节 明清军谈中的中国形象
——以《明清斗记》《明清军谈》为中心

军谈是江户时代的通俗小说，主要以过去的战争为题材，又被称为军记物或军书。既有以中国古代战争为题材的《汉楚军谈》《吴越军谈》《通俗五代军谈》《台湾军谈》等，也有以日本古代战争为题材的《北越军谈》《战国武将军谈》《萨琉军谈》《楠末叶军谈》等，还有将中日战争故事汇编一起的《和汉军谈》。其中以明清易代为题材的有《明清斗记》《清明军谈》《明清军谈国姓爷忠义传》等，而《明清斗记》不仅记述了明清易代的几乎全部过程，还影响了日本近世郑成功故事的创作。《明清斗记》的作者是江户时代前期的儒学家鹈饲石斋（1615—1664）。鹈饲石斋不仅精通儒学，还精通历史，著有 31 种 673 卷的著作和校刊本，具有代表性的有《本朝编年小史》7 卷、《明清斗记》11 卷等。其序言最后标记年代为宽文元年，故可以推测大概成书于1661年之前。《明清斗记》是近松门左卫门执笔《国姓爷合战》时参考的文献之一，对江岛其碛（1666—1735）于1717年创作的6卷本的浮世草子《国姓爷明朝太平记》有很大影响。① 1717年刊行的《明清军谈国姓爷忠义传》（以下简称《明清军谈》）又名《通俗明清军谈》，共19卷，收录于1911—1912年编撰的《通俗二十一史》第12卷中。该书中从万历皇帝怠政开始叙述，以康熙统一天下结束，郑成功故事只是其中一部分，重点还是在明清易代的过程。本部分主要以《明清斗记》《明清军谈》为中心探讨其中的明朝形象和清朝形象。

一、明清军谈中的明朝形象

《明清斗记》卷一开端的前三章《刘伯温识天子气事并皇明运数》中记述了刘伯温预测明朝国运只有281年，《主上御梦之事》记述了崇祯皇帝梦见国破家亡，《京师正阳门改名顺治门事》将北京正阳门改名为顺治门预示了明清易代。也就是说，《明清斗记》将明清易代视为明朝国运已尽的结果，并未批判崇祯皇帝，也未触及明朝末期的社会矛盾。作品并不认可李自成的农民起义，将李自成称为"李贼"，李自成军队称为"贼军"，详细描写了李自成军队在京城的胡作非为。《明清斗记》卷二引用了崇祯皇帝自杀前的遗言："朕不修德，以至失国，羞着衮冕见祖宗于地下，又有满朝贪官污吏皆可杀，百姓无罪。"② 所谓崇祯遗诏真伪难以辨别，最早追溯至明末大臣赵士锦的《甲申纪事》。赵士锦目睹了李自成攻入北京城，在《甲申纪事》中记载他从一个发现崇祯尸体的内侍那里得知，崇祯身上有一份遗书。《明清斗记》引用

---

① 倉員正江. 『国姓爺明朝太平記』の方法：近松と其磧との間 [J]. 京都語文，2001（5）：20-31.
② 鵜飼信之. 明清闘記 [M]. 大阪：柏原屋清右衛門，1661：35.

<<< 第三章 明清交替和日本文学中的中国形象（17—18世纪前期）

这段文字是为了说明崇祯皇帝是一位勤政爱民的好皇帝，体现了日本对明朝的赞许。另外，作品还虚构郑芝龙的形象。郑芝龙（1604—1661）是郑成功的父亲，明朝末年的贸易商、武将。明朝灭亡后，郑芝龙在福州拥立唐王隆武帝为平虏侯，并向日本派遣使者请求援兵。后来郑芝龙投降清朝，并多次诏谕抗清的郑成功，但是郑成功没有答应他的要求。郑芝龙于1661年被清政府杀害。而《明清斗记》掩盖了郑芝龙主动降清的行为，虚构了郑芝龙兵败不幸被清军俘获后被清政府杀害。这样的叙述不仅突出了郑芝龙、郑成功父子的忠诚，还批判了清朝的残忍无道，反映了作者对明朝的好感和对清朝的厌恶。1659年郑成功北伐至长江流域并对南京形成包围之势，然而因中清军缓兵之计遭受突袭而大败，于是退守福建、收复台湾。《明清斗记》卷十记述了这一段历史，以郑成功在台湾筑城、明军士气高昂结尾，暗示了郑成功将以台湾为据点继续与清朝作战直至光复明朝。

《明清军谈》对明朝形象的塑造已经开始发生变化，与《明清斗记》中的宿命论不同，侧重以儒家思想来解释明清王朝更替。作品的序言中有如下记述：

> 以王道兴，以霸道亡，是正坐的好议论。以霸而兴，以王而亡，是倒行的新模样。车轮眼者，郭然观之，古今世界，绝似一副大棋局，多少英雄豪杰，止向全局中，争一个劫耳。康熙爷有言，日月灯，江海油，风雷鼓版，天地间一大戏场。尧舜旦，汤武末，操莽丑净，古今来许多脚色，真有大志的胆肚，便上出世的筋骨也。今后儒士区区者，且莫看经，请看飞虹传。①

---

① 明清軍談：上卷［M］．東京：潤生舍，1883：4．

引文以儒家思想中的王道与霸道来解释明清交替，肯定了明清交替的正当性。同时，引文还引用了康熙皇帝的话："日月灯，江海油，风雷笛鼓，天地间一大戏场。尧舜旦，汤武末，操莽丑净，古今来许多脚色。"据说这副对联是康熙给北京前门外最早最出名的戏楼——广德楼的题字。这副对联字里行间充溢着一股帝王气派，感染性很强，这副对联的引用也体现了作者对康熙皇帝的认可与赞许。此外，序言将《明清军谈》称为"飞虹传"，即主要是为了写郑芝龙的故事，并且卷二《郑芝龙为辽东经略》开始描写郑芝龙。然而郑芝龙的故事主要是穿插其中，郑成功的故事主要是从卷十二开始的，该书主要还是为了叙述明清交替的整个过程。《明清军谈》中的郑芝龙形象与明末"辽东三杰"之一的熊廷弼（1569—1625）有许多重合。熊廷弼是明末抗清的著名将领，多次击退清军的进犯，后为阉党所杀。《明清军谈》在传入日本的熊廷弼相关资料基础之上虚构了郑芝龙形象。

《明清军谈》卷一的章节依次是《万历帝驭世》《宫里四时淫乐》《朝鲜乞兵防倭》《杨应龙劫西蜀国》《僧达观坐化狱中》，将万历皇帝继位后沉溺于酒色、不理朝政视为明朝走向灭亡的开始，之后的万历朝鲜战争、播州之役两次战争造成了明朝国库空虚，僧人达观遭受诬陷死于狱中则是明朝政局混乱的象征。显然卷一主要是以儒家思想、兵乱等来解释明朝灭亡的命运。与《明清斗记》相同，《明清军谈》将崇祯皇帝塑造为明君形象，在其即位后铲除魏忠贤后，废止了宫中自万历皇帝开始的对道教的过度尊崇。在李自成攻陷北京之后，作品卷七详细描述了皇室的自尽、大臣的殉节，也引用了所谓的崇祯遗言。显然这样的叙述是将崇祯皇帝描写为试图挽大厦于将倾而因明朝积重难返、无能为力的悲剧人物。《明清军谈》的创作依据了清代的《定鼎奇闻》《明季遗

<<< 第三章　明清交替和日本文学中的中国形象（17—18世纪前期）

闻》等小说，而这些小说基本框架是无德的皇帝与奸臣致使国家大乱，饥荒持续，人民反对官吏的暴政而起义。① 1883年日本出版了《明清军谈》上卷（共5卷），1886年西村富次郎以《明清军谈》和近松门左卫门的《唐船噺今国姓爷》为基础出版了《国姓爷忠义传》，由此可见《明清军谈》的影响力。当然，19世纪80、90年代是出版郑成功相关故事的一个高峰期，与日本觊觎台湾有很大的关联。关于此问题，留待别稿讨论考察。

总之，通过明清军谈中明朝形象的考察可知，《明清斗记》将明清王朝交替视为一种宿命或国运，体现了对明朝灭亡的不甘心理，当然这与前文论述的华夷思想以及逃亡日本的明朝遗臣的宣传有关。而《明清军谈》对明朝崇祯皇帝君臣持肯定态度，但以儒家思想解释了明朝灭亡的原因在于皇帝无道和无德，对明朝基本是持否定态度。这样的一个转变与清朝统一中国后，和平稳定、国力强盛、文化繁荣有关，也就是说日本无法否定清朝的文治武功。

二、明清军谈中的清朝形象

总的来说，《明清斗记》对清朝持否定态度，大部分情况都是称呼清朝为"鞑靼""夷狄""北虏"等，认为清朝之所以能占据中国主要是明朝内乱，无暇顾及。作者对明朝丧失中国大部分领土十分惋惜，但仍旧寄希望于逃亡至南方的明朝势力，尤其是郑成功的势力，作品也处处流露出对明朝复国的期待。该书的序言中有如下记述：

---

① 倉員正江.「明清軍談国姓爺忠義伝」をめぐって［J］. 国文学研究，1985（3）：48-58.

肥州长崎前园增武，介人而顾余茅舍，谓约，近者大明丧德，金瓯伤缺，而社稷屋矣。北虏乘寡奄有中州，国号大清，改元顺治。皇明之胀绪，奔亡之不遑，蕞尔于一方。而不绝如线矣。泉州有郑芝龙，尝窜于吾日本肥之松浦郡，若干年矣。人呼平户一官，方归本国，不忍坐视宗国倾覆，青毡已袚，而倡义兵，累奏捷功矣。不幸身陷虏庭，志不获遂，惜哉。①

引文中虽有"大明丧德"导致明朝灭亡，但在作品中更多是以命运观来解释明清易代的。因为还将郑芝龙率军支援明朝残余势力的做法称为"倡义兵"，是对郑氏父子忠于明朝的肯定与褒扬。对郑芝龙的降清叙述为"不幸身陷虏庭"，其实郑芝龙1646年受清朝招抚投降，后因招降郑成功不成被杀于北京。他投降清朝的原因在于深知无法与强大的清朝政府抗衡，通过投降换取更多的权益。近松门左卫门《国姓爷合战》的记述是郑芝龙从未降清，与郑成功一起参加了攻占南京的战斗，并且描写了郑芝龙独自一人杀向南京城的英勇姿态。《明清斗记》与《国姓爷合战》有类似之处，后文中将郑芝龙降清虚构为缓兵之计的谋略。其大概过程是，郑芝龙镇守梨关时，顺治帝的诏书传来，上面写着册封郑芝龙为三省王、希望会见等内容。于是，郑芝龙召集族人商议，郑成功认为清朝是夷狄，贪得无厌，不懂仁义，劝谏父亲与清朝决一死战。然而郑芝龙还是坚持和清军将领见面，假借谈判拖延时间，寻求时机消灭清军。在日本文化语境之下，《明清斗记》与《国姓爷合战》为了将郑芝龙、郑成功父子塑造为忠臣形象而歪曲了郑芝龙降清的史实，凸显他们父子对明朝的忠诚。《明清斗记》描写了清朝借与郑

---

① 鹈饲信之. 明清鬬記[M]. 大阪: 柏原屋清右衞門, 1661: 3.

<<< 第三章 明清交替和日本文学中的中国形象（17—18世纪前期）

芝龙谈判之际扣押郑芝龙，强制他劝降郑成功。作者批判满族作为少数民族是夷狄，阴险狡诈、毫无仁义，体现了对清朝的蔑视与否定。此外，卷二中的《鞑靼夺取北京之事》《鞑靼太子践祚之事》中叙述了清朝在明朝降将吴三桂、王永吉等人配合下攻入北京，赶走了李自成的军队。清朝进攻北京是打着为明朝报仇、为明朝复国的旗号，却在赶走李自成军队后迁都北京建立清朝。其实清朝在入主北京之前已经改国号为大清，《明清斗记》这样叙述是为了强调清朝欺骗明朝降将吴三桂等人，窃取了明朝的国土。

《明清军谈》的作者对清朝抱有好感，多处的叙述也持肯定态度。《明清军谈》成书于1717年，此时清朝已经统一了台湾，国力强盛，和平稳定。作品卷二《鞑靼建国号大清》对明清易代做了如下描写：

> 中国明季，朝廷沉溺于声色，国家内乱，苛政繁多，百姓哀怨，于是国中人民逃亡至胡人部落。鞑靼大王虽为胡种，天纵圣智，文武大臣众多，常窥中国之虚，图谋征伐明朝。明万历四十六年戊午，大军师贝勒王谨奏曰：臣仰观天文，中国明朝国运已到浇季，南方朱鸟之光夜夜微弱，未及春分，鸿雁向北。这正是吾大王圣运既开，北方阳气向南，天兆无疑。何况明王怠政，奸臣盗吏害民，朝廷之上贼臣贪贿，卖官求爵，其余皆为寻章摘句的儒臣。[①]

引文将明清作对比，明朝朝廷沉溺于酒色，不理朝政，百姓怨恨；而鞑靼虽为胡人，皇帝圣贤，能臣众多。清朝军师的一番劝谏进一步说明明朝昏庸无道，即将灭亡，并以天象的预示指出明清易代的必然。

---

① 明清軍談：国姓爺忠義伝[M].京都：田中荘兵衛,1717：57.

《明清军谈》中多处夸奖了清朝将领的智勇双全，如卷十七《国姓爷请兵日本》有如下内容：

> 国姓爷曰，贝勒智勇双全，虏王因此以其为军师，决不可轻慢。清军欲讨福建，非倭兵不能击退贝勒。我们与日本隔海数千里，今遣使乘商贾之船，明春应至日本。戴健杨祖曰，今年倭寇未来犯，海氛澄靖，今乞援兵，恐开倭寇之巢窟。国姓爷曰，森生于日本，倭人趋义，有何忧虑。诸军以为然。①

作品借国姓爷郑成功的话指出率军进攻福建的清军将领十分厉害，仅靠郑成功军队无法战胜之，应向强大的日本求救。郑成功手下将领认为一旦日本军进入中国将酿成之前的倭寇问题，但郑成功反驳说倭寇趋义，不足为虑。虽然这部分引文是为了说明日本勇武，彰显日本文化"优越性"，但也反映了清军将领作战方面胜于明军。

《明清斗记》结尾的叙述是郑成功收复台湾，以台湾为据点继续与清朝抗衡，是对郑成功光复明朝的期许。而《明清军谈》卷十九最后一节为《康熙爷平定天下》，叙述了康熙统一台湾，明朝全部灭亡的结局，最后一部分叙述如下所示：

> 国姓爷也在康熙爷第九庚戌年染伤寒而死。明年北京的招抚使至，男锦舍行年继父之志受封。锦舍死后，康熙辛酉二十年，孙奏舍受北京封赏，成为大冤东宁王。次年的康熙二十一年正月十四日，皇爷开御宴与百官共贺海波平静，效汉柏梁之体联句。于是，

---

① 明清軍談：国姓爺忠義伝 [M]. 京都：田中荘兵衛，1717：363.

有宸翰之序、御制之句：丽日和风被万方。大学士勒德洪应声续曰，聊云烂漫弥紫阊，接着百名官员每人一句，联成百句。魏象枢将其汇聚成册发行于世。真乃升平之盛事哉。①

因为以简略的笔法记述了郑成功死后，郑成功儿子锦舍受清朝招抚归降清朝。历史事实是清朝用了 20 年左右的时间，花费了大量的财力与军力，采取劝降和战争两种方式，最后才迫使郑氏政权投降。因为略去了这段历史直接叙述郑成功去世后郑氏政权便投降清朝，与文中对康熙皇帝仁义遍天下的圣君形象呼应。引文还引用了康熙二十一年（1682）康熙皇帝君臣之间唱和的《升平嘉宴同群臣赋诗用柏梁体》结尾，其实康熙统一台湾是 1683 年。结尾的虚构是为了营造国家统一、共襄盛事的景象，是对清朝的赞许。

第三节　日本郑成功故事中的中国形象

处于明清交替时期的郑成功不仅拥有中日混血儿的特殊身份，也在反清复明的历史进程中起着重要作用，成为日本近世文学的描写对象。近世日本将对东亚政治变动的看法与长期以来对中国的想象与认识投射至郑成功文学的叙事之中，形成了独具特色的郑成功故事。近代以降，郑成功故事又与甲午战争等对外战争的叙事交织在一起，参与了日本帝国话语的建构。关于中日文学中郑成功故事的研究，国内近些年取得了可喜的进展，然而这些研究多集中于《国姓爷合战》（以下称《合

---

① 明清軍談：国姓爺忠義伝［M］．京都：田中荘兵衛，1717：431-432．

战》）文本的分析①、中日比较视域下郑成功形象的流变②、日本近代台湾殖民与郑成功形象的建构③、郑成功故事的思想背景④等方面。日本对郑成功故事的研究侧重《合战》中的人物形象、舞台艺术、思想背景、受容情况等方面。⑤根据笔者调查，中日两国均极少触及对《国姓爷后日合战》（以下称《后日合战》）、《唐船噺今国姓爷》（以下称《唐船噺今》）的研究。⑥韩京子认为，因为《后日合战》《唐船噺今》在日本的评价较低，故目前还停留在十分不充分的研究水准。⑦其实近松门左卫门（1653—1725）的"国姓爷三部曲"是一个整体，《后日合

---

① 张博.《国姓爷合战》的创作依据与主题思想［J］.外国问题研究，2011（3）：44-49.
　　寇淑婷.文本与史实之乖离：论《国姓爷合战》中的"郑成功"［J］.励耘学刊，2021（1）：230-249，402-403.
② 董灏智.江户-明治文学家对"郑成功形象"的日本化建构：兼论中日视野下"郑成功形象"的变迁［J］.文学评论，2019（6）：107-114.
　　寇淑婷，曹顺庆.郑成功的身份认定与挪位：以中日文人的不同书写为中心［J］.河南大学学报（社会科学版），2020，60（1）：43-50.
③ 寇淑婷，曹顺庆.日本的郑成功形象建构及其对台湾的文化殖民［J］.四川大学学报（哲学社会科学版），2021（2）：162-170.
④ 张崑将.从东亚视域看郑成功形象的"中华"意识之争［J］.深圳社会科学，2020（2）：51-65，159.
　　寇淑婷.日本的"郑成功文学"与"华夷变态"思想［J］.上海师范大学学报（哲学社会科学版），2022，51（4）：58-64.
⑤ 黒石陽子.「国姓爺合戦」考：3段目の老母像を中心に［J］.言語と文芸，1988（2）：63-78.
　　向井芳樹.近松の時代浄るりの劇空間：「国姓爺合戦」をめぐって［J］.國文學：解釈と教材の研究，1985（2）：65-70.
　　高橋則子.江戸における『国姓爺合戦』の受容-浄瑠璃抄録物草双紙の視点から［J］.近松研究所紀要，2003（13）：1-12.
⑥ 刘芳亮.风说情报与江户时代的中国现实题材文学：以朱一贵起义传闻为例［J］.解放军外国语学院学报，2017，40（2）．
　　中村忠行.「台湾軍談」と「唐船噺今国姓爺」［J］.天理大学学報，1970（3）：106-134.
⑦ 韓京子.近松時代浄瑠璃の世界［M］.東京：ぺりかん社，2019：159.

战》是《合战》叙事的延续，《唐船噺今》是对《后日合战》叙事的承接。这三部作品集中体现了日本近世郑成功故事的叙事特点，对后世郑成功故事的创作产生了深远影响。

近松创作的"国姓爷三部曲"属于净琉璃剧本。净琉璃源于中国木偶戏，成形于江户时代元禄年间，经竹本义太夫和近松的改革，形成了独具日本特色的戏剧形式。《合战》（1715）共分为五部分，主要讲述了和藤内从漂流至平户的栴檀皇女那里听说明朝将亡消息后，便与父母一起奔赴中国，说服狮子城的甘辉反叛鞑靼，最后在忠臣吴三桂协助下赶走鞑靼，拥立永历皇帝南京继位，复兴明室。《后日合战》（1717）描述了郑成功被奸臣陷害不得已退守台湾，鞑靼趁机再次攻陷南京，甘辉带着永历皇帝历尽艰险到达台湾，郑成功打败鞑靼进攻台湾的大军，乘胜追击，再次光复南京。《唐船噺今》（1722）以台湾朱一贵起义为素材，将朱一贵设定为明朝皇室的后裔，描写了他为反抗国守六安王残酷无道的统治起兵，最后成为台湾的顺成王。《合战》在大阪松竹座首演，连续上演了17个月，在当时颇受好评。西泽一风（1665—1731）在1716年将《合战》改写为浮世草子风格的《国姓爷御前军谈》，内容与结构基本未变。江岛其碛（1666—1735）于1717年创作了六卷本的浮世草子《国姓爷明朝太平记》，前三卷源于《合战》，后三卷源于《后日合战》。此外，还有1717年的《明清军谈国姓爷忠义传》、1759年的《假名草子国姓爷实录》等，日本近世掀起了一股郑成功故事创作的热潮。本书主要以近松"国姓爷三部曲"为中心，考察这三部作品中的战争叙事特点，揭示战争叙事折射的中国认识。

一、日本对外战争叙事中的"国姓爷三部曲"

古代中日之间的战争主要有三次，分别是663年唐朝与新罗联军大败日本、百济的白江口之战，1274年、1281年元朝联合高丽发动入侵日本的元日战争（日本称之为"文永弘安之役"或"蒙古袭来"），1592—1598年发生在朝鲜半岛的明朝抗倭援朝的万历朝鲜战争（日本称之为"文禄庆长之役"）。这三次战争不仅对东亚政治格局产生了深远的影响，促使日本文化的自觉与对外认识的转变，还成为日本文学书写的重要内容。成书于720年的《日本书纪》卷九《神功皇后》虚构了神功皇后"征服"新罗，迫使高丽、百济"叩头而款曰，从今以后，永称西蕃，不绝朝贡"[1]。伊藤聪认为，《日本书纪》在663年发生的白村江之战不久之后，神功皇后"征服"朝鲜半岛的故事应该是借助神话为日本的战败雪耻。[2] 神功皇后"征服"朝鲜半岛的叙事也成为日本神国思想的有力依据。元日战争之后，《蒙古袭来绘词》《八幡愚童训》（甲本）、《太平记》、谣曲《白乐天》等日本中世文学作品对这场战争均有不同程度的描述，通过对神国的建构将对元军的恐惧转变为对元军的蔑视，在仰慕中国文化的同时也开始以平视的姿态重新审视中国文化，从而试图建构日本文化的独特性与优越性。[3] 日本江户时代陆续出版的"朝鲜军记物"是日方对万历朝鲜战争书写、想象与重构的历史小说，有《太阁记》《朝鲜征伐记》《朝鲜太平记》《绘本武勇大功记》等一系列文学作品。这些作品奠定了日本对万历朝鲜战争叙事的基本框架与主要特点，也是了解日本人对这场战争认识的重要文献。日本文学对这三次对外战争的叙事相互交织叠加在一起，持续广泛地影响着后世

---

[1] 小島憲之，校注訳. 日本書紀 [M]. 東京：小学館，1994：430. 成书于712年的《古事记》中卷《仲哀天皇》中记载神功皇后接受神谕"西方有国，金银为本，目之炎耀，种种珍宝，多在其国。吾今归赐其国"之后，率大军乘船征服了新罗、百济。

[2] 伊藤聡. 神道とは何か：神と仏の日本史 [M]. 東京：中央公論新社，2012：28.

[3] 张静宇. 元日战争和日本中世文学中的中国形象 [J]. 中国文化研究，2022（2）：172-180.

<<< 第三章 明清交替和日本文学中的中国形象（17—18世纪前期）

文学作品。近松创作的"国姓爷三部曲"就是在这三次对外战争叙事的文学脉络中完成的。

首先，"国姓爷三部曲"将郑成功的出生地日本肥前国松浦郡平户岛（长崎县平户市）中的"松浦"置于日本对外战争的叙事之中，反复强调"松浦"的日本文化语境与政治内涵。松浦地处日本西部边境，是日本古代与朝鲜半岛、中国友好交流的窗口，也是神功皇后出兵朝鲜半岛的出发地以及元朝攻打日本的登陆地点之一。然而元日战争之后，松浦成为战场，其对华文化记忆随着畸形的神国思想的高扬由"对外"转为"排外"。[①] 郑成功虽出生于日本，但6岁时就已返回故乡福建，之后考中秀才，进入南京国子监学习，可以说基本上是在中国文化的语境下成长的。然而《合战》将郑成功设定为一直在日本生活，直到崇祯皇帝之妹栴檀皇女漂流至平户，郑成功知晓明朝被鞑靼灭亡之后才回到中国。显然这样的叙事是为了强调郑成功的日本人身份，为后文凸显郑成功身上的日本文化语境做铺垫。据《古事记》《日本书纪》的叙述，神功皇后正是在松浦得到了住吉神社之神祇的帮助才顺利渡江击败新罗。《合战》中描写了郑芝龙夫妇做了不可思议的吉梦后，到松浦的住吉神社参拜，得到明朝灭亡、栴檀皇女至日本的神谕。在《古事记》《日本书纪》中，住吉三神的出现与神功皇后侵略朝鲜半岛的叙述密切相关。郑成功下决心到明朝与鞑靼作战时，《合战》描写郑成功勇猛的样子如同站在船头为神功皇后做向导的荒御前神一样。《合战》的第四部分，郑成功妻子小睦得到住吉神社的神谕后，与栴檀皇女一起从松浦出发前往中国时，也引用神功皇后在神祇帮助之下顺利渡海打败新罗的故事。《后日合战》中描写了郑成功之子郑经（1642—1681）在台湾梦

---

① 赵季玉. 汉诗、和歌与神风：论谣曲《白乐天》的白居易叙事 [J]. 外国文学评论，2021（4）：115-132.

游至松浦，遇到住吉明神。《唐船噺今》开端便描写了郑成功为方便台湾老百姓种田，命人挖水池命名为"松浦池"①，而当时台湾国守六安王驱使老百姓弄干水池之水将其填埋，预示他在无日本神明护佑下将灭亡的命运。显然这样的叙事与神功皇后"征服"朝鲜半岛故事重合，预示郑成功在日本神祇帮助下击败鞑靼的结局。

其次，《合战》将郑成功故事与元日战争的叙事重合。虽然《合战》称清军为鞑靼是受成书于1661年描写明清易代历史的书籍《明清斗记》的影响，②但多次将鞑靼直接称为蒙古显然是作者有意为之，目的是唤起人们对元日战争的记忆。例如，吴三桂在向崇祯皇帝谏言驱除奸臣李蹈天之时，"如果不早日对积恶奸曲之人处以五刑之罪的话，我们作为圣人教化之国将沦为蒙古国的属国"③，直接将鞑靼视为蒙古。吴三桂在与攻入南京城的鞑靼军作战时，"率领不足数百之兵冲入数百万蒙古大军之中"④ 也是将鞑靼称为蒙古。《合战》第四部分在叙述郑成功的妻子小睦与栴檀皇女前往中国时，为了说明她们将在住吉神明的护佑下顺利到达中国，引用了谣曲《白乐天》的内容：

> 昔，唐土有一位名叫白居易之人，为了测试日本人的智慧来到日本，看到眼前景色，吟咏"青苔带衣挂岩肩，白云似带绕山腰"，住吉大明神化身垂钓之翁现身，以和歌"着苔衣之岩石，将成为未着衣的山之腰带"答之。白居易一时语塞，便回到唐土。我们在神明的护佑之下出发吧。⑤

---

① 近松全集刊行会．近松全集：第十二卷［M］．東京：岩波書店，1990：323.
② 野間光辰．近世芸苑譜［M］．東京：八木書店，1985：224.
③ 鳥越文藏，等校注訳．近松門左衛門集：3［M］．東京：小学館，2000：263.
④ 鳥越文藏，等校注訳．近松門左衛門集：3［M］．東京：小学館，2000：266.
⑤ 鳥越文藏，等校注訳．近松門左衛門集：3［M］．東京：小学館，2000：322.

<<< 第三章　明清交替和日本文学中的中国形象（17—18世纪前期）

　　谣曲《白乐天》是元日战争叙事，① 讲述了白居易奉皇帝诏书赶往日本测试日本人智慧的故事。白居易乘船到达后，遇到由住吉明神化身正在垂钓的日本渔夫，白居易向渔夫说明来意，于是作诗，渔夫作和歌对之，二人展开比赛，最终渔夫胜利，掀起神风将白居易刮回唐朝。从内容上来说，《白乐天》无论是竞赛的对手白乐天，还是比赛的内容和歌与汉诗，每个环节都投射出对中国文化的关注。谣曲《白乐天》在1665年大关定佑的《增补朝鲜征伐记》也被引用。大关定佑的《增补朝鲜征伐记》是在成书于1659年出版的儒学家堀杏庵（1585—1643）的《朝鲜征伐记》基础之上增补而成的。与记录简略、文学性弱的《朝鲜征伐记》（4卷本）相比，《增补朝鲜征伐记》不仅扩充至13卷，还具有很强的虚构性和文学性。《增补朝鲜征伐记》引用《白乐天》的背景是，万历二十一年（1593）正月，李如松率军攻克平壤，乘胜追击日军，但至汉城附近碧蹄馆之时遭遇日军受挫，于是战争陷入僵持状态，议和的呼声再起。在沈惟敬与小西行长商谈之后，负责朝鲜军务的经略宋应昌派遣无明廷授权的正副使节谢用梓、沈一贯赴日会见丰臣秀吉。谢用梓、沈一贯在日出使期间，《朝鲜征伐记》中记述了二位使节观看日本的能乐，而在《增补朝鲜征伐记》中增加了能乐的具体曲目，"一番吴服、二番玉井、三番白乐天、四番弓八幡、五番金札"②。"三番白乐天"即为谣曲《白乐天》。因此，《合战》与《增补朝鲜征伐记》引用谣曲《白乐天》的目的类似，都是将郑成功与鞑靼的战争置于元日战争的叙事中，预示郑成功将如日本战胜元朝一样会战胜鞑靼。

　　最后，《合战》与《后日合战》还将郑成功故事与万历朝鲜战争的

---

① 川添昭二. 蒙古袭来と中世文学 [J]. 日本歴史，1973（7）：14-28.
② 大関定祐. 朝鲜征伐記：1 [M]. 東京：国史研究会，1916：345.

121

叙事关联在一起。近松门左卫门所在的大阪是由丰臣秀吉建筑而成，大阪流传许多关于丰臣秀吉的传说。近松创作的以万历朝鲜战争为背景的《本朝三国志》在1719年朝鲜通信使访日之际上演，其中将丰臣秀吉比为男神功皇后，描写了丰臣秀吉参拜住吉神社，认为丰臣秀吉侵略朝鲜是继承了神功皇后之谱系。① 换言之，近松对万历朝鲜战争十分熟知，且有意在朝鲜通信使面前宣扬日本国威。崔官认为，《合战》中郑成功从松浦到达中国后在千里竹林之中降服老虎的叙述是受万历朝鲜战争中加藤清正击退老虎故事的影响。② 《后日合战》在甘辉劝说郑成功放弃将明朝风俗日本化时，举了丰臣秀吉侵略朝鲜的战争的事例：

> 明朝万民害怕日本之武威，常心生不安，十分恐惧。近来证据是，朝鲜国前些年将国家的礼法、国民的风俗都改为日本之风，万民恐惧日本之武威。出身草莽兵吉（秀吉）才智勇武兼备，军功武功独步古今，掌管日本六十余州，官至关白之位。欲征服朝鲜国，发兵数百万，战船几千艘，进攻至釜山，攻破高丽首都，擒获辽东太子，斩首割耳，运回日本，建立耳塚。③

甘辉通过引用万历朝鲜战争史料指出，朝鲜的日本化致使人人恐惧日本，也为朝鲜带来近乎灭国的命运，因此明朝不应该改用日本风俗。《后日合战》对甘辉的这种观点是持批判态度的。引文将郑成功比拟为丰臣秀吉，认为他们都把日本武威传播至海外。可以说《后日合战》

---

① 崔官．近松門左衛門の『本朝三国志』に関する考察［J］．日本文化学報，1997（10）：173-190．
② 崔官．鄭成功から和藤内へ：近松の『国姓爺合戦』を中心に［J］．東アジア文化交渉研究，2012（2）：107-112．
③ 近松全集刊行会．近松全集：第十卷［M］．東京：岩波書店，1989：18-19．

<<< 第三章 明清交替和日本文学中的中国形象（17—18世纪前期）

视郑成功与鞑靼之战为万历朝鲜战争的延长线。王向远指出，《国姓爷合战》其实反映了丰臣秀吉侵华迷梦破灭之后日本人仍旧怀有对中国的觊觎之心。① 故可以说近松在意识到万历朝鲜战争基础之上，将郑成功击退鞑靼、光复南京与万历朝鲜战争相提并论，唤起民众对万历朝鲜战争胜利的想象，满足了丰臣秀吉以来日本成功征服明朝的心理。此外，以1609年萨摩侵略琉球迫使其臣服的战争为背景，日本近世创作的一系列"萨琉军记"物语作品集也将这场战争与郑成功故事联系在一起，② 将萨摩侵琉、郑成功故事、万历朝鲜战争的叙事重合，暗示了日本对中国战争的胜利。

二、战争叙事与日本民族文化的建构

"国姓爷"带有很强的中国风，并且郑成功的日本命名"和藤内"也是指非（内：ない）"和"或"唐（藤）"之人，即中日混血儿之含义。《合战》还描写郑成功懂唐音，熟知中国古代的兵法，与父亲郑芝龙一样为明朝尽忠。然而近松在描写郑成功的语言与行动均是强调其身上的日本要素，而非中国要素，是将其作为日本人来描写的。③ 也就是说，"国姓爷三部曲"是在日本民族文化的建构叙事中展开郑成功故事的。《合战》在描写郑成功降服老虎时，并未突出郑成功的勇武，而是强调他是依靠素盏鸣尊与天照大神之威德。郑成功在与猛虎对峙时，《合战》描写了其母亲说的一番话，"和藤内，你生于神国，身体发肤

---

① 王向远. 江户时代日本民间文人学者的侵华迷梦：以近松门左卫门、佐藤信渊、吉田松阴为例 [J]. 重庆大学学报（社会科学版），2008（4）：120-124.
② 目黒将史. 薩琉軍記論：架空の琉球侵略物語はなぜ必要とされたのか [M]. 東京：文学通信，2019：270.
③ 伊川健二. 国姓爺合戦にみる異国観 [J]. Waseda RILAS Journal, 2021（10）：1-9.

123

皆神所赐，遇到畜类，不要显摆力气以免受伤。即便离开日本，神明依然跟随，伊势大神宫的护身符肯定会接受我们的祈祷"①，郑成功向神祈祷后，老虎伏地而降。之后"这多亏杀死天斑驹的素盏鸣尊之神力与天照大神之威德"②的叙述再次强调郑成功依靠日本的神祇战胜老虎。安大人带领猎户奉李蹈天之命捉虎，准备献于鞑靼王。郑成功将伊势神宫的护身符挂在老虎头之上，老虎得到神力，将猎户兵器全部咬碎。郑成功趁机斩杀安大人，猎户们纷纷表示愿意成为郑成功的家臣。于是，郑成功让他们把发型改为日本武士风格的"月代头"，同时给他们改名为日本风格的"兵卫""太郎"等。这部分被认为是受到了万历朝鲜战争时期加藤清正在朝鲜降服老虎故事的影响③，但加藤清正降服老虎的故事主要突出的是勇武，并未加入神国思想的内容。不仅如此，《合战》还将郑成功的战胜全部归于日本神灵，"我请来了天照大神。虽然我出身卑微，但攻陷了好几处城池成为诸侯王，得到了你们的辅佐。这全赖日本神灵的加护"④。显然，《合战》这样的叙事遮蔽了郑成功的勇武与谋略，彰显了日本神明的威力。这样的叙事与《合战》开端第一段借吴三桂之口对各个国家作的评价一致，即"明朝是儒教，天竺是佛教，日本是正直中常神明之道，而无教养之鞑靼是畜生之国"⑤。《后日合战》中，驸马铁平率军进攻东宁（台湾），施展幻术将白梅花变为一条拥有五个头的大蛇，袭击郑成功，而得到日本神力的郑成功将大蛇斩杀。这部分中"彼素盏鸣之八歧大蛇"的叙述明示了是

---

① 鳥越文蔵，等校注訳.近松門左衛門集：3 [M].東京：小学館，2000：291.
② 鳥越文蔵，等校注訳.近松門左衛門集：3 [M].東京：小学館，2000：292.
③ 崔官.鄭成功から和藤内へ：近松の『国姓爺合戦』を中心に [J].東アジア文化交渉研究，2012 [J].
④ 鳥越文蔵，等校注訳.近松門左衛門集：3 [M].東京：小学館，2000：342.
⑤ 鳥越文蔵，等校注訳.近松門左衛門集：3 [M].東京：小学館，2000：256.

<<< 第三章 明清交替和日本文学中的中国形象（17—18世纪前期）

化用日本神话中的素盏鸣尊斩杀八歧大蛇的故事，强调郑成功是在日本神明护佑下击败鞑靼平大军的。

虽然《合战》叙述了郑成功熟知中国兵书，从"鹬蛤相争"中悟出了兵法的奥秘，但作品没有描写郑成功与鞑靼交战过程中如何使用计谋，如在攻打南京城时郑成功没有采用吴三桂与甘辉的计谋，而是主张正面攻击。郑成功认为，"日本擅长弓矢，武道训练名声在外。鞑靼知道这一点。因此我们将日本人发型的士兵置于先锋位置，鞑靼军会误以为有日本的援助，便畏缩不前，我们趁机展开猛烈攻击"①。这样的描写是为了彰显日本武道之优越，是武国思想的体现。据佐伯真一的考证，将"武"与"文"对立的叙述最早出现在15世纪前半期成书的《义贞军记》一书中，至江户时代，"武国"经过不断的阐释与建构，成为言说日本民族独特性与优越性的来源之一，以区别于明朝、朝鲜的"文国"意识。②《增补朝鲜征伐记》也虚构了日本武国思想远播明朝的记述。据《增补朝鲜征伐记》的叙述，加藤清正进军至朝鲜北部，驻扎在一个叫作蝗秉的地方。而此时大明敕使刘子咸、李庚山率一支约三十人的队伍前来求见，目的是劝说清正退兵，并讨还被清正俘虏的朝鲜王子及随从。对于明朝敕使的挑衅和恐吓，清正不为所动，有理有据、不卑不亢地予以驳斥，并当着他们的面刺杀"朝鲜第一美人"孟良妃，吓坏了明朝敕使。在得到清正饶恕之后，明使战战兢兢地返回大明。因此，加藤清正勇武的名声传至大明，"大明人皆称之为鬼神上官，无人不惧。听闻直至今日，大明、朝鲜仍将其尊为守护神，每逢瘟疫横行，无论贵贱，俱书清正画像贴于门板之上，则疫病瘟疫不会入

---

① 鳥越文蔵，等校注訳．近松門左衛門集：3 [M]．東京：小学館，2000：341.
② 佐伯真一．「武国」日本：自国意識とその罠 [M]．東京：平凡社，2018：160.

内；也有人将其画像作为护身符，疫病即会消失"①。《合战》与《增补朝鲜征伐记》的叙述类似，虚构了作为日本"优越性"的武国思想在整个东亚地区已广为人知。《合战》结尾叙述了郑成功将鞑靼赶出南京，拥立永历皇帝继位，"大日本神德、武德、圣德遍及整个唐土，因此国家繁盛，人民兴旺，五谷丰登"②。国姓爷正是在日本之神威、武威的加持之下才击退鞑靼，成功助力明朝复国，结束战乱的。《合战》中夸耀神国、武国的意识是江户时代日本民族文化建构叙事的体现。

《合战》与《后日合战》还通过引用军记物语《太平记》将战争描写置于日本民族文化建构语境之下。《太平记》描写了日本南北朝约五十年（1318—1371）的动乱，在江户时代以类似说书形式在民间广为流传，影响巨大。《合战》在解释郑成功从"鹬蛤相争"之中悟出兵法奥秘之时，举了《太平记》中的事例。后醍醐天皇虽然推翻镰仓幕府，掌管了日本实权却施政不当，而足利尊氏趁机打败后醍醐天皇，建立室町幕府。《合战》引用《太平记》是为了说明虽然鞑靼消灭了明朝，郑成功却如足利尊氏一样打败鞑靼，光复明朝。《太平记》在《后日合战》中被大篇幅引用，主要虚构了锦舍喜爱阅读《太平记》。锦舍是郑成功长子郑经的昵称。锦舍不仅十分喜欢阅读《太平记》，还以楠木正成为崇拜的偶像，特别钟爱《太平记》中楠木正成在金刚山千早城大败镰仓幕府大军的部分。楠木正成在金刚山千早城使用计谋多次击退镰仓幕府大军，在后醍醐天皇倒幕的过程中发挥了重要作用。《后日合战》对《太平记》的引用还有意将台湾比为大阪金刚山，将鞑靼大将石门龙等比为镰仓幕府派来的大军。《后日合战》却将地地道道成长

---

① 大関定祐. 朝鮮征伐記：1 [M]. 東京：国史研究会，1916：294.
② 鳥越文蔵，等校注訳. 近松門左衛門集：3 [M]. 東京：小学館，2000：349.

<<< 第三章 明清交替和日本文学中的中国形象（17—18世纪前期）

于中国的锦舍描写为一名"哈日"族，常常为无法亲自到日本而苦恼。《后日合战》第三部分中的《锦舍梦路之道行》花费较大篇幅叙述了锦舍在台湾的英雄亭梦中神游至日本，不仅去了父亲的出生地松浦，还到了楠木正成与镰仓幕府作战的金刚山千早城。锦舍遇到一翁一媪告知了楠木正成抗击幕府大军时的种种军事行为。一翁一媪即为住吉明神与高砂明神。此部分的叙事应该是受到谣曲《高砂》之影响。《高砂》主要讲述了分别生长于松浦与高砂浦一对松树之由来，代表白头偕老的夫妇能够长寿。锦舍梦中到日本后参拜了伊势神宫，得到素盏鸣尊赐予的衣服。锦舍通过梦游得到日本神力，击杀了带领忍者进攻台湾的鞑靼大将石门龙。"锦舍在此英雄亭，如春宵一刻千金，梦中到日本，获得武士之道。父子有了武力、智力、勇力，也有了福力，之后所向披靡"① 的叙事强调了锦舍梦游日本，获得与父亲一样的武士道。父子二人正是依靠武士道才击败攻台的鞑靼，光复南京的。

此外，《合战》第三部分中，郑成功母亲在狮子城劝说甘辉反叛鞑靼时，狮子城的侍女们见到郑成功母亲，表达了对日本女性的羡慕，"如果生女子的话，我想让她成为日本女子，因为日本是大和国，意为极大柔和之国。对女子来说难道不是大国、柔和之国，令人喜欢的国家吗？"②。这是对"大和国"文化建构的体现，是将柔和作为日本女性与中国女性区别的重要特质。在平安时代，随着日本国风文化的兴盛，"大和"从地理概念逐步演化为文化概念，主要由以假名书写的后宫女性完成的。紫式部在其《源氏物语》中提出"和魂汉才"，将大和魂阐释为日本本民族的文化体现，与公卿男性的汉学相对。平安时代后期的渡唐物语《滨松中纳言物语》中的中纳言因为思念自己在中国转生为

---

① 近松全集刊行会. 近松全集：第十卷［M］. 東京：岩波書店, 1989：115.
② 鳥越文蔵, 等校注訳. 近松門左衛門集：3［M］. 東京：小学館, 2000：307.

皇子的父亲，渡海来到了唐朝长安。中纳言在一天夜里听到皇后的悠扬琴声，了解到她是中日混血儿，对皇后的描写为"似母宫之模样，款待中纳言之风格、说话时的样子等与日本人无异。中纳言思念万分，心想此女柔和（やわらか）娇媚之样态不似此国（唐国）之人，侍奉她之人也与其相似也十分柔和"①。谣曲《白乐天》受《古今和歌集序闻书》之影响，将和歌解释为"歌是调和三国诗歌而来，写为极大柔和之歌（大きに和らぐ歌），读作大和歌（やまとうた）"②，指出和歌的特点是柔和。原本被后宫女性提倡的"和"文化在日本民族主义不断觉醒、发展过程中，不断被阐释和建构，最终在近世被建构为日本整个民族的文化象征。

三、"和风"与"唐风"的文化较量

《后日合战》的开端与《合战》的结尾呼应，再次强调明朝复国的关键在于日本天照大神的护佑，"如今唐土大明国再兴，难道不是受惠于我日本天照大神的恩惠吗？延平王国姓爷赶走鞑靼，辅佐永历皇帝。圣上已15岁"③。换言之，如果明朝舍弃了"优越"的日本文化，将会重蹈覆辙，面临亡国的危险。在故事的叙述模式上，《后日合战》也是《合战》的延续，郑成功打败鞑靼，光复南京，拥立永历皇帝登基之后，朝廷再次出现所谓的皇帝亲奸臣远忠臣致使国家倾颓的局面。奸臣五府将军石门龙暗中勾结鞑靼，向永历皇帝进谗言，郑成功不得已离开南京，退回父亲郑芝龙封地东宁（台湾）。石门龙与鞑靼里应外合攻陷南京，永历皇帝在甘辉的掩护下逃至云南，后又历经艰辛到达台湾，在

---

① 池田利夫，校注訳．浜松中納言物語［M］．東京：小学館，2001：157.
② 伊藤正義，校注．謡曲集：下［M］．東京：新潮社，1988：82.
③ 近松全集刊行会．近松全集：第十卷［M］．東京：岩波書店，1989：7.

<<< 第三章 明清交替和日本文学中的中国形象（17—18世纪前期）

郑成功等人的帮助下再次光复南京。石门龙向永历皇帝进谗言的背景是，战败的鞑靼国派遣人质六王子驸马铁平到南京，而铁平会法术，施展法术让永历皇帝与大臣甘辉、石门龙听到吴三桂妻子柳歌君在九仙山与太祖皇帝、刘伯温之间对明朝国运的对话，通过拆解"顺"字得出明朝国运只有281年。① 接着"顺"字幻化出"诛杀佞臣才能避免明朝的灭亡"的文字，于是石门龙进献谗言，指出郑成功是佞臣，并列举了他意欲颠覆明朝的谋略，可以概括为4点：（1）将宗庙的祭祀、国家的政道，甚至民间的仪式等均变为日本样式，将郑芝龙居住地东宁（台湾）建造为日本城的模样；（2）宣称在唐土出生的儿子锦舍为日本神的后代；（3）将天照大神住吉八幡等请到明朝，增加神国日本之威势，削弱了大明之威势；（4）欲把皇宫改为日本风格。这样的结果是：大明人人尊崇日本，轻视明朝皇帝，明朝四百州早晚会沦为日本的附庸；明朝人将被剃发为"月代头"，锦衣将被换为布袴，匍匐于日本的军门下。石门龙正是以这些理由谏言永历皇帝除掉郑成功，避免明朝的和风化，从而保全明朝的国运。同时石龙门谏言永历皇帝应该恢复唐土之古风。表面上看《合战》《后日合战》是围绕郑成功与鞑靼的军事对决展开的，但其实背后的是"和风"与"唐风"两种文化的比赛与较量，即哪种文化更具有"优越性"。

据《后日合战》之叙述，为了验证石门龙的谏言，永历帝让甘辉在其婚礼之上观察郑成功的行为表现。因为甘辉的妻子锦祥女，也即郑成功同父异母的妹妹为了劝谏甘辉反叛鞑靼自杀而亡，甘辉迎娶被郑成功认作妹妹的栴檀皇女。在婚礼之上，从礼仪到器物的使用均是"和风"，引发了郑成功与甘辉的争论。甘辉认为，应该停止明朝的和风

---

① 这部分的引用源自《明清斗记》卷一的《刘伯温识天子气之事》。

化，恢复圣代《礼记》之古风。郑成功认为，自己成长于日本，锦舍虽生于中国，但学习父母生国的文化是孝。甘辉反驳郑成功生国为现在居住地明朝，衣食住皆为明朝所赐，如果一味亲近日本则与盗人无异。而郑成功认为，明朝之所以能复国在于日本之帮助，明朝不懂得报恩，反而批判和风化，以永历皇帝为首的明朝人才是盗人，窃取了日本帮其恢复国家的成果。郑成功知晓甘辉的态度及石龙门向永历皇帝进献谗言后，决定离开南京回到台湾。这便是围绕明朝要不要"和风"化叙事的经过，也是"和唐"两国间文化较量的叙事。《后日合战》认为正是郑成功将台湾日本化，依靠强大的日本文化才战胜强大的鞑靼，再次光复南京。这也反证了永历皇帝、甘辉等人试图摆脱日本化，恢复唐风化的失败。这样的叙事凸显了日本文化的优越性，即唐风文化不如和风文化，无法战胜夷狄鞑靼，只有依靠日本"优越性"的文化才能保全明朝中国。和风文化还保证了明朝"自此五谷丰饶，金银充盈"①，甚至三千里外的日本全国人民都为明朝感到喜悦。

　　《后日合战》也对台湾做了和风化的叙事，认为日本化的台湾是战胜鞑靼的关键。台湾在古代有许多名称，如"琉求""小琉球""大员""大冤"等。1661年，郑成功从荷兰殖民者手中收复台湾后改为"东都"，意为位于中国东部的都城。郑成功去世之后，其子郑经将台湾改名为"东宁"，"宁"被认为与南京的称谓江宁有关。郑成功父子对台湾的命名体现了作为明朝臣子光复明朝、统一中国的意志。然而《后日合战》将"东宁"的命名者设定为郑成功，"我的领地台湾百二十里，是一座孤岛，我在那里开拓土地，建设城池，改名为东宁（とうねい），将其读为'たかさご'"②。"たかさご"是对东宁的训读，

---

① 近松全集刊行会. 近松全集：第十卷 [M]. 東京：岩波書店，1989：125.
② 近松全集刊行会. 近松全集：第十卷 [M]. 東京：岩波書店，1989：22.

<<< 第三章 明清交替和日本文学中的中国形象（17—18世纪前期）

是站在日本人立场的读音，因为日本中世末期至近世初期将台湾称为"高山"或"高砂"，① 日本称台湾为"东宁"一直持续至江户时代末期。②《华夷通商考》是日本最初的外国地理书籍，出版于1695年，作者为西川如见，其中对"东宁"的解释为："国姓爷之后改国号为东宁。此岛位于中华之南却被命名为东宁，据说是国姓爷生国为日本之故，思慕生国之意"③。西川如见牵强地解释"东宁"的命名是郑成功思慕生国日本之故，强调郑成功的日本人身份。《后日合战》第三段描写了郑成功治理下台湾的全面和风化：

> 延平王国姓爷在东宁，因国之民众大半遵从，故甚至武具、马具、衣服皆恢复为日本之风俗。在波浪拍打的海边建造高楼，命名为英雄亭。这是谋划军事战略之地，与日本河州金刚山千剑破地理十分相似。④

从武具、马具到衣服皆为日本的风俗，即说明郑成功将台湾全面日本化，打造台湾版的"日本"。引文说明郑成功将台湾日本化并非强制要求，而是民众愿意遵从。江岛其碛的《明朝太平记》对台湾日本化的叙事在《后日合战》基础之上进一步向前推进。该书卷六在叙述郑成功将台湾全面日本化时，有如下描写：

---

① 1593年，丰臣秀吉派遣使者原田孙七郎携带书信前往台湾，诏谕台湾称臣纳贡，书信称台湾为"高山国"。因原田孙七郎找不到传递国书给高山国之人致使无功而返。
② 横田きよ子. 外国地名受容史の国語学の研究［M］. 東京：和泉書院，2019：19.
③ 滝本誠一. 日本経済叢書：卷5［M］. 東京：日本経済叢書刊行会，1914：251-252.
④ 近松全集刊行会. 近松全集：第十卷［M］. 東京：岩波書店，1989：63.

131

国姓爷夺取了被称为"东宁"的三百里四方的孤岛，将此岛柔和地训读为"たかさごと"。此岛建造房子之风格、男女之样态皆遵从日本之风俗。……年中行事皆学和国。请来伊势两宫之神置于岛之中央，定9月16日为祭神之日。……其繁华程度远胜金陵。商人获利，国富民荣，岛中之人皆习和风。①

从日语到日本风俗习惯，台湾全面日本化，台湾俨然变成了"日本"。这暗示了郑成功对台湾的占领也是日本对台湾的占领。另外，引文认为正是由于台湾全面日本化，因此其繁华程度超过了南京。这种和风文化"优越"于唐风文化的中国认识发端于丰臣秀吉时代。丰臣秀吉在准备发动万历朝鲜战争之际，在1590年给朝鲜国书中的"一起直入大明国、易吾朝之风俗于四百余州"②，体现了丰臣秀吉对本国文化的"优越感"以及欲将明朝日本化的野心。

"国姓爷三部曲"中的第三部《唐船噺今》从郑成功为台湾老百姓种田而修建松浦池开始讲述，承接了《合战》《后日合战》的叙事。作品之所以将朱一贵称为国姓爷，主要是虚构了其生父为死于顺治之乱的明朝皇室景泰王。朱一贵祖籍福建，后移居台湾，因不满台湾知府横征暴敛，自称明朝皇室后代，率众起义。《唐船噺今》的创作参照了江户时代"唐船风说书"中朱一贵起义的情报，因朱一贵起义的情报中多将朱一贵记述为大明洪武皇帝后代。虽然《唐船噺今》未对日本文化语境做直接的描述，但作品多处将朱一贵与郑成功联系在一起，认为其是当时台湾的"国姓爷"。例如，朱一贵在房顶踢落前来抓捕他的六安

---

① 渡辺乙羽，校訂．其磧自笑傑作集：上卷［M］．東京：博文館，1904：288.
② 早稻田大學編輯部．通俗日本全史：第20卷［M］．東京：早稻田大學出版部，1913：3.

<<< 第三章 明清交替和日本文学中的中国形象（17—18世纪前期）

王手下马府官带领的范贼兄弟时，作品认为其打仗身手如国姓爷一样。朱一贵在去芙蓉镇途中看到鸟蛇大战参悟到兵法的奥妙，作品将其比拟为国姓爷看到"鹬蛤相争"而领悟到兵法。朱一贵起义以失败告终，"唐船风说书"中也有明确的记载，但《唐船噺今》虚构了朱一贵推翻六安王的统治，占据台湾，自称顺成王，强调他报了大明之仇。"顺成王"这一虚构名字也让读者联想到《后日合战》中对"顺"字的解释，① 暗示这两部作品之间的联系。《唐船噺今》的叙述虽然仅仅是朱一贵占据台湾，却暗示朱一贵将如郑成功一样以台湾为据点最后再次光复南京。朱一贵的军师吴二用反复强调起兵的目标不仅仅是台湾，"你的仇是南京王，攻下也在不久时间之内"②，"我是楚怀王的师傅吴氏的后代，名叫吴二用。今福建太守六安王穷奢极欲，虐待百姓，损害国家。我数百门人弟子齐心合力，举义兵，消灭六安王，解民忧。欲利用时运攻入南京北京，一统天下"③。显然这样的叙事方式与《合战》《后日合战》形成互文性，指涉朱一贵最终的目标是南京。1723年成书的《通俗台湾军谈》以朱一贵事件为主，认为朱一贵反清是正当性的义举。该书根据黄耀炯的《靖台实录》（1722）翻译改编而成，然而《靖台实录》以正统立场进行书写，将本次事件发生的原因完全归由为"民本狷谗"，将朱一贵等人描绘成游手好闲、奸诈凶残、无事生非、扰乱盛世的小人，④ 故《唐船噺今》《通俗台湾军谈》反映了江户时代日本人对朱一贵打败鞑靼、光复明朝的期许。葛兆光认为，在东亚诸

---

① 朱一贵自称"顺成王"在"唐船风说书"中也有记载。参见：松浦章．清代台湾朱一贵の乱の日本伝聞[J]．満族史研究，2002（5）：31-45．
② 近松全集刊行会．近松全集：第十卷[M]．東京：岩波書店，1989：381．
③ 近松全集刊行会．近松全集：第十卷[M]．東京：岩波書店，1989：352-353．
④ 刘迎秋．日藏稀见本《靖台实录》文献价值考[J]．广东社会科学，2022（2）：98-108．

国，自蒙元时代即13—14世纪以后，各国自国中心思潮崛起，掀起了一种涉及国家尊严的文化比赛。① 因此，可以说近松在"国姓爷三部曲"中将战争叙事置于"和唐"两国的文化较量之中，是为了言说和风文化"优越"于唐风文化。

综上所述，"国姓爷三部曲"表面上是写发生在中国的郑成功故事，对日本人来说多少带有"异域"的色彩，但实际上将郑成功故事置于日本文化语境之下，视为日本对外战争叙事的延续。这样的叙事将郑成功故事与元日战争、万历朝鲜战争联系在一起，唤起了日本人对对外战争的记忆，满足了日本长期以来对战胜中国的渴望与幻想。近松将郑成功父子比拟为楠木正成父子，以神国思想、武国思想解释了他们能够战胜鞑靼的原因。这也体现了日本中世以来以中国文化为参照对日本文化的建构。为了进一步阐释日本文化的"优越性"，近松在《后日合战》中虚构了和风与唐风的文化较量，以甘辉为首的大臣反对明朝日本化，主张恢复唐土古风，最终导致明朝再次被鞑靼灭国。郑成功在全面和风化的台湾击退了鞑靼的进攻，乘胜追击，光复南京，振兴明朝。通过和风与唐风的文化较量，近松试图证明只有"优越"的日本文化才能挽救中国的命运，使之免于被鞑靼灭国。

本章小结

明清交替是影响整个东亚重大的历史事件，日本对明清交替的认识经历了从"华夷变态"到"明清革命论"的转变，历史小说《明清斗

---

① 葛兆光. 文化间的比赛：朝鲜赴日通信使文献的意义 [J]. 中华文史论丛，2014（2）：1-62, 389-390.

记》《明清军谈》中明朝形象与清朝形象的塑造也发生了变化。尤其从18世纪，日本开始正视强大的清朝，全面翻译清朝的书籍，接受清代的文学与学术。与此同时，近松门左卫门的"国姓爷三部曲"将郑成功故事置于日本文化语境之下，将战争叙事与日本民族文化的建构结合起来，阐释日本文化的所谓"优越性"。深受日本"优越"文化影响的郑成功击败清军、回南京、光复明朝的叙述是为了说明日本文化"优越"于中国文化，反映了在明清易代大背景下，日本对本土文化的建构。明清交替时期也是日本对台湾感兴趣并创作台湾题材文学作品的契机。郑成功收复台湾、清朝统一台湾、朱一贵台湾起义、琉球漂流民台湾遇害等历史事件无不受到日本强烈关注，也成为日本近世乃至近代文学创作的重要来源，影响着日本人对台湾的认知与想象。明治新政府成立后不久的1874年，日本借口"宫古岛漂流民事件"悍然发动对台湾的侵略战争。虽然此次战争以日本撤军告终，但以此事件为题材的文学作品大量涌现，在日本社会再次掀起了一股"台湾热"，持续至甲午战争。

值得注意的是，17世纪日本与俄罗斯相遇之后，日本对清朝的认识又发生了变化。1689年俄国与清朝签订《尼布楚条约》后，俄国在远东南扩进程受阻，于是专注于向千岛群岛、堪察加半岛等方向扩张。1697年，俄国在堪察加半岛的探险队发现了漂流至该地的日本人传兵卫，后来传兵卫被带至俄国并获沙皇彼得一世的召见。1739年，俄国探险船沿北海道南下到达宫城县、千叶县等地，引起日本巨大骚动，史称"元文黑船"事件。1771年，从堪察加逃出来的本尼奥夫斯基一行乘船南下，向长崎的荷兰商馆递交了俄国企图侵略日本意图的文书，引起日本社会巨大的震动。江户中期的经世家工藤平助（1734—1801）1783年向老中田沼意次进《赤虾夷风说考》，阐述了与俄罗斯的贸易和虾夷地开发，对田沼的政策产生了影响。该书中的"彼得一世中兴之主，大展宏图伟业之人物。欧罗夏国（俄罗斯）掌握广大世界半数，富饶之乡，万国之物产，珍稀之物品充盈其中"[①]的叙述不仅夸奖了彼得一世的雄才伟略，还认为俄国地大物博、物产丰富。林子平（1738—1793）精通海外情况，强调了开拓虾夷地的必要性，但由于《三国通览图说》《海国兵谈》等书触犯了幕府被命令蛰居后郁郁而终。他在《三国通览图说》中的"莫斯哥末亚女帝是大豪杰，其志在于成为五世界中的一帝。荷兰取爪哇，鞑靼取唐山，莫斯哥末亚取鞑靼"[②]，认为女帝叶卡捷琳娜二世是志在君临全世界的帝王，俄国是比中国（唐山）、蒙古（鞑靼）更厉害的国家。也就是说，这个时期日本已经有一部分人认识到西方国家俄罗斯比中国清朝更厉害，对日本倒幕运动以及明治维新等都产生了影响。

[①] 叢文社．北方未公開古文書集成［M］．東京：叢文社，1978：44.
[②] 叢文社．北方未公開古文書集成［M］．東京：叢文社，1978：76.

第四章

国学的兴起和日本文学中的中国形象（18世纪中后期—19世纪中期）

日本国学又被称为"和学"或"古学"，主要是产生于江户时代的思想，代表性人物是荷田春满、贺茂真渊、本居宣长与平田笃胤，号称"四大家"。日本国学与汉学、兰学相对，重点研究古代日本的文学与神道，排除儒家与佛教影响，也是为了摆脱中国文化影响而对日本思想文化自立的建构。日本国学发展的成熟期始于18世纪中后期，是日本文化全面建构的时期。以贺茂真渊（1695—1769）、本居宣长（1730—1801）为代表的国学家从语言、文学、宗教等各个方面批判中国文化，试图剥离日本文化中的中国要素，主张日本文化的"优越性"。

国学的兴起对日本文学中的中国形象变化产生了重要影响。例如，浮世绘画家鸟居清长（1752—1815）于1791年画的十幅《幼童云此奴和日本》描绘的是中国人崇尚日本文化、玩日本游戏、读日语书籍、学习日本书法等。大田南亩（1749—1823）在《汉国无体 此奴和日本》中以中国浔阳江畔卖盐之家的盐秀才为主人公，讲述了他的成长过程，描述了他十分憧憬日本文化，如喜爱和歌、大和绘等。该书描写了盐秀才因沉迷于烟花柳巷逃至日本，差点像白乐天一样被逐回中国，然而盐秀才"平日羡慕日本之事，诸事皆日本风"①，故而被允许留下来。1781年到日本长期贸易的中国商人陈仁谢与日本妓女连山殉情，在日本引起极大轰动，成为生硬的中国人受到柔和日本人感召的绝佳的话题，在江户时期的民间文学中不断被提及。1782年刊行的大田南亩的黄表纸评判记《冈目八目》描述了一大国的国王名叫鸿以贤听说了陈仁谢与日本女人殉情之事，十分憧憬教授男女恋爱之事的先进国日本。作者借鸿以贤称赞日本之色道是神灵所授，也是日本优越于万国的原因之一，因此他十分憧憬日本欲渡日学习此道。正因为日本是柔和之国的和国，所以好色是日本原本的特质。1715年刊行的增穗残口的《艳道通鉴》在开头认为日本夫妇之情始于神灵之恋，但作为外来思想的儒家思想传入却导致了日本家庭之乱。增穗残口认为恋、色事才是日本夫妇关系稳定的要因，猛烈批判了儒家的夫妇观，认为神代以来日本兄弟和睦，亲类一心，以和为本成为夫妇，《源氏》《狭衣》《荣华》物语中男女恋爱，为一夜之情而舍百年之命。作者认为引入的儒家的礼导致了日本丧失和国之道，因此为恢复柔和之心，应该吟咏和歌来锤炼日本之心。作者还认为色道源于神国之恩赐，将异国置于他者对立面来言说日本色道之优越性。日本从上至下贯穿色道，夫妇和睦，和平而治。

  那么，18世纪中后期至19世纪中期日本文学中的中国形象是怎么变化的呢？本章以《三国演义》在日本的接受、日本政治思想中的《太平记》、日本近世文学中的吕洞宾形象为中心进行探讨。

---

① 国民図書株式会社. 近代日本文学大系：第12卷[M]. 東京：国民図書株式会社编，1927：566.

<<< 第四章　国学的兴起和日本文学中的中国形象（18世纪中后期—19世纪中期）

第一节　日本读本小说中的中国形象
——以《三国演义》的接受为中心

　　《三国演义》在江户时代初期已出现于儒学家林罗山、和尚天海法师的书目之中，但直到1692年第一个译本《通俗三国志》才由湖南文山翻译出版。自此之后，《三国演义》在日本广为传播，深受日本人喜爱，与日本的绘本、读本、戏剧等各种体裁的文艺作品相互碰撞，形成了极具日本特色的"三国热"，延续至今，长盛不衰。日本近代的作家幸田露伴、汉学家久保天随等都对《通俗三国志》爱不释手，久保天随还根据毛氏父子点评本翻译了《新译演义三国志》。虽然吉川英治少年时代熟读《新译演义三国志》，但其《三国志》的创作很可能是以《通俗三国志》为底本的。[①] 吉川英治的《三国志》奠定了日本二战之后对《三国演义》改写的基调和接受特点。因此，可以说湖南文山的《通俗三国志》对持续至今的日本"三国热"影响深远，值得重视。

　　长尾直茂、田中尚子等认为，《通俗三国志》的翻译主要是以《李卓吾先生批评三国志》（以下简称"李评本"）为底本，也基本上忠实于李评本，但译文的许多修饰性表达方式深受军记物语《太平记》等的影响。[②] 然而笔者在阅读过程中发现，不仅是日语的表达，甚至《通俗三国志》的序文以及思想也受到了《太平记》的影响。此外，《三国

[①] 武鹏，高文汉. 吉川英治《三国志》底本问题考究：兼考《通俗三国志》的底本问题［J］. 学术界，2016（7）：105-113.

[②] 長尾直茂. 江戸時代元禄期における『三国志演義』翻訳の一様相・続稿［J］. 国語国文. 1998（10）：38-56. 田中尚子.『通俗三国志』試論：軍記の表現の援用とその指向性［J］. 国文学研究. 2003（6）：22-32.

演义》中的"尊刘贬曹"的思想倾向与江户时代的南朝正统论契合，根据《太平记》改编的话本小说《太平记演义》也与《三国演义》息息相关。故本书在考察《通俗三国志》与《太平记》交涉的基础之上，揭示《三国演义》在日本近世传播与接受的特点。

一、《通俗三国志》和《太平记》

在《通俗三国志》翻译完成之前，以战争为题材的军记物语《平家物语》《太平记》等已经成书，并且在以琵琶法师弹唱的形式、太平记讲释等形式流传甚广。因此，《通俗三国志》在翻译之时很容易以军记物语为参照。据江户时代的《大观随笔》记载，《通俗三国志》的译者湖南文山是京都天龙寺僧人义辙、月堂兄弟的笔名。① 天龙寺是京都五山之一，不仅十分崇尚汉学，而且在日本中世拥有很大的权力。《太平记》的最终成书与五山禅僧有很大关系，在五山僧侣中流传，如古本《太平记》之一的西源院本即在京都龙安寺抄写完成的，② 故从这一方面看，也可以说《太平记》是湖南文山比较熟知的书籍之一。

《通俗三国志》译文的许多修饰性表达多处借鉴《太平记》。李评本《三国演义》第二回《安喜张飞鞭督邮》中，刘备因平叛黄巾之乱有功被封为定州中山府安喜县尉，张飞不满督邮赶打百姓，怒斥督邮，其中有"害民贼，认得我么？"③ 的叙述。而在《通俗三国志》卷之一被译为"害民贼，不认得张飞吗？虎须倒竖，怒目之眼如百练之镜"④，显然"百练之镜"为增添的内容，源于《太平记》卷二十八《楚汉战

---

① 德田武. 日本近世小説と中国小説 [M]. 東京：青裳堂書店，1987：16.
② 小秋元段.『太平記』における禅の要素、序説 [M] // 松尾葦江. 平和の世は来るか：太平記. 東京：花鳥社，2019：63.
③ 罗贯中. 三国演义 [M]. 李卓吾，批评. 合肥：黄山书社，1991：16.
④ 湖南文山. 通俗三國志 [M]. 東京：有朋堂書店，1912：58.

<<< 第四章　国学的兴起和日本文学中的中国形象（18世纪中后期—19世纪中期）

争之事》中对樊哙的描写，"樊哙遂入军门，揭其帷幕，嗔目视项王，头发上指，贯穿头盔，如愤怒狮子之毛。目眦尽裂，目光如血溅百练之镜"①。《楚汉战争之事》主要参照的是《史记》，但"百练之镜"的说法也不见于《史记》，源于白居易的新乐府诗《百炼镜》。《百炼镜》是由上贡给皇帝的"百炼镜"而想到唐太宗的"以人为镜，可以明得失"，劝谏皇帝不要贪图享乐，应多考虑政治得失。显然《太平记》《通俗三国志》剔除了《百炼镜》讽喻含义，将其变为对怒目的单纯修饰。李评本《三国演义》第十六回《曹操兴兵击张绣》中的"曹昂被乱箭射死，人马填满淯水"②的描写，在《通俗三国志》卷七则被翻译为"战死人之尸体塞满道路。战争结束后，淯河之水成为血色，如夕阳照射，红枫树下之流水"③，将血流成河比喻为夕阳之下枫叶下面流淌的河流，是平安时代以来日本的审美意识，与《太平记》卷三《笠置战争之事》中"战事结束后，木津河被鲜血染红，与在红叶之下流淌之水无异"④的描写类似。李评本《三国演义》第二十五回《云长策马刺颜良》中的"河北军见了，如波开浪裂"⑤，而《通俗三国志》卷之十译为"河北大军无人阻挡，如香象渡海之时波浪散开"⑥。"香象渡海"一般被称为"香象渡河"，是佛教词汇，源于发情期的大象带有一种香气，形容其力量很大，无人能阻挡。在《太平记》卷十四《矢矧、鹭坂、手超河原战事》中有"总大将义贞、副将军义助率七千余骑，势头迅猛，如香象踏浪渡过大海"⑦。李评本《三国演义》第七十

---

① 後藤丹治，釜田喜三郎，校注．太平記［M］．東京：岩波書店，1960：99.
② 罗贯中．三国演义［M］．李卓吾，批评．合肥：黄山书社，1991：180.
③ 湖南文山．通俗三國志［M］．東京：有朋堂書店，1912：339.
④ 後藤丹治，釜田喜三郎，校注．太平記［M］．東京：岩波書店，1960：103.
⑤ 罗贯中．三国演义［M］．李卓吾，批评．合肥：黄山书社，1991：273.
⑥ 湖南文山．通俗三國志［M］．東京：有朋堂書店，1912：503.
⑦ 後藤丹治，釜田喜三郎，校注．太平記［M］．東京：岩波書店，1960：54.

141

一回《赵子龙汉水大战》中有"见张郃、徐晃两人围住黄忠，军士被困多时"① 的描写，《通俗三国志》卷之三的对应部分为"魏之势，如稻麻竹苇般围住黄忠"②。这里"稻麻竹苇"也是湖南文山的增补，源于佛教典籍《法华经》，形容众多，在《平家物语》《太平记》中多次出现。总之，以上《通俗三国志》增添的描写主要是借鉴了《太平记》的描写方法，是前文提及的长尾直茂、田中尚子等的论述，体现了日本对白居易诗歌接受状况、军记物语和佛教的关系，以及日本文学独特的审美意识。

此外，李评本《三国演义》第一百二十回《王濬计取石头城》以"自此三国归于晋帝司马炎，为一统之基矣。后人有古风一篇，叹曰：高祖提剑入咸阳，炎炎红日升扶桑。……纷纷世事无穷尽，天数茫茫不可逃。鼎足三分已成梦，一统乾坤归晋朝"③ 结尾，回顾了从汉高祖建立汉朝到晋朝统一，有很强的历史纵深感，给人世事如梦的感觉。《通俗三国志》卷之五十《王睿计取石头城》的结尾却是"自此三国归晋帝，司马炎一统天下，万民服无为之化，四海始乐太平，真是可喜可贺"④，是一种动乱结束、天下太平的喜悦心情。这与《太平记》最后的结尾"于是日本成为中夏无为的时代，真是可喜可贺之事"⑤ 类似。《通俗三国志》还借鉴了《太平记》的开头。李评本《三国演义》的开头并无毛宗岗本"天下大势，分久必合，合久必分"的叙述，直接从"后汉桓帝崩，灵帝即位，时年十二岁"开始的。然而《通俗三国志》第一回的开头加入如下内容：

---

① 罗贯中．三国演义［M］．李卓吾，批评．合肥：黄山书社，1991：757.
② 湖南文山．通俗三國志［M］．東京：有朋堂書店，1912：575.
③ 罗贯中．三国演义［M］．李卓吾，批评．合肥：黄山书社，1991：1284.
④ 湖南文山．通俗三國志［M］．東京：有朋堂書店，1912：706.
⑤ 後藤丹治，釜田喜三郎，校注．太平記［M］．東京：岩波書店，1960：480.

<<< 第四章 国学的兴起和日本文学中的中国形象（18世纪中后期—19世纪中期）

  熟视邦家之兴废，自古至今，治极之时则入乱，乱极之时则入治。其理如阴阳之消长，寒暑之往来。此故，仁君小心、兢兢业业，须臾莫敢忘焉。尧舜尚且病矣，况庸人乎。自汉高祖提三尺之剑平秦之乱至哀帝之时，天下之治已二百余年。王莽篡位，海宇又大乱，然光武平之，兴后汉，至质帝桓帝已二百年。[①]

  引文源于李评本《三国演义》第三十七回《刘玄德三顾茅庐》中的"将军不弃，听诉一言。自古以来，治极生乱，乱极生治，如阴阳消长之道，寒暑往来之理。治不可无乱，乱极而入于治也。如寒尽则暖，暖尽则寒，四时之相传也。自汉高祖斩白蛇，起义兵，袭秦之乱，而入于治也。至哀平之世二百年，太平日久，王莽篡逆，由治而入乱也。光武中兴于东都，复整大汉天下，由乱而入治也。光武至今二百年"[②]，是崔州平对刘备询问治乱之道问题的回答。那么，湖南文山为何要在开头加入总括的治乱观呢？从时间上来讲，湖南文山不可能参照毛氏父子点评本《三国演义》。笔者认为，恐怕也是受军记物语《太平记》等的影响。因为，军记物语一般都有总括性的开头：《平家物语》是佛教的无常观，以"祇园精舍的钟声，奏诸行无常之响"[③]开端；《太平记》是儒家思想的君臣观，即"蒙窃采古今之变化，察安危之来由，覆而无外天德也，明君体之保国家；载而无弃地道也，良臣则之守社稷。若夫其德欠则虽有位不持，所谓夏桀走南巢，殷纣败牧野，其道违则虽有威不久。曾听赵高刑咸阳、禄山亡凤翔。是以前圣慎而得垂法

[①] 湖南文山. 通俗三國志［M］. 東京：有朋堂書店，1912：35.
[②] 罗贯中. 三国演义［M］. 李卓吾，批评. 合肥：黄山书社，1991：399.
[③] 平家物语［M］. 王新禧，译. 上海：上海译文出版社，2011：3.

于将来也，后昆顾而不取诚于既往乎"①。《通俗三国志》对《太平记》结尾与开头的模仿并非仅仅停留在单纯语句层面，而是与《太平记》的主题思想紧密相关。

《太平记》成书于室町时代初期，共四十卷，描写了镰仓末期至南北朝约五十年（1318—1371）的动乱，最终成书还和室町幕府第三代将军足利义满的管领（辅佐将军之职）细川赖之的监修、五山禅僧的参与有较深的关系，体现了室町幕府的政治主张和意图。然而《太平记》在成书之际南北朝之间的战争仍旧持续不断，日本还未进入太平时代，却以细川赖之就任室町幕府管领、辅佐幼主第三代将军处理政务的叙述方式，终结了这部书，并宣称日本已进入了"太平"时代，是对室町幕府以及细川赖之的不满和讽刺。②《太平记》中以后醍醐天皇为首的南朝并未统一北朝，偏安于吉野；《通俗三国志》中的蜀汉政权也未光复汉室，最终被晋朝所灭。作者心目中理想的君臣组合"刘备-诸葛亮""后醍醐天皇-楠木正成"并未实现国家统一，反而以失败告终。因此，可以说《通俗三国志》通过借鉴《太平记》的结尾方式表达对晋朝统一中国的失望和不满，带有强烈的讽刺色彩。

二、《太平记演义》与《三国演义》

《太平记演义》是江户时代著名唐话学者冈岛冠山根据《太平记》改写的话本汉文小说，1719年刊刻出版，共五卷三十回，内容只相当于《太平记》卷一到卷九部分，即后醍醐天皇倒幕的一系列事件。《太平记演义》的改写正是在中国白话通俗小说在日本广泛流布影响下产

---

① 後藤丹治，釜田喜三郎，校注．太平記［M］．東京：岩波書店，1960：34.
② 小秋元段．太平記・梅松論の研究［M］．東京：汲古書院，2005：94.

<<< 第四章 国学的兴起和日本文学中的中国形象（18世纪中后期—19世纪中期）

生的。对于冈岛冠山将《太平记》创作为汉文小说《太平记演义》，其弟子守山佑弘为《太平记演义》序文中做了如下说明：

> 夫演义者，其初起于元罗贯中，而距今犹盛行也。盖贯中者，当时贤才，白眉于众，而功名不如。故其心不平，遂私著《三国志演义》与《忠义水浒传》，乃托事于彼，舒志于己，而示诸天下之人也。……但吾邦学生读罗贯中二书者仅仅有数。虽读也，惟能解「三国志」而不能解「水浒传」……独吾师玉成先生……于贯中二书，通念晓析，无所不解。……且无尽语言，雅俗共赏，而炳炳然句月光，锵锵然字玉洁，可谓得贯中之美也。抑中华演义起于贯中，而贯中为之鼻祖；吾邦演义，起于先生，而先生为之鼻祖也。①

作者认为元代罗贯中著书《三国演义》和《水浒传》是为疏解心中不平，将其志向示诸天下。守山佑弘将冈岛冠山与罗贯中相提并论，认为当时只有他能读懂《三国演义》和《水浒传》。守山佑弘还指出《太平记演义》之语言雅俗共赏，深得罗贯中之精髓，冈岛冠山为日本演义之鼻祖，如罗贯中为中华演义之鼻祖。毫无疑问《太平记演义》在汉语表达方面深受《三国演义》《水浒传》等的影响，冈岛冠山还编纂了明清口语《唐话纂要》，翻译了《通俗忠义水浒传》等。《太平记演义》无论是从形式上还是从语言方面均是依据《三国演义》等话本小说改写的，如每一回最后以"欲知后事如何，且听下回分解"结尾等。除此之外，笔者发现在思想层面《太平记演义》与《三国演义》

---

① 王三庆，等．日本汉文小说丛刊：第一辑：第四册［M］．台北：台湾学生书局，2003：217．

中"尊刘贬曹"的主题思想也高度一致。

《太平记》成书的政治背景复杂，主题思想本身也具有丰富性和多义性，对后醍醐天皇的描写带有褒扬和批判的两面性，如序文将后醍醐天皇比拟为夏桀、殷纣是对其批判。一方面，卷一《后醍醐天皇御治世附武家繁盛》中的"上违背君德，下失臣礼。因此，四海大乱，一日未安"叙述是将日本动乱归咎于后醍醐天皇的无德与镰仓幕府掌权者的无礼。另一方面，卷一《关所停止事》通过叙述后醍醐天皇的施政废除关所、赈济灾民、打击富人，将其塑造为"圣君"，然而接着作品笔锋一转，以"只恨如齐桓行霸、楚人遗弓，度量有所欠缺。因此，虽草创天下，守文却不足三载"①的叙述批判后醍醐天皇的霸道，其虽然推翻了镰仓幕府，却亲政不足三年就被室町幕府的开创者足利尊氏赶至吉野。与《太平记》相比，《太平记演义》将对后醍醐天皇批判的叙述全部删掉，把日本动乱的原因完全归结为镰仓幕府的气数已尽，"然天数有限，而夏商周三代，尚且有亡，况此北条，岂能常保无事乎。既至于高时之代，而一旦亡矣。其后惹出许多英雄来，东征西伐，彼讨此击，而天下大乱也。有诗为证：北条九代荣，数尽一朝亡。天下群雄起，终难护帝王"②。这种天命观与《通俗三国志》卷一开头的增补以及《三国演义》第三十七回《刘玄德三顾茅庐》中崔州平的治乱观一致。此外，《太平记》使用贬义词形容天皇倒幕行为，例如，将后醍醐天皇的讨幕行为称为"谋反"或"谋叛"，将后鸟羽上皇讨幕称为"承久之乱"，将后醍醐天皇讨幕称为"元弘之乱"。这些用法在《太平记演义》中也均被删去。同时，《太平记演义》极力褒扬后醍醐天皇讨幕

---

① 後藤丹治，釜田喜三郎，校注. 太平記［M］. 東京：岩波書店，1960：35.
② 王三庆，等. 日本汉文小说丛刊：第一辑：第四册［M］. 台北：台湾学生书局，2003：219.

<<< 第四章 国学的兴起和日本文学中的中国形象（18世纪中后期—19世纪中期）

行为，称赞其军队为"王师""义师"等，对背叛他的武士进行了严厉批判。《太平记》叙述后醍醐天皇第一次谋划讨幕的"正中之变"时，并未批判背叛天皇的武士土歧赖员。在《太平记演义》中却专门写了一首诗来形容赖员的背叛行为，"原是赖员真匹夫，一言既出闹京都。被妻撺掇忘仁义，首告忠良反醍醐"[1]，以儒家思想批判他的不忠。因此，冈岛冠山认为以后醍醐天皇为首的南朝具有正统性，是他心中的理想政权。此外，《太平记演义》改写的思想倾向、《三国演义》在日本的传播也契合了江户时代所谓的"南朝正统论"。

　　德川幕府成立后面临着以何种思想作为主流意识形态以及如何阐释政权正当性等一系列的问题。以"革命"思想作为德川氏替代丰臣氏的理论依据、将朱子学作为主流意识形态、弘扬忠臣孝子的观念等都是德川氏采取的措施。[2] 在此背景下，水户藩藩主德川光国开始主导编撰《大日本史》。《大日本史》的"三大特笔"之一是将后醍醐天皇建立的南朝视为正统列为本纪，将北朝五帝降为列传，即所谓的南朝正统论。南北朝时代的背景是1333年镰仓幕府灭亡后，后醍醐天皇与足利尊氏对立，1336年足利尊氏在京都拥立光明天皇，建立幕府，后醍醐天皇逃至吉野，建立政权。其实后醍醐天皇在吉野建立的南朝政权管辖范围很小，也未持续太久，于1392年被北朝（后小松天皇）统一，南朝一脉也与之后的皇位继承无缘。后醍醐天皇讨幕是为了天皇亲政这一理想的王权，而水户学派视南朝为正统并非为了真正意义上的"尊皇"，这点从幕府发布的《禁中并公家诸法度》中对皇室的苛刻限制也

---

[1] 王三庆，等. 日本汉文小说丛刊：第一辑：第四册[M]. 台北：台湾学生书局，2003：227.
[2] 张静宇. 古代日本对中国革命思想的接受和变异[J]. 广东外语外贸大学学报，2016，27(6)：104-111.

可佐证。水户学派提倡南朝正统论是为德川幕府政权提供道统的合法性，与古代日本人的"源平交替"史观相关。"源平交替"史观形成于日本中世，意为日本的武家政权由源氏和平氏交替掌控，即平氏政权被源赖朝的镰仓幕府推翻，由平氏一族的北条氏掌权的镰仓幕府被源氏后裔足利氏的室町幕府替代，之后平氏（织田氏、丰臣氏）又取代了室町幕府。德川家康为了强调其取代丰臣氏的合法性，自称是源氏一族新田义贞的后代。新田义贞属于源氏一族的旁支，是镰仓幕府北条氏的家臣，在"元弘之乱"中响应后醍醐天皇的倒幕起兵攻占镰仓，消灭了镰仓的北条氏。在足利尊氏和后醍醐天皇的对立之时，新田义贞追随天皇，最终战败自刎而死。因此，出身源氏的新田义贞作为南朝的忠臣被《大日本史》的编撰者极力宣扬就成为理所应当之事，目的是阐释德川幕府政权的正当性。正是在南朝正统论的影响下日本对《三国演义》的接受逐渐走向深化，主题思想复杂的《太平记》被改为"尊崇南朝，贬低北朝"的《太平记演义》，同时南朝的忠臣之一楠木正成不断被神化，升格为与诸葛亮相提并论的人物。

三、诸葛亮和楠木正成

在《三国演义》传入日本之前，日本对三国故事的接受主要是通过宋代诗文集，如《古文真宝》《三体诗》中诸葛亮的《出师表》《梁甫吟》等以及关于诸葛亮的诗文，对诸葛亮本身的关注度并不是很高。《太平记》卷二十《孔明仲达之事》第一次以较长的篇幅引用了三国故事，将南朝的新田义贞比为诸葛亮，诸葛孔明（卧龙）蛰户之际病死导致兵败，预示新田义贞败战而亡的结局。《太平记》已经将南朝比为蜀汉政权，将北朝比为曹魏政权，暗示了室町幕府只有智谋而无仁义。然而这部作品对诸葛亮的塑造主要侧重于"仁义"，并未强调其智谋、

<<< 第四章 国学的兴起和日本文学中的中国形象（18世纪中后期—19世纪中期）

忠君的方面，也未将楠木正成比拟为诸葛亮。①

楠木正成是《太平记》中着重塑造的武将之一，在后醍醐倒幕、亲政的过程中起着十分重要的作用。深受儒家思想影响的《太平记》将楠木正成描写为"智仁勇""守死善道"的忠臣，认为楠木正成能逃却不逃，甘愿战死，为天皇尽忠，是理想的武士形象。其实，楠木正成只是《太平记》描写的众多忠臣之一。《太平记》称赞家臣对主君尽忠的事例也不可胜数，如卷六《人见本间战死之事》褒扬了人见本间父子为镰仓幕府战死的忠诚，《太平记》卷十详细着重刻画了大佛贞直、金泽贞将、入道信忍、盐田父子、盐饱父子、安东昌贤等为镰仓幕府尽忠战死，卷三十一《武藏野小手差原战争故事》一节中描写了武士三浦介为足利尊氏将军的尽忠。然而到了江户时代，水户学派视南朝为正统，极力宣扬楠木正成的忠臣形象，将其阐释为《太平记》中的第一大忠臣，并得到了东渡日本的明末遗臣朱舜水的赞赏。德川光国本人也在编撰《大日本史》的过程中为楠木正成的忠臣行为感动，在楠木正成战死的凑川（现今神户）为其建墓地，亲手刻"呜呼忠臣楠子之墓"之碑。在碑文之旁，刻有朱舜水撰写的赞，该赞极力褒扬楠木正成之忠，如下所示：

> 忠孝著乎天下，日月丽乎天。天地无日月，则晦蒙否塞；人心废忠孝，则乱贼相寻，乾坤反覆。余闻楠公讳正成者，忠勇节烈，国士无双，搜其行事，不可概见。大抵公之用兵，审强弱之势于几先，决成败之机于呼吸。知人善任，体士推诚。是以谋无不中，而

---

① 张静宇.《太平记》中三国故事的来源和意图［J］.天中学刊，2018，33（2）：125-130.

战无不克,誓心天地,金石不渝,不为利回,不为害怵。①

朱舜水将楠木正成视为国士无双的忠臣孝子,认为其用兵如神、体恤士兵。此外,朱舜水还为楠木正成的儿子正行写了《楠木正行像赞》,夸奖其遵从父亲遗志,为南朝战死的行为。在该赞的最后,朱舜水引用文天祥《过零丁洋》中的"人生自古谁无死,留取丹心照汗青",将楠木父子比拟为我国的忠臣文天祥。江户初期的儒学家,朱舜水的日本弟子安东省庵(1622—1701)将楠木正成与平重盛、万里小路藤房并称为日本三大忠臣,并著《三忠传》一书,认为楠木正成、藤房和平重盛是日本忠臣孝子的典型,为他们立传是因为这三位忠臣在君昏臣逆之时,极力匡扶王室。②总之,在江户时代初期,虽然楠木正成已经升格为日本最著名的忠臣,但还未出现将其与诸葛亮相提并论的记述。

如前文所述,《三国演义》中"尊刘贬曹"的思想倾向契合了江户时代的主流意识形态"南朝正统论","刘备-诸葛亮"的君臣组合与水户学派对"后醍醐天皇-楠木正成"理想君臣的建构重合。这是江户儒学家喜爱《三国演义》的众多因素中的重点。三宅观澜(1674—1718)是儒学家,被德川光国聘请参与编撰《大日本史》。他在《谒楠公正成碑并序》中以"必其忠日月同悬,必其功宇宙俱存"③称赞楠木正成,这种表述方式与林鹅峰(1618—1680)《孔明赞》中"至哉忠,以日月

---

① 朱之瑜. 朱舜水全集 [M]. 北京:中国书店,1991:235.
② 张静宇.《太平记》中的忠臣观:以万里小路藤房为中心 [M] // 北京日本学研究中心. 日本学研究. 北京:学苑出版社,2015:217.
③ 高须芳次郎. 水户学全集:第五编 [M]. 東京:日東書院,1933:194.

<<< 第四章 国学的兴起和日本文学中的中国形象（18世纪中后期—19世纪中期）

光"① 以及汤浅常山（1708—1781）《诸葛武侯赞》中"日月揭，忠精启"② 用法类似。此外，梁田蜕岩（1672—1757）《楠子赞》（《蜕岩集后编》卷六）中的"嗚呼忠臣，比干之后，有楠子焉。然后微义公，宣圣之笔，不可继也。二美于是乎具，乃可以使大东忠烈之光，与日月争矣"③ 之句也是以日月比喻楠木正成发出的忠烈光辉。这些记述虽然还未将楠木正成直接比拟为诸葛亮，但已出现将二者类比的倾向。

伊藤仁斋（1627—1705）是江户时代的儒学家，古义学派的创立者。他在《古学先生诗集》卷二中有《楠判官画像赞》一诗，其中有"计谋骈驾汉充国，信义差肩蜀孔明。昔日若遭汤武主，定知勋业匹阿衡"④，将楠木正成直接比拟为诸葛亮。伊藤东涯（1670—1736）是伊藤仁斋之子，其在《绍述先生文集》卷十二《楠公训子图赞》中，将楠木正成、正行父子比拟为诸葛亮、诸葛瞻父子，称赞他们都是一门忠孝之人，都是为国尽忠战死：

孔明尽瘁于汉，而子瞻得正。卞壶效节于晋，而眕盱并命。楠公悬忠万夫之望，是父是子较古易让。鸣呼非义方之有素，岂能一门忠孝，永世之所仰哉。⑤

雨森芳洲（1668—1755）在对马担当外交官，活跃于日本和朝鲜

---

① 相良亨．近世儒家文集集成：第12卷：上［M］．東京：ぺりかん社，1997：127．
② 国民図書株式会社．日本随筆全集：第5卷［M］．東京：国民図書株式会社，1927：635．
③ 相良亨．近世儒家文集集成：第5卷［M］．東京：ぺりかん社，1985：98．
④ 長胤．古学先生詩集［M］．東京：玉樹堂，1717：75．
⑤ 滝本誠一．日本経済叢書：卷三十三［M］．東京：日本経済叢書刊行会，1917：310．

151

半岛之间,他在《橘窗茶话》中不仅将诸葛亮和楠木正成类比,还指出二者不同:

> 或问楠中将。曰,忠肝义胆,虽曰与日月争光可也。曰,彼不知皇之不可与有焉。不伺俟三顾而出,所由与诸葛亮异矣。曰,亮也乱世之遗民,进退由己。公乃草莽之臣,勤王靖难,安可缓乎。皇之不足与有为也,彼知之素矣。①

雨森芳洲指出,楠木正成与诸葛亮都是忠臣,但楠木正成出身底层,属于天皇之臣民,知其不可为而为之,主动勤王靖难,为天皇尽忠而亡,而诸葛亮乱世遗民,进退自己决定,可以自主选择主君,三顾茅庐之后才出山。因此,雨森芳洲认为,楠木正成是一位比诸葛亮更难得的忠臣。津坂东阳(1758—1825)是江户中后期儒学家,其著作《忠圣录》汇编了与楠木正成相关的汉诗文,在该书的跋中有如下内容:

> 呜呼楠公之圣忠神武,真吾邦诸葛孔明矣。夫足利兄弟之奸逆,后人必诋其遗迹,而数其罪,直欲诛枯骨于九泉之下。至于楠公父子,则美之不容口,钦慕无已。其子孙已微,陵谷已变,犹惓惓焉伤悼悲痛,殆若吾事然。②

津坂东阳认为,楠木正成在圣忠神武方面与诸葛亮一样。足利尊氏、足利直义遭受后人诋毁,而楠木父子纵然子孙已微但仍旧受后人爱戴。引文表达了对楠木正成父子的极高赞誉。这种将楠木正成与诸葛亮

---

① 井上哲次郎,蟹江義丸. 日本倫理彙編:卷七 [M]. 東京:育成会,1903:330.
② 津阪孝綽. 忠聖録 [M]. 大阪:大阪府立図書館同人会,1935:53.

<<< 第四章　国学的兴起和日本文学中的中国形象（18世纪中后期—19世纪中期）

并称的用法一直持续至近代，例如，木户孝允曾主张明治新政府应该重用像楠木正成和诸葛亮那样有才能之人。

文学经典域外的广泛传播与接受受多个要素影响，包括好的译本、适应对象国的意识形态、满足对象国对异域的文化需求等。《三国演义》在日本的成功传播首先与好的译本《通俗三国志》相关。《通俗三国志》并非对《三国演义》的直译、硬译，而是借鉴了《太平记》等军记物语的表达方式和审美特点，适应了日本读者的阅读习惯。此外，好的译本能否推动文学经典在域外的广泛传播，也与对象国的主流意识形态有关。《三国演义》在日本近世的广为流传与当时的主流意识形态南朝正统论契合。《三国演义》在日本传播过程中，参与了日本思想文化的建构，在日本散发出新的生命力，形成了具有日本特色的"三国热"。

第二节　日本政治思想中的《太平记》
——以君臣形象的重构为中心

在德川幕府阐释武家政权合法性以及明治新政府建构以天皇为中心的近代国家过程中，成书于室町时代（1336—1573）儒家思想浓厚的军记物语《太平记》发挥了极其重要的作用。《太平记》描写了日本南北朝约五十年（1318—1371）的动乱，成书之后在民间迅速流传，影响巨大。然而，由于这部书在明治维新后曾被用来作为国家主义、军国主义宣传的素材，故二战之后在美国对日本民主化的改造过程中，该书的相关内容从日本中小学历史、国语教材中被剔除，延续至今。长期以来，《太平记》被认为是一部所谓"宫方深重"，即具有很强的尊皇倾向的书籍，但这一说法其实失之偏颇，二战后通过研究界的不断努力，所谓"尊皇"的复杂性不断被挖掘。即《太平记》虽然对天皇抱有深深的同情色彩，但其最终成书还与室町幕府的管领细川赖之的监修、五山禅僧的参与有很深的关系，在一定程度上还体现了室町幕府的政治意图和主张。① 当然，《太平记》成书的政治背景复杂，主题思想本身也具有复杂性和多义性，这也为其在近世、近代的阐释与重构提供了可能。运用儒家思想评价日本的历史、塑造人物形象、解释动乱的原因、寻求太平之道等是《太平记》最重要的特征。其中，儒家的君臣思想对《太平记》的人物塑造产生了巨大影响，塑造了天皇、将军、武士等众多典型的人物形象，但"后醍醐天皇-楠木正成"这一理想君臣形象的定型却经过了近世、近代的不断阐释与重构，与政权的更迭及政治思想的建构紧密相关。目前，国内外学界对《太平记》君臣形象的相关研究主要集中于作品本身体现的"忠""孝"方面，② 鲜有涉及《太平记》中君臣形象在日本近世、近代政治思想中是如何被阐释与重构的。因此，本书以对"后醍醐天皇-新田义贞""后醍醐天皇-楠木正成"君臣形象在近世、近代的重构为中心，探究《太平记》在日本政治思想中不断被阐释的过程。

一、近世时期的"后醍醐天皇—新田义贞"君臣形象

据15世纪初今川了俊著的《难太平记》记载，原本三十余卷的

---

① 長谷川端. 太平記の研究 [M]. 東京：汲古書院，1982：89.
　森茂暁. 中世日本の政治と文化 [M]. 東京：思文閣出版，2006：14.
② 仇梓萱. 儒家思想对日本忠臣观的影响：以楠木正成为例 [J]. 文化学刊，2019 (7)：235-238.
　于君.《太平记》中的武士形象：以"忠"和"孝"为中心 [J]. 日语学习与研究，2020 (2)：73-79.

<<< 第四章 国学的兴起和日本文学中的中国形象（18世纪中后期—19世纪中期）

《太平记》是由法胜寺的惠镇上人献于室町幕府初代将军足利义尊之弟足利直义过目，足利直义让玄惠法印阅览，因发现该书带有偏袒后醍醐天皇的"宫方深重"色彩以及许多谬误之处，下令对该书进行增补、删减，并命令在完成之前不得外传。之后，足利尊氏和足利直义兄弟之间发生了争夺幕府权力的"观应之乱"，最终足利直义被毒杀。此间《太平记》是如何被修改的不得而知，如今流传的四十卷本《太平记》的最终成书和室町幕府的管领细川赖之的监修、五山禅僧的参与有很深的关系，其在一定程度上还体现了室町幕府的政治意图和主张。当然《太平记》并非完全站在室町幕府的立场，对室町幕府也进行了严厉的批评，几乎批判了作品中出现的所有人物。室町幕府的成立也颇具复杂性，足利氏首先响应后醍醐天皇的倒幕号召，背叛了自己的主君镰仓幕府的掌权者北条氏，建立了以后醍醐天皇为中心的政权。由于后醍醐天皇倒幕是为了实现天皇亲政这一理想的王权，而足利尊氏是为了效仿先祖源赖朝开创新幕府，于是在新政权建立后不久，足利氏便以北条氏残余发起的"中先代之乱"为契机起兵，将后醍醐天皇赶至吉野，拥立新天皇，建立武家政权室町幕府。虽然《太平记》对后醍醐天皇、镰仓幕府均进行了批判，但认同的仍旧是天皇作为精神权威、幕府掌握实权的二元政治体制。[①]《太平记》的序文利用儒家的革命思想对试图亲政的后醍醐天皇进行了严厉的批判，原文如下：

  蒙窃采古今之变化，察安危之来由，覆而无外天德也，明君体之保国家。载而无弃地道也，良臣则之守社稷。若夫其德欠则虽有位不持，所谓夏桀走南巢，殷纣败牧野。其道违则虽有威不久，曾

[①] 和田琢磨.「太平記」における<天皇>と足利将軍：『明徳記』『応永記』を視野に入れつつ [J]. 古典遺産, 2003 (9)：12-28.

155

听赵高刑咸阳，禄山亡凤翔。是以前圣慎而得垂法于将来也，后昆顾而不取诫于既往乎。①

该序以流畅的骈体文写成，认为遵循天德的明君和恪守地道的良臣为天下太平之保障，同时列举中国的暴君夏桀、殷纣的亡国和恶臣赵高、安禄山的被杀来警戒日本。序文中对"夏桀走南巢，殷纣败牧野"的举例正是中国古代"汤武革命"思想的体现，是对因背离君德而导致四海大乱、一日未安的后醍醐天皇倒幕的批判。这种以革命思想史无前例地批判天皇的意图是批判天皇亲政，阐释足利氏武家政权的正当性。②另一方面，因足利尊氏起兵响应了后醍醐天皇推翻镰仓幕府的军事行为，且足利氏背叛了自己的主君北条氏，故《太平记》将推翻镰仓幕府时期的后醍醐天皇塑造为"在位期间，内守三纲五常，遵周公孔孟之道；外勤万机百司之政，追延喜天历之迹，四海望风而悦，万民归德而乐。……诚为天授之圣主，地奉之明君，无人不称颂其德化"③的"圣君"形象。在卷一《关所停止之事》中，作者也从后醍醐天皇实施一系列政治措施，如废除关所、赈济旱灾、公正司法方面彰显其作为理世安民的"圣君"形象。因此，可以说以儒家思想对后醍醐天皇褒贬两方面的评价是《太平记》对后醍醐天皇形象塑造的重要特点。

德川幕府成立之后，以水户藩藩主德川光国为中心编撰的《大日本史》却将南朝视为正统列为本纪，将北朝五帝降为列传，这是该书

---

① 《太平记》版本众多，本文主要依据近世、近代的流行版本。後藤丹治，釜田喜三郎，校注. 太平記：1 [M]. 東京：岩波書店，1960：62.
② 大森北義.『太平記』における「革命」論の位置 [M] //長谷川端. 太平記の時代. 東京：新典社，2004：6.
③ 後藤丹治，釜田喜三郎，校注. 太平記：1 [M]. 東京：岩波書店，1960：66.

<<< 第四章 国学的兴起和日本文学中的中国形象（18世纪中后期—19世纪中期）

的"三大特笔"之一。① 虽说后醍醐天皇在吉野重新建立了史称"南朝"的新政权，但北朝（后小松天皇）于1392年统一南朝（后龟山天皇），结束了"一天两帝南北京"的局面，南朝一脉也与之后的皇位继承无缘。其实，《大日本史》视南朝为正统的意图并非真正意义上的"尊皇"，也不赞成天皇亲政，幕府发布的《禁中并公家诸法度》中对皇室的苛刻限制也可佐证。《大日本史》提倡南朝正统论是为德川幕府成立提供道统的正当性，也与古代日本人的"源平交替"史观相关。"源平交替"史观是指日本的武家政权由源氏和平氏交替掌握，即平氏政权被源赖朝的镰仓幕府取代，平氏一脉的北条氏掌握的镰仓幕府被源氏一脉的足利氏的室町幕府取代，之后平氏（织田氏、丰臣氏）又取代了室町幕府。德川家康为了强调其取代丰臣氏的合法性，自称为源氏一族新田义贞的后代。新田义贞曾响应后醍醐天皇的倒幕起兵消灭了镰仓幕府，在足利尊氏与后醍醐天皇的对立中跟随天皇，战败自刎而死。《大日本史》在编撰南北朝历史之时，将《太平记》视为其史料的重要来源，整理了《太平记》的各个版本，汇编为《参考太平记》。因此，新田义贞作为南朝的忠臣被《大日本史》的编撰者极力宣扬就成为理所应当之事，前期水户学理论的集大成者安积澹泊（1656—1737）在其《大日本史赞薮》中的《新田义贞传赞》中，将新田义贞起兵勤王、消灭镰仓幕府掌权者北条氏的行为评为"忠义之维持世教大矣"②。新田义贞起兵勤王的行为对天皇来说是忠义，然而对其主君北条氏来说却是背叛不忠。《大日本史》的编撰以及《大日本史赞薮》对新田义贞的评价主要来源于《太平记》，却对《太平记》中新田义贞的形象做了修

---

① 刘晓峰，龚卉. 江户时期日本对中国传统史学的吸收与改造：以《大日本史》编纂为例[J]. 南开学报（哲学社会科学版），2019（2）：63-70.
② 安积觉. 大日本史赞薮：列传：3[M]. 赖山阳，钞. 京都：平楽寺，1869：11.

改，很明显是为了迎合德川幕府的政治诉求。《太平记》虽然对新田义贞抱有同情心理，却对新田义贞的有勇无谋进行了批判，对其忠臣形象的塑造也不突出。

在对后醍醐形象的重构方面，《大日本史》摒弃了《太平记》对后醍醐天皇的贬低之词，如对后醍醐重新继位之后营造宫殿之事，《太平记》花费了较长的篇幅记述并以"尧之为王、茅茨不翦"的典故批判，而《大日本史》却轻描淡写，仅以"营大内，以安艺周防租赋充其料费"①的叙述一笔带过。《大日本史赞薮》虽对后醍醐天皇有所批评，但与《太平记》的严厉批判相比十分缓和，只是认为疏远忠臣、任用奸佞、赏罚不公是后醍醐天皇失去京都政权、偏安吉野的原因，最后又以"定五十余年之基，正统所在，炳如日月，岂不伟哉"②的评价赞扬后醍醐天皇开创了南朝正统五十年。《太平记》描写了后醍醐天皇与新田义贞君臣关系的隔阂，卷十七《自山门还幸之事》中叙述了后醍醐天皇在未与新田义贞商量的情况下欲接受足利尊氏的和谈，在大臣堀口贞满的劝谏下方知世足利氏的奸计，于是召见义贞并将皇子托付于他，文中直接批判了后醍醐缺乏帝王之德、谋略以及对新田义贞的不信任。而在《大日本史》中却通过后醍醐天皇的幡然悔悟强调了君臣关系更加紧密。《大日本史赞薮》在评价新田义贞时再次提及此事，"尊氏纳款请还驾，帝亦心知坠其奸计，而势不能回，兴潜之机，方决于此，而面谕义贞，奖其忠心，托以皇太子"③，显然是重塑了贤君、忠臣之间的亲密关系。因此，可以说水户学派在基于德川氏武家政权正当性基础之上重构了"后醍醐天皇-新田义贞"的君臣形象。

---

① 德川光国. 日本史记：第三册 [M]. 合肥：安徽人民出版社，2013：808.
② 安积觉. 大日本史赞薮：列传：3 [M]. 賴山阳，钞. 京都：平楽寺，1869：48.
③ 安积觉. 大日本史赞薮：列传：3 [M]. 賴山阳，钞. 京都：平楽寺，1869：11.

<<< 第四章　国学的兴起和日本文学中的中国形象（18世纪中后期—19世纪中期）

二、楠木正成忠臣形象的神格化

近世时期与新田义贞同样跟随后醍醐天皇战死的楠木正成的忠臣形象也不断被阐释与重构，至近代初期完成了其神格化。楠木正成为镰仓幕府末期到南北朝时期著名的武将，在后醍醐中兴皇权的过程中起了重要作用。佐藤进一等人指出楠木正成实际上出身于中世的"恶党"。[①]所谓"恶党"是指在镰仓后期到南北朝时期，底层武力反抗统治阶级的武装集团。1331年的"元弘之变"中，楠木正成参加后醍醐天皇发动的倒幕运动，在赤坂城举兵。1333年据守千早城的楠木正成大破幕府征讨军，促进了各地反幕军的兴起。建武政权建立后，正成以其有功任河内国守一职，其后又任河内、摄津、和泉三国守护及记录所寄人等职。1336年，足利尊氏和后醍醐天皇对峙时，楠木正成同新田义贞联合迎击足利尊氏于兵库一带，并于凑川之战中兵败自杀。

在《太平记》中楠木正成被塑造为"智仁勇""守死善道"的忠臣，强调其以死报君的忠，作品认为楠木正成能逃走却不逃，宁愿战死，而据历史学家的研究，认为楠木正成是无后路可退，无法逃跑只能战死，[②]也就是说作品虚构楠木正成的战死来塑造其忠臣的形象，进一步说，作者认为为天皇"战死"是彰显楠木正成忠臣形象的最好事例。[③]此外，《太平记》对楠木正成的描写还有非合理的令人恐惧的一面。在作品卷二十六《从伊势国进宝剑之事》中，楠木正成的亡灵化

---

① 佐藤進一. 南北朝の動乱 [M]. 東京：中央公論社，1965：23.
　海津一朗. 楠木正成と悪党：南北朝時代を読みなおす [M]. 東京：筑摩書房，1999：3.
② 大森北義.『太平記』の構想と方法 [M]. 東京：明治書院，1988：258.
③ 张静宇.《太平记》中的忠臣观：以楠木正成为中心 [M]. 华夏文化论坛. 2019 (1)：290-298.

159

身美女试图抢走北朝武士大森彦七身上的宝剑，颠覆室町幕府政权，从而让后醍醐天皇重返京都继位。也就是说《太平记》中楠木正成的忠臣形象并不非常突出，带有很强的文学虚构色彩。然而在近世初期，德川光国的水户派视南朝为正统时，也极力宣扬楠木正成的忠臣形象，并得到了东渡日本的明末遗臣朱舜水的赞赏。

朱舜水在明朝灭亡之后流亡日本，他的学问和德行得到了日本朝野人士的礼遇和尊重，水户藩藩主德川光国聘请他到江户讲学，执弟子礼，许多著名学者都慕名来就学。如前文所述，受朱舜水朱子学思想影响，在下令编撰《大日本史》的过程中，德川光国发现了忠臣楠木正成，并在楠木正成战死的凑川（现今神户）为其建墓地，亲手刻"呜呼忠臣楠子之墓"之碑。在碑文之旁，刻有朱舜水题写的赞，该赞极力褒扬楠木正成之忠。江户初期的儒学家，朱舜水的日本弟子安东省庵（1622-1701）将万里小路藤房和平重盛、楠木正成并列一起，认为他们三人是日本忠臣孝子的典型。需要注意的是，《大日本史》并未单独给楠木正成立传，而是将楠木家族放置在一起，分量也只有新田家族的一半。《大日本史赞薮》称赞楠木正成两个方面——神机妙算与忠于天皇，并未将其塑造为与新田义贞比肩的忠臣。

江户时代中后期，幕府开始面临内外的双重统治危机，在儒学、国学等的影响下日本掀起了一股尊皇的思潮，从尊皇敬幕逐步发展为尊皇攘夷、尊皇倒幕，最终确立了近代绝对主义的天皇制。在此背景之下，幕末的勤王维新志士重构了楠木正成的忠臣形象。吉田松阴撰写《七生说》一文，表达了其对楠木正成的无限崇拜。在《七生说》中，吉田松阴引用《太平记》中楠木正成自杀的场面，"余闻，赠三位楠公死之时，顾谓其弟正季曰，死后何为？曰，愿七生转世为人，消灭国贼。

<<< 第四章 国学的兴起和日本文学中的中国形象（18世纪中后期—19世纪中期）

公曰甚得吾心。言毕相刺而死"①，体现了对楠木正成的钦佩之情。吉田松阴曾三次经过楠木正成自杀之地凑川，每次拜谒正成之墓，无不为正成之忠而潸然泪下。此外，吉田松阴于1859年在长野狱中写给友人北山安世的信（《北山安世宛》）中提出了"草莽崛起"，意为日本的将来无法指望幕府、朝廷、雄藩，只能依赖在野的身份低微的志士。这种看法的提出正是基于楠木正成的影响，如前文所述，楠木正成出身低微却为倒幕做出了很大贡献，并受后醍醐天皇器重。但其实楠木正成在倒幕运动中起的作用不大，主要是足利尊氏和新田义贞消灭了镰仓幕府的势力。

藤田东湖（1806—1855），幕末学者，自幼受其父幽谷的熏陶，深受尊王攘夷思想的影响。其《和文天祥正气歌》一诗中有"或伴樱井驿，遗训何殷勤。忠诚尊皇室，孝敬事天神。死为忠义鬼，极天护皇基"②的诗句，"樱井驿"是楠木正成最后一战之前和其子正行分别的地点，《太平记》描写了楠木正成对正行的遗训，告诫正行回到故乡之后要继承父亲的遗志为后醍醐天皇尽忠。藤田东湖将楠木正成比拟为日本的文天祥，赞赏了他们勤王的精神，表达了对他们的钦佩之情。被称为日俄战争中第一军神的广濑武夫（1868—1904）模仿文天祥也写了一首《正气歌》，其中的"慷慨就义日本魂，一世义烈赤穗里，三代忠勇楠氏门。……或为芳野庙前壁，遗烈千载见簇痕"③，咏叹了楠木父子为后醍醐天皇尽忠的精神，也流露出要向文天祥、楠木父子学习的决心。维新三杰之一的西乡隆盛的诗歌《樱井驿图赞》"殷勤遗训盈泪

---

① 雜賀博愛，監修.吉田松陰集［M］.東京：興文社，1943：210.
② 槙不二夫.文天祥·藤田東湖·吉田松陰正気歌詳解［M］.東京：文禄堂，1904：47.
③ 槙不二夫.文天祥·藤田東湖·吉田松陰正気歌詳解［M］.東京：文禄堂，1904：119.

颜，千载芳名在此间。花谢花开樱井驿，幽香犹逗旧南山"①，以及《题楠公图》"奇策明筹不可谟，正勤王事是真儒。怀君一子七生语，抱此忠魂今在无"②，都表达了对楠木父子的敬仰之情。总之，楠木正成父子尽忠天皇的精神鼓舞了幕府末期维新志士倒幕的志气，高杉晋作甚至为自己取名"楠树"，以骑兵队来举行对楠木正成的祭祀活动。③据说幕末的维新志士都曾拜访过楠木正成的墓地，并在墓地立下重誓，为倒幕运动奔走奉献自我。

1872年，明治政府在楠木正成墓地之处创建凑川神社，列为政府官社，楠木正行等十六人配享祭祀，每年7月、12月举行祭祀活动，直至今日。楠木正成作为一位身份低微的武士首领被升格为神，享受建立神社的祭祀实属罕见。在此之前，日本将死去的人作为神来祭祀并建神社的先例很少，只有菅原道真、丰臣秀吉、德川家康。④凑川神社影响了靖国神社的建立。靖国神社的前身是1869年创建的东京招魂社，是为祭祀在倒幕的戊辰战争中战死之人。1879年，明治政府认为东京招魂社祭祀之人皆如楠木正成是为国尽忠勤王之志士，于是仿照凑川神社，取义于中国古籍《左传》第六卷僖公二十三年秋"吾以靖国也"中的二字，改名为靖国神社，使之永保国家安宁。

楠木正成本来只是《太平记》描写的众多忠臣之一，古代日本除了有大臣对天皇的忠之外，还有家臣对主君的忠。《太平记》中强调家臣对主君尽忠的事例也不计其数，例如，卷六《人见本间战死之事》

---

① 松尾善弘. 西郷隆盛漢詩全集［M］. 東京：斯文堂，2010：16.
② 松尾善弘. 西郷隆盛漢詩全集［M］. 東京：斯文堂，2010：160.
③ 新井孝重.「不思議」の人楠木正成［J］. アナホリッシュ國文学，2019（8）：70-79.
④ 井上泰至. 軍神を生み出す回路：幕末の楠正成［M］//近世日本の歴史叙述と対外意識. 東京：勉誠出版，2015：478.

<<< 第四章　国学的兴起和日本文学中的中国形象（18世纪中后期—19世纪中期）

中褒扬了人见本间父子为镰仓幕府战死的忠诚，卷三十一《武藏野小手差原战争故事》一节中描写了三浦介为足利尊氏将军的尽忠，等等。在新田义贞攻陷镰仓的《太平记》卷十中，作品重点描写了大佛陆奥守贞直、金泽武藏守贞将、入道信忍、盐田父子、盐饱父子、安东昌贤等为镰仓幕府战死尽忠的武士，并对他们的行为极力赞扬。然而，水户派在儒家思想的影响下编撰《大日本史》之际，为阐释德川武家政权的正当性，将楠木正成逐步塑造为官方主流意识形态下的忠臣形象。在此影响下，幕末的倒幕志士以楠木正成为榜样推动建立了以天皇为中心的近代国家，最终神格化了楠木正成的忠臣形象。

三、"后醍醐天皇-楠木正成"君臣形象的经典化

经过近世时期的水户学派，尤其是幕末以中下层武士为中心的维新志士推动下，楠木正成忠臣形象被重新建构，成为日本历史上第一大忠臣。"后醍醐天皇-楠木正成"这一理想的君臣形象也通过近代国民教育不断被强化。1872年，日本仿效西方设立小学、中学、大学的新学制，但是之后数年间的中学国语教育的课程设计和江户时期藩校并无二致。主要由汉学者教授《文章规范》《左传》等传统的汉学，以及如《日本外史》等以汉文书写的江户时代的国学教材。但1880年之后，以假名为基础的《源平盛衰记》《徒然草》《平家物语》等，以及江户时期学者歌人的雅文，成为中学生学习的内容。1886年之后适龄就学儿童在进入中学之前不再学习明治之前的文语体和汉文，汉文更是在二战后高中入学之前不再选入国语教科书中。1890年，芳贺矢一和立花铣三郎的《国文学读本》，是第一本参照西方编写的日本文学史概说，主要以日本和文学《万叶集》《古今和歌集》《源氏物语》《平家物语》《太平记》等，也包括江户时期国学家本居宣长等人的随笔。自此，日

163

本近代国语教学均以此书为参照编写教材。

1890年，日本颁发道德教育的纲领性文件《教育敕语》，其中的"朕惟我皇祖皇宗、肇国宏远、树德深厚。我臣民、克忠克孝、亿兆一心、世济其美。此我国体之精华、而教育之渊源亦实存乎此。尔臣民、孝于父母、友于兄弟、夫妇相和、朋友相信、恭俭持己、博爱及众、修学习业、以启发智能、成就德器"① 源于儒家思想，虽然重点强调了忠孝问题，然而这里的孝是移孝作忠，是为忠服务的，也即把忠君爱国作为教育的灵魂。直至二战结束，《教育敕语》都是日本教育的指导思想，成为军国主义鼓吹歌颂战争、宣扬国粹主义的教典。芳贺矢一是日本近代国文学的开拓者，他的《国民性十论》在日俄战争之后的1907年刊行，在和西方比较的基础之上论述了十项日本人的性格，其中第一条即为"忠君爱国"。《国民性十论》出版于日俄战争之后，此时正值日本的民族自信空前提高，民族主义和国粹主义被进一步唤醒。《教育敕语》是通过国民教育将武士的生活方式普及化，使对武士的要求推广为整个国民的道德指南。于是，被重构的"后醍醐天皇-楠木正成"理想的君臣形象成为绝佳的教育素材。

日本近代国民教育选择的《太平记》中关于忠的故事剔除了为主君尽忠的部分。据中村格的统计，明治36年（1903）至昭和20年（1945），即第一期国定教科书至第五期国定教科书时期，小学六年间使用的国语、修身教科书中收录了《太平记》中的楠木正成家族、儿岛高德、村上义光、大塔宫、瓜生判官母亲等人的故事。② 这些故事都是讲述为天皇尽忠的。此外，从明治20年（1887）至二战结束，中学

---

① 小山忠雄. 教育勅語と国民精神［M］. 東京：北海出版社，1931：2.
② 中村格. 教材としての太平記：天皇制教育への形象化［J］. 日本文学，1982（1）：92-102.

<<< 第四章 国学的兴起和日本文学中的中国形象（18世纪中后期—19世纪中期）

国语教科书从《太平记》中选取的内容比重远高于《万叶集》《伊势物语》《源氏物语》等，并且中学四五年级开始大量从《太平记》中选取文章，宣扬陶冶国民性的"忠君、义勇、廉洁、仁爱"观念。① 昭和16年（1941）《寻常小学修身书》（第四期国定教科书）第三课讲的是楠木正成的忠，第四课是楠木正行的孝。在该教科书的教师用书中，明确写着这两课的教学目的，即让学生学习楠木父子为天皇陛下尽忠献身、保全大义的精神，进而使学生在日常生活中贯彻这种精神。② 同时期的女校高中的道德教科书多选取《太平记》中的贤母的故事，如楠木正行之母等。当楠木正成自杀后其首级被送至故乡之时，十一岁的正行十分悲痛欲自杀追随父亲。此时正行之母，及楠木正成之妻训斥正行，希望他能长大之后带领一族，举义兵实现消灭朝敌的父亲遗志。此外，从《太平记》中选取素材谱曲作为文部省校园歌曲广为传唱，也是为天皇尽忠的内容。明治45年（1912），《寻常小学唱歌》将楠木正成父子在樱井的诀别谱成歌曲《樱井分别》，规定为小学四年级必唱歌曲：

决意赴死，率军出动。战死之后，仍护天皇。留下儿子，让其归家，临别垂教，樱井之驿。此次战役，誓死不还。父之庭训，犹在耳畔。臣子之道，绝不违背。世事变迁，仍继遗志。遗留儿子，聚众一心。再举义兵，菊水之旗。山崎大路，身带遗物，和子分别，松树枯萎。父子分别，感人至深。楠树二棵，不知人事。③

---

① 中村格. 天皇制教育と太平記：正成・正行像の軌跡［J］. 日本文学, 1996（3）: 12-23.
② 中村格. 天皇制教育と正成像:「幼学綱要」を中心に［J］. 日本文学, 1990（1）: 18-26.
③ 長谷山峻彦. 学芸会用児童劇集: 文部省小学唱歌準拠［M］. 東京: 大正書院, 1930: 119.

《太平记》中的楠木正行继承父亲遗志，长大成人之后，率领一族奔赴吉野，护卫南朝而战死。此外，还有落合直文作词、奥山朝恭作曲的《樱井分别》等。总之，取材于古典文学作品的歌曲中，《太平记》占的比重也最大。如今坐落于东京皇居广场前方的楠木正成铜像也是在明治时期的1900年完成的。

　《太平记》中后醍醐天皇与楠木正成君臣相遇的场面也被教材采用。后醍醐天皇在倒幕运动的"元弘之乱"之时逃至京都附近笠置山，梦中梦到皇宫紫宸殿前向南伸展的常磐树下有一玉座，天皇正疑惑之际，两名童子前来告知是为天皇而准备的。木之南即"楠木"，后醍醐天皇打听到附近的武士首领楠木正成之后召见了他。这是君臣相遇之始。如前所述，楠木正成是一位出身较低武装力量较弱的武士首领，且并不是很受天皇的信任，在后醍醐与足利尊氏决战之中没有采纳楠木正成的建议致使失去京都政权的叙述也是虚构的，目的是批判后醍醐天皇。然而这些在理想的君臣形象建构背景之下被近代国民教育遮蔽，建构为后醍醐天皇知人善任，楠木正成为天皇尽忠、报答天皇知遇之恩的形象。在1929年出版的《中等学校修身读本》（荻原扩著，日本出版社）卷中的"忠孝"部分将楠木正成的故事与诸葛亮的故事并列其中，显然是将"后醍醐天皇-楠木正成"比拟为"刘备-诸葛亮"这一理想化的君臣形象。这种比拟在江户时代末期已经出现，[1] 通过近代国民教育使之教材化、经典化。陈学超认为，文学作品的经典化往往是通过纳入国民教育序列、编入教科书而实现的。这种选择，其实是一种国家主

---

[1]　长尾直茂. 本邦における三国志演義受容の諸相［M］. 東京：勉誠出版，2019：524.

<<< 第四章　国学的兴起和日本文学中的中国形象（18世纪中后期—19世纪中期）

流话语权力，是一个时期国家民族权力意志运作的结果。① 近代日本正是将《太平记》教材化，纳入国民教育的范畴，培养的是认同天皇制，拥护国家主义、军国主义的人才。日本也通过国民教育将"后醍醐天皇-楠木正成"这一被建构的理想君臣形象教材化、经典化。

综上所述，成书于日本中世的军记物语《太平记》是一部政治思想浓厚的历史文学作品。虽然以日本士大夫自居的作者通过这部作品或明或暗地对室町幕府进行了批判，对后醍醐天皇为首的南朝也抱有深深的同情，但仍旧运用儒家思想阐释了室町幕府政权成立的合法性。运用儒家思想塑造天皇、武士形象是《太平记》的一大特点，因此，其中的君臣形象被德川幕府政权、幕末的勤王志士、明治新政府被不断地阐释与重构，对日本政治思想产生了巨大影响。近世时期德川幕府为阐释其政权的合法性建构了"后醍醐天皇-新田义贞"的君臣形象，同时拔高了楠木正成的忠臣形象。幕末出身于中下层武士集团的勤王志士对同样出身较低的武士楠木正成产生了强烈的共鸣，以楠木正成为楷模尊皇倒幕，并将楠木正成神格化。明治新政府通过国民教育将"后醍醐天皇-楠木正成"这一理想的君臣形象教材化、经典化，普及至国民之中，为日本国家主义、军国主义服务。

二战后，在建设和平国家的教育方针的指导下，日本文部省下令将教科书中关于战争行为的内容和国家主义教育相关内容删除。自此，二战前地位远高于《平家物语》等中世古典名著的《太平记》从教科书中完全剔除。描写平氏政权灭亡过程的《平家物语》作为日本国民的悲剧叙事诗而被继续保留在国语教科书之中，成为反映武士阶层的经典

---

① 陈学超. 论中国现当代文学的经典建构 [J]. 陕西师范大学学报（哲学社会科学版），2007（1）：71-75.

167

文学作品，延续至今。或许战败的日本对平氏政权的悲壮灭亡产生了强烈的共鸣，将近代以来政治理想的破灭投射至《平家物语》之中。《平家物语》在日本战后国民教育是如何被重构的，与政治思想的关系如何，也是一个值得考察的问题。

第三节　浮世绘中的中国形象——以吕洞宾形象为例

吕洞宾是我国传说中著名的仙人，无论在道教还是在民间具有极其重要的地位和影响力。《宋史》的《陈抟传》载有吕洞宾曾经到过陈抟书房的叙述，并对吕洞宾做了较详细的介绍，认为吕洞宾是关西人，有剑术，百余岁而童颜，步履轻疾，顷刻间能行数百里，世人皆以其为神仙。杨亿（974—1020）在《谈苑》中对许多人亲见吕洞宾游历人间作了详细的描述。叶梦得（1077—1148）在其《岩下放言》中认为吕洞宾在五代时期师从钟离权得道，经常和钟离权从仙界至人间游玩。吕洞宾的《过洞庭》"朝游北越暮苍梧，袖里青蛇胆气粗。三醉岳阳人不识，朗吟飞过洞庭湖"的诗句在《岩下放言》书中也有引用。因此，由以上资料可以知，吕洞宾在北宋时期开始频繁出现在人们的视野之中，并引起许多人关注。[①] 时至元代，吕洞宾名气越来越大，主要是和道教流派之一的全真教兴起相关。全真教由王重阳（1112—1170）在我国长江以北开创，1188年王重阳的弟子丘处机被金国金世宗皇帝授予法师，全真教被金国承认。在13世纪初，蒙古势力开始扩张，丘处机受成吉思汗邀请于1220—1224年和成吉思汗会见。之后，全真教在

---

① 党芳莉．吕洞宾传说的早期形态及其在宋元之际的拓展 [J]．上海财经大学学报，2001（4）：58．

<<< 第四章 国学的兴起和日本文学中的中国形象（18世纪中后期—19世纪中期）

元朝朝廷的庇护下，获得迅猛发展，并开始了《道藏》的编撰以及道教石窟的营造。此外，王重阳自称师承吕洞宾，故吕洞宾被全真教尊为"北五祖"之首。元代何志渊将当时流传的所谓吕洞宾的作品编为《纯阳真人浑成集》，苗善时模仿《释迦牟尼传》编写了吕洞宾度化众生的故事集《纯阳帝君神化妙通纪》。元杂曲中也涌现出大量关于吕洞宾的故事，如《吕洞宾桃柳升仙梦》《吕洞宾度铁拐李岳》《吕洞宾三醉岳阳楼》《黄粱梦》《争玉板八仙过海》等。因此，吕洞宾故事的流传始于宋元时代已是不争的事实。[①]

宋元时代是中日古代交流的鼎盛期，尤其宋室南迁之后，江南禅宗的发展进入繁盛期，并建立五山十刹制度，此时至我国学习禅宗的日本入宋僧络绎不绝。日本僧人荣西（1141—1215）两次渡宋学习禅宗，将喝茶之风引入日本，逐渐形成了具有日本特色的茶道。从日本的镰仓时代后期到南北朝时代，渡宋、渡元的日僧数量庞大，不胜枚举。与此同时，我国许多高僧纷纷东渡日本传播禅宗，如兀庵普宁、兰溪道隆、大休正念、无学祖元等人，对日本接受禅宗以及宋元文化影响深远。在积极学习宋元文化的浪潮下，流行于宋元时代的吕洞宾的故事自然引起了日本人的关注，五山文学中关于吕洞宾的诗歌、《太平记》中吕洞宾故事的引用、雪村的《吕洞宾图》等即为例证。吕洞宾故事对日本的影响并未止于中世，近世、近代文学中的相关描述也屡见不鲜。那么，吕洞宾形象在日本的文化语境中是如何生成、传播和延续的？在对吕洞宾形象的描述中又是如何与日本本土文化互动，从而言说日本书化的？本书试论述之。

[①] 欧明俊．神仙吕洞宾形象的演变过程［J］．中国典籍与文化，2002（2）：59．

一、吕洞宾是宋元文化的象征符号

当吕洞宾的故事在民间广为流传之后，吕洞宾飞剑斩黄龙的故事被佛教徒建构，成为禅宗攻击道教的著名公案之一。《嘉泰普灯录》《五灯会元》《佛祖统记》等佛教典籍对这个故事均有详细的记载。该故事的大意是，唐末吕洞宾三次参加科举考试均未考中，在长安酒肆遇钟离权之后走上了道教修行之路。一日，吕洞宾途径黄龙山，目睹山上被紫云覆盖，觉得里面有高人，于是进入黄龙山。吕洞宾与黄龙禅师进行了各种各样的斗法，最后以失败告终，觉悟道教修行之错误。这则故事被禅僧们广为引用，如于1269年受镰仓幕府邀请东渡日本的大休正念（1215—1290）在其《念大休禅师语录》中有"吕洞宾见黄龙问，一粒粟藏世界。二升铛内煮山川，吕不契。夜间飞剑来，龙指之坠地。任汝粟中藏世界，那知铛外有山川。剑锋落地难寻觅，始觉从前误学仙"①的记载。1279年，我国的禅僧无学祖元受北条时宗邀请东渡日本，出任镰仓建长寺第五世住持，创立了镰仓五山之一的园觉寺。无学祖元在其《佛光国师语录》中有《吕洞宾画像》一诗，"万里乘空若断蓬。不知失脚到黄龙。一拳打断蓬莱路。日在吹毛映上红"②，讲述了吕洞宾败于黄龙禅师的故事。

吕洞宾飞剑斩黄龙的故事也被日本五山禅僧接受。春屋妙葩（1312—1388）历任京都五山之一天龙寺住持，在室町幕府中拥有很高的政治权力，在其《智觉普明国师语录》中有《吕洞宾》一诗，讲述了这则故事：

---

① 佛書刊行會. 大日本佛教全書：96［M］. 東京：名著普及會，1982：324.
② 禪學大系編撰局. 禪學大系：祖錄部：第4卷［M］. 東京：一喝社，1911：231.

<<< 第四章 国学的兴起和日本文学中的中国形象（18世纪中后期—19世纪中期）

  一喝当机伎便休。蓬瀛水浅懒回头。玄玄不践曾行路。匣里霜寒五岳秋。

  蓬莱日上弱瀛红。药袋春风万里空。岂料吹毛三尺剑。黄龙喝下便成龙。

  验过黄龙遭毒拳。飞空利剑不如铅。胡芦倾尽山川老。眼冷蓬莱岛外天。

  丧却三千好日辰。一枝待放碧桃春。这回捉败守尸鬼。蹈断六鳌归去人。①

  很显然春屋妙葩继承了我国佛教禅宗利用吕洞宾飞剑斩黄龙的故事，对道教进行批判，宣扬佛教禅宗的思想。当然春屋妙葩的这首诗也体现了佛道两派终极追求的不同：佛教以精神解脱为终极目的，道教以不抛弃肉身而达到精神解脱为目标。

  在我国道教徒并未对佛教中的飞剑斩黄龙故事听之任之，而是利用道教教义和道教神话对佛教系统的这则故事进行了全方位的改写，将吕洞宾塑造为反败为胜的形象。②而在日本并无专门的道教学派，更谈不上佛道之争，因此，日本五山禅僧对吕洞宾飞剑斩黄龙故事的接受没有佛道之争背景下的尖锐性。禅僧仲芳圆伊（1354—1413）的《懒漫室稿》中有《吕洞宾》一诗，如下所示：

  吕岩早学五通仙，袖里青蛇钝似铅。修炼空经八万劫，黄龙柱

---

① 高楠顺次郎.大正新修大藏經：第80卷［M］.東京：大正新修大藏經刊行會，1961：633.
② 吴光正.佛道争衡与吕洞宾飞剑斩黄龙故事的变迁［J］.文学遗产，2005（4）：102.

171

说老婆禅。①

仲芳圆伊在该诗中认为，吕洞宾很早就开始修行，历经八万劫难，已修炼成功，故黄龙禅师的说教白费口舌毫无作用。也就是说仲芳圆伊并未站在佛教的立场批判作为道教人物的吕洞宾，反而为吕洞宾鸣不平。此外，吕洞宾故事作为宋元文化的符号，在日本五山文学之中是一种风雅的象征。西胤俊承（1358—1422）的《真愚稿》中有《钟吕传道图》一诗，讲述了吕洞宾从钟离权得道的故事，"妄授丹经何所夸，悲风一吼袖中蛇，平生不展探花手，却试芙容九转砂"②。惟肖得严（1360—1437）《东海琼华》中的《吕洞宾》诗中还出现"道人回"的称呼，该诗全文如下：

　　唐室青袍吕秀才，黄冠晚称道人回。不妨上界足宫府，东老庵中春一杯。③

这里出现的将吕洞宾称为道人回的说法在日本天正年间（1573—1592）抄写的《太平记》卷二十六《黄粱梦故事》中也有出现，将吕洞宾称为"一位叫作回道人的仙人"④。这是因为《太平记》中的吕洞宾故事受到宋元时代的诗话《诗人玉屑》《方外·吕洞宾》中的"既去，郡人见方士担两大瓮，长歌出郭，迹之不见。两瓮乃二口，岂洞宾

---

① 上村観光. 五山文学全集：第三卷 [M]. 東京：思文閣，1973：2565.
② 上村観光. 五山文学全集：第三卷 [M]. 東京：思文閣，1973：2729.
③ 玉村竹二. 五山文学新集：第2卷 [M]. 東京：東京大学出版會，1968：741.
④ 長谷川端，校注. 太平記：3 [M]. 東京：小学館，1996：282.

<<< 第四章　国学的兴起和日本文学中的中国形象（18世纪中后期—19世纪中期）

耶？……回先生过湖州东林沈氏饮"① 的影响，反映了宋元文化在日本流行的风尚。② 因此，可以说日本五山禅僧对吕洞宾故事的接受已经超越了佛道之争，将吕洞宾视为宋元文化的象征符号。

二、吕洞宾故事的批判色彩

在14世纪70年代成书的《太平记》是日本中世军记物语之集大成，与《平家物语》并称为日本军记物语的双璧。该作品卷三十九《大元进攻日本之事》中以较长的篇幅描写了吕洞宾的故事。其背景是，大元皇帝派遣万将军率领三百七十万骑大军，乘七万多艘船，到达日本九州北部与日本展开激战。日本根本不是大元的对手，伤亡十分惨重，然而在日本众多神祇的护佑下，在万将军的大军正驶向海峡之际，原本稳定的天气突然狂风大作，电闪雷鸣，于是元军葬身海底，只剩下万将军一人飞入空中而幸免于难，彼时吕洞宾登场。吕洞宾告诉万将军赶紧逃命回国，于是万将军独自一人乘一艘船逃至宁波。吕洞宾再次出现，告诉万将军如果去大元京城的话将受惩罚，不如去蜀国。并且，吕洞宾预言了万将军到蜀国之后，必然会被蜀王任命为攻打雍州的大将军。分别之际，万将军从吕洞宾那里得到了一副膏药，膏药上面写着"至癞发"三字。之后，万将军率兵攻打雍州，发现雍州险峻无比，十分难攻，忽然想起吕洞宾送的膏药"至癞发"三字，于是派人将膏药偷偷贴于雍州大门之后，险峻的大山立即崩溃，雍州成为平地，万将军轻而易举地攻下雍州。之后，万将军受到蜀王褒奖，位列公侯之位。然

---

① 魏庆之. 诗人玉屑［M］. 王仲闻点校. 北京：中华书局，2007：650.
② 張静宇.『太平記』巻三十七「楊貴妃事」と『詩人玉屑』［M］//太平記国際研究集会.『太平記』をとらえる：第三巻. 東京：笠間書院，2016：76.

173

而不久之后，万将军脊背却得了痈疮，因吕洞宾给的膏药只有一副，不可再得，故不久便病死。这则故事与我国元代建立的山西省芮城县永乐镇永乐宫纯阳殿墙壁上的《纯阳帝君神游显化之图》第四十二幅图《赐药狄青》题跋的故事十分类似，反映了宋元文化对日本中世文学的影响。①

很显然吕洞宾作为战争胜负预言者的形象在中日两国似乎并无差异，然而如将该故事和作品上下文背景结合起来便会发现吕洞宾其实是反预言者的形象。在讲述完吕洞宾故事之后，《太平记》做了如下的评价：

功高命短，如何取舍？若不得已取其一的话，命在天，我必取功。原本大元三百万骑蒙古兵一时而亡，非吾国之勇武。岂非三千七百五十余神社大小神祇、宗庙神佛之相助乎？②

引文认为，万将军选择功劳是对的，应该通过建功立业获取功名富贵，因为性命是人无法把握的。需要注意的是，万将军获得的功名富贵并不是通过其优秀的指挥才能以及奋勇杀敌得到的，而是通过将吕洞宾赠送的膏药贴在城墙上而战胜敌人获得。这一点与后面的叙述类似，即

---

① 張静宇.『太平記』と呂洞賓の物語［J］.軍記と語り物52号，2016：71.《纯阳帝君神游显化之图》第四十二幅图《赐药狄青》题跋为：宋仁宗时、有狄青领兵南征、至永州、谒何仙姑。坐间有一先生至、于仙姑上位坐、公见忿怒。其先生自腋袋中、取膏药一枚、与公曰："牢收、如遇癰而贴之。"言罢不辞而去。公问仙姑："适来何人？"曰："乃吾师吕洞宾也。"公闻之自责、追之。仙姑曰不可、已过洞庭矣。门道遗纸一张、有洞庭芳詞。狄青□出南征、至雍州、攻之不破、將膏药贴于门上、其雍州破矣。后狄公回至陈州、背生癰腫、无药可治。思洞宾膏药、不复再得、回斯而殂也。参见：朱稀元，梁超，刘炳森，等.永乐宫壁画题记录文［J］.文物.1963（8）：65-78.
② 鷲尾順敬，校注.太平記［M］.東京：刀江書院，1936：141.

<<< 第四章　国学的兴起和日本文学中的中国形象（18世纪中后期—19世纪中期）

日本之所以能战胜蒙元的入侵并不在于武士的勇武，而在于神佛的帮助，明显抹杀了武士的功劳。这样的叙述和《太平记》的最终成书相关。《太平记》的最终成书是在辅佐室町幕府第三代将军的管领细川赖之监修下完成的，而细川赖之是通过军功获得管领一职的，因此对武士军功的强调彰显也是《太平记》编撰的意图之一。然而《太平记》终结部分的编撰者和五山禅僧有很大关系，五山禅僧和细川赖之有许多矛盾，五山禅僧忌惮细川赖之的权势，不敢明显地批判细川赖之等武士的军功，只能通过这种叙述来暗示对细川赖之的批判。[①] 当然蒙元入侵日本失败之后，日本神国思想高涨也是不争的事实。可以说作者也正是借助这种神国思想来抹杀室町幕府武士之军功，对以细川赖之为首的武士进行批判，也暗示了细川赖之等武士集团的荣华富贵不会长久。

除了《太平记》卷三十九《大元进攻日本故事》中出现吕洞宾之外，在卷二十六《黄粱梦故事》中也出现了吕洞宾的相关故事。对于它们之间的联系，增田欣认为，《太平记》卷三十九《大元进攻日本故事》中万将军经历成功和死亡的故事寓意着人生荣华富贵的短暂，这一点让人联想到"黄粱一梦"[②]。《黄粱梦故事》引用的背景是在贞和四年（1348），三种神器的宝剑突然出现在世间。这件事情也被足利直义所梦到，并上奏朝廷。然而大臣中纳言经显却认为在如今乱世宝剑出现是不可能的事情，梦也令人难以相信。为了解释梦令人难以相信的原因，经显举了《黄粱梦故事》。该故事的大意为，从前有一位无才却渴望富贵的"客"，听说楚国国君寻求贤才之臣，为了得到重用而去楚国。"客"路过邯郸旅馆之时，吕洞宾借其一枕头，让其经历了富贵之

---

① 小秋元段.『太平記』卷三十六、細川清氏失脚記事の再検討 [J]. 日本文学誌要 69号，2004：22.
② 増田欣. 中世文藝比較文學論考 [M]. 東京：汲古書院，2002：367.

梦。在梦中，"客"被楚国国王重用，成为权倾朝野的大臣。大约三十年之后，楚王病逝，"客"和楚王的公主结婚，并生下王子。在王子三岁之时，"客"和公主、王子率领众大臣在洞庭湖之上游玩，然而公主、王子因为不小心从船边掉进湖中。正当大家惊愕之时，"客"从梦中惊醒。最后作者以杨龟山（杨时，1044—1130）《勉谢自明》"少年力学志须强，得失由来一梦长。试问邯郸欹枕客，人间几度熟黄粱"来总结指出梦的虚幻性和难以置信。

在日本文学作品中有和《太平记》中《黄粱梦故事》类似的故事，如1405年成立的静嘉堂文库本《和汉朗咏集和谈钞》中解释"壶中天地乾坤外、梦里身名旦暮间"之时引用了吕洞宾的故事。该故事和《太平记》大同小异，"楚国""吕洞宾""洞庭"等的设定和《太平记》完全一致。此外，日本中世的谣曲《邯郸》中也有类似的故事。谣曲《邯郸》故事和《太平记》有所差别，比如，未出现吕洞宾的名字，将"客"改为了"卢生"，等等，但是楚国等地点的设定却没有变化。从时间上来看，《和汉朗咏集和谈钞》、谣曲《邯郸》有可能是受到了《太平记》的影响。卷二十六《黄粱梦故事》糅合了许多宋元文化的因素，反映了宋元文化对日本中世的影响。虽然这个故事在《太平记》中是为了证明梦的不可信，进而说明代表王权的三件神器的出现是不可能的。但在日本古代以及《太平记》其他地方，神的显灵都是通过梦的形式完成的。《太平记》单单在此处来说明梦的不可信其实另有目的，即通过吕洞宾的故事来暗示室町幕府拥立的天皇不具备正统性，室町幕府的成立也不具备正当性。[1] 同样，《太平记》卷二十六《黄粱梦故事》也通过吕洞宾的故事批判了室町幕府。

---

[1] 北村昌幸.『太平記』貞和4年記事の構成：宝剣進奏説話を中心に[J]. 国語と国文学, 1997 (12): 28.

<<< 第四章 国学的兴起和日本文学中的中国形象（18世纪中后期—19世纪中期）

总之，作为预言者的形象，《太平记》中的吕洞宾故事和我国的吕洞宾故事类似，和日本本国历史故事构成一种互文性的叙事。然而《太平记》中吕洞宾故事所起的作用是批判性的，是对室町幕府以及执政者细川赖之、足利直义等人的批判。

三、吕洞宾形象的日本化

伴随着吕洞宾故事在宋元时代的流行，相关绘画作品也层出不穷，日本也深受宋元文化绘画的影响。雪村周继（1504—1589）是室町时代后期、战国时代初期的水墨画家，僧侣。雪村的《吕洞宾图》（图1）是其代表作，深受日本人喜爱，被称为日本之国宝。在该图中，海面被黑雾包围，吕洞宾站在海中游动的龙头之上，两手展开，仰望上方之龙。其左手拿着一个水瓶，右手拿着瓶盖，一条小龙从水瓶而出，腾跃上方。吕洞宾的胡须、衣服被强劲的海风吹拂，胡须向右，衣服向左，宛如站在暴风之中心。整幅画面给人以极强的跃动感，以及动态的大空间感。在我国，吕洞宾相关绘画中一般吕洞宾都背一把剑，但也有例外情况，例如，《吕洞宾过洞庭图》中吕洞宾没有背剑在洞庭湖面顺风而行，而如《吕洞宾图》站在龙头之上与空中之龙对峙的画面在我国相关绘画中似乎没有。从水瓶中飞跃出来的小龙或许源于吕洞宾的诗"袖里青蛇胆气粗"，象征吕洞宾的剑。当然这幅画可能受南宋林庭珪、周季常等的《五百罗汉图》，金大受的《十六罗汉图》等影响，但也不可否认这幅画是对吕洞宾飞剑斩黄龙而觉悟故事的演绎。[①] 不管怎么说，这种画法在我国吕洞宾相关绘画中似乎没有，可以说是雪村的奇想

---

① 林进．雪村の呂洞賓図について―その主題とモティーフを中心に―［J］．大和文華第，1978（63）：42.

独创。

　　受雪村《吕洞宾图》的影响，吕洞宾和龙一起出场的画法在江户时代比较常见，如江户时代中后期的浮世绘画师喜多川歌麿（1753—1806）的《艳中八仙 吕洞宾》（图2）。此外的七仙人分别是琴高、通玄、西王母、林和靖、卢敖、铁拐、蝦蟇（刘海蟾），均是我国古代的仙人。《艳中八仙》是受中国八仙故事的影响，抑或受杜甫《饮中八仙》的启发。如图2所示，中国的仙人名字吕洞宾置于画的右上角，画中是一位日本女性，将此女性比作我国的仙人，左上角是一条龙象征吕洞宾。喜多川歌麿擅长画美人绘，但将美艳的日本女性比拟为男性仙人吕洞宾或许是其创造。将象征吕洞宾的龙作为女子观赏的一幅画，由另外一位女性树立展示给女子看，自然地将原本和画中两位女性不相干的吕洞宾融入进去，体现了喜多川歌麿巧妙的构思。歌川国芳（1798—1861）是江户时代后期的浮世绘师，其作品《艳姿十六女仙》继承了喜多川歌麿《艳中八仙》的画法，分别将日本的十六位女性比拟为我国的吕洞宾、丰干禅师、铁拐、蝦蟇、王处、卢敖、初平、上利剑、粲仙人、琴高、王子乔、彭祖等十六位仙人。图3的右上角吕洞宾端坐，手里拿着一个铁钵，从中飞出一条小龙，左上角有一条较大的龙，或许指代飞出来的那条龙。右上角日语的含义是，画中女子斜看吕洞宾施法，小龙从铁钵中出来。左上角是该女子看到的在脑海中的小龙形象，展示了女子与吕洞宾的互动，构思亦是十分巧妙。中国的仙人吕洞宾，日本江户时代的美人，这两种原本不相干的文化符号通过喜多川歌麿、歌川国芳的画笔紧密地联系在了一起，将美人的美艳动人、仙姿绰约完美展现出来，体现了和汉文化的水乳交融。

<<< 第四章 国学的兴起和日本文学中的中国形象（18世纪中后期—19世纪中期）

图1 吕洞宾图① 　　图2 艳中八仙 吕洞宾② 　　图3 艳姿十六女仙 吕洞宾③

在日本近世文学之中，不但出现了吕洞宾与浮世绘中的美人画互动，还影响了武士形象的塑造，形成了吕洞宾的武士化形象。曲亭马琴（1767—1848）是江户时代后期著名的读本小说家，其创作的《南总里见八犬传》将故事背景设置为日本室町时代后期，安房里见家的女儿伏姬和神犬结下姻缘，伏姬念珠中的八颗珠子变成分别具有仁、义、礼、智、忠、信、孝、悌的八位武士，八位武士经过种种磨难最后集结至里见家，击退敌人，成为守护里见家的勇士。《八犬传》深受我国《三国演义》《水浒传》等明代话本小说的影响，④ 然而该书的最后有一幅名为《八犬仙山中游戏图》的插图，将八位武士描写为了我国的仙人形象，这让人很容易联想到明代神魔小说《八仙出处东游记》。《东游记》描写了铁拐李、汉钟离、张果老、吕洞宾、何仙姑、蓝采和、韩湘子、曹国舅八位仙人修炼得道的过程，最终聚在一起和龙王大

---

① 图1来源于日本国立美术馆公开画像。
② 图2来源于东京都立博物馆公开画像。
③ 图3来源于东京都立博物馆公开画像。
④ 邱岭. 中日古典小説の叙事法について：『水滸伝』と『南総里見八犬伝』の人物設定を例に[J]. 中京国文学 26号, 2007：6.

179

战，最后由观音和解。《八犬传》分别叙述了八位武士的传记，最后集结一起；在与敌人大战之前贵人来访，致使战争最后走向和解。这种情节的设定明显与《东游记》类似。根据神田正行的考证，《东游记》在江户时代传入日本，曲亭马琴批阅此书以及八仙相关书籍的可能性极高，因此可以断定《八犬传》极可能受到了《东游记》的影响。① 《八犬传》中到底哪一位武士与吕洞宾存在对应关系很难考证，或许这也是八仙信仰已经融入八位武士身上，体现了日本人对吕洞宾故事的深度接受。

  此外，日本存在七福神信仰，分别是惠比寿、大黑天、毘沙门天、寿老人、福禄寿、辩才天、布袋，受到佛教、道教、神道教的影响，整体形象类似我国的八仙。七福神的踪迹遍布日本，随处可见相关七福神的神社、寺院以及各种祭祀活动。七福神信仰虽然可以追溯至日本奈良时代，但这七位神形象的固定和普及是在江户时代，深受日本民间喜爱。日本人认为，正月之时将七福神同乘一艘船的绘画放于枕下能够得到一个吉利的初梦，这会给新的一年都带来好运。浮世绘中描绘七福神同乘一艘船在海上航行、船里装载着米粮金银的画十分常见，一般还会在画上写一首和歌。这与我国八仙过海同乘一艘船的设定也十分类似。同乘一艘船渡海，集体中有一名女性成员，成员都有某种性格缺陷，拥有自己的宝物，这些均是七福神和八仙的相同之处。② 由此可知，随着八仙文化在日本的接受，吕洞宾形象也已经完全融入七福神信仰之中，成为日本传统民俗文化的重要部分。

  综上所述，随着宋元文化在日本的流行，吕洞宾故事传入日本，对

---

① 神田正行. 唐土の八仙と『南総里見八犬伝』[J]. 日本語・日本学研究，2013 (1)：175.
② 王静波. 论中国道教对日本七福神信仰的影响[J]. 中国道教，2009 (4)：47.

<<< 第四章　国学的兴起和日本文学中的中国形象（18世纪中后期—19世纪中期）

日本中世文学、近世文学以及绘画、民间信仰产生了巨大影响。不同于我国佛教、道教对吕洞宾形象的宗教建构，日本五山禅僧并未一味模仿我国将吕洞宾作为抗衡佛教的工具，更多是将吕洞宾视为宋元文化的符号象征。《太平记》引用吕洞宾故事，也将吕洞宾作为预言者的形象，但暗示了对室町幕府以及为政者的不满，带有强烈的批判色彩。从室町时代后期的雪村周继的《吕洞宾图》之后，日本文化中的吕洞宾形象发生了很大的变异，女性化、武士化、世俗民间化是主要的特点。吕洞宾形象在日本文化语境传播的过程之中对日本本土文化的形成起到了很大作用。吕洞宾故事还影响了日本近代文学，如幸田露伴的《仙人吕洞宾》、芥川龙之介《杜子春》中的铁冠子形象等。

本章小结

　　本章围绕《三国演义》在日本近世的传播、《太平记》在日本近世的接受、吕洞宾形象在日本近世的接受，探讨了日本近世国学兴起背景下，日本文学中中国形象的变迁。《三国演义》在日本的传播与近世主流意识形态——南朝正统论相关。日本近世将"后醍醐天皇-楠木正成"君臣关系比拟为"刘备-诸葛亮"，重构了日本君臣形象。而原本作为文臣的诸葛亮在日本近世发生武臣化的变异，作为日本武臣的楠木正成受诸葛亮形象影响发生了文臣化的变异。日本近世在《三国演义》影响下又建构了"后醍醐天皇-新田义贞"的君臣形象，后醍醐天皇形象受刘备形象的影响从《太平记》中的霸道形象完全被转化塑造为仁君形象。吕洞宾形象从室町时代后期的雪村周继的《吕洞宾图》之后也发生了很大的变异，女性化、武士化、世俗民间化是主要的特点。吕

181

洞宾形象在日本文化语境传播的过程中，对日本本土文化的形成起到了重要作用。井上厚史认为，日本在17世纪前半期仍旧保持以中国为中心的华夷观，18世纪后半期发生根本性逆转，变化为以日本为中心的华夷观念。[①] 从思想史上来讲，18世纪中后期正是日本文化全面建构的时期，以贺茂真渊、本居宣长为代表的国学家从语言、文学、宗教等各个方面批判中国文化，试图剥离日本文化中的中国要素，主张日本文化的"优越性"。

---

① 井上厚史. 『国姓爺合戦』から『漢国無体 此奴和日本』へ：江戸時代における華夷観の変容 [J]. 同志社国文学, 2003 (3)：59-71.

结　语

　　日本古代文学中的中国形象可以追溯至《古事记》（712）、《日本书纪》（720）。这一时期，日本一方面将中国视为天朝上国，派遣遣唐使到唐朝学习；另一方面怀有一种强烈的、与中国对等的意识。894年，因为唐朝末年的内乱等诸多因素，日本中止了遣唐使的派遣。与此同时日本本国文化意识开始兴起，《古今和歌集》的编撰、《源氏物语》的成书等一批代表日本本土文化的作品先后问世，日本本土文化的发展达到了高潮。以遣唐使、入宋僧等日本人远渡中国为题材，日本创作了《宇津保物语》《浜松中纳言物语》《松浦宫物语》等"渡唐物语"。这些物语在描写中国形象与日本形象时，毫无例外地出现日本本国文化意识逐渐变强、文化自信逐渐提高的叙述，同时还将把中国作为大国的"事大主义"变成了以日本为中心的"日本中心主义"，将对中国文化的自卑感转化为日本文化的优越感。13世纪后期的元日战争对日本文学中的中国形象产生了重要影响。北畠亲房（1293—1354）《神皇正统记》记述了从神代至后村上天皇时代，宣扬南朝正统。在该书的序言中，北畠亲房以佛教的世界观为指导，将印度置于世界的中心，贬低以儒家思想为基础的中国处于世界的角落，同时以神国思想把日本定位为特别的国家，提升日本在世界中的位置。

　　丰臣秀吉（1537—1598）在完成日本统一后，继承了日本传统的对外意识，将朝鲜、琉球视为日本属国，发动了万历朝鲜战争。丰臣秀吉发动这场战争的动机有许多，但不可否认的是这场战争是丰臣秀吉对以中国为中心的东亚支配体系和秩序的挑战。在丰臣秀吉之前，日本遣明使的中国之行对中国的认识已经开始发生了变化，在文化上开始与中国分庭抗礼。以这场战争为题材的朝鲜军记在塑造明朝兵部尚书石星时将其描写为沉溺于女色的形象，还对明朝万历皇帝不理朝政进行了抨击。另外，朝鲜军记以神国思想、武国思想来强调日本的"优越性"。德川幕府（1603—1868）经历了丰臣秀吉后如何与明朝处理关系以及明清易代的重大历史事件。虽然清朝入主中原初期，日本并不承认清朝政权，但中日贸易始终在进行，尤其从17世纪后半期开始，两国之间贸易开始繁荣起来。山鹿素行的《中朝事实》（1669）是在17世纪明清交替的时代背景下完成的，把日本称为"中华"，称中国为"外朝"，日本中心主义的倾向十分明显。19世纪中期，日本国学发展至顶峰期，他们将日本本土所谓固有的文化与中国文化对立起来，主张必须恢复到被中国文化传播到日本之前的状态。他们认为日本文化被中国文化"污染"了，只有排除掉这些日本才会拥有率直纯粹之心。这一时期，日本文学中出现了许多倾慕日本文化而强烈想去日本的中国人形象。

13—19世纪中期日本文学中的中国形象在元日战争、万历朝鲜战争、明清交替、国学兴起这四个阶段发生了重要变化。元日战争之后，日本在对中国文化平视的同时，开始显示对本国文化的自信以及对日本文化的积极建构。在万历朝鲜战争之前，日本遣明使的北京之行显示了日本对本国利益的追求以及试图构建与明朝对等的外交，夸耀学习中国文化过程中试图超越中国的优越性与自大心态。万历朝鲜战争之后，《朝鲜征伐记》等军记物语中的"朝鲜征伐"以儒家思想对朝鲜君臣进行了批判，以神国思想、武国思想来建构日本民族的独特性，宣扬日本民族的优越性。萨琉军记是朝鲜军记叙事的延长线，将神国、武国思想作为日本"优越"于其他国家的独特思想，还将其视为东南亚、欧洲国家归附日本的重要依据。从历史小说《明清斗记》《明清军谈》等作品中的明朝形象与清朝形象也可以看出，日本对明清交替的看法是从"华夷变态"转变为"明清革命论"。近松门左卫门的"国姓爷三部曲"描写了明清交替时期郑成功的故事，将战争叙事与日本文化的"优越性"结合起来，阐释日本文化远胜中国文化，战无不胜。在国学兴起的背景下，日本文学中的中国形象发生了日本化的变异，成为所谓日本本土文化的一部分。日本文学中的中国形象与日本形象是双向建构的过程，互为形塑关系。需要注意的是，日本文学中的中国形象具有两面性，在每个阶段都有好坏两方面的描写。

近代以来，在西方文化的冲击下，日本文学中的中国形象虽然再次发生变化，但仍旧受到古代文学中中国形象的影响。例如，明治时期日本人的中国游记中的中国形象与中国认识可以追溯到江户时代。日本近代以来的吞并琉球、占领台湾、发动甲午战争、日韩合并、日清战争等均可以追溯至古代，并且与古代日本的中国形象、中国观相关。甲午战争是日本江户时代对清朝蔑视的延续，清朝战败后，日本更加蔑视中国，而将自己置于西方文明发达国家行列，一直延续到第二次世界大战结束。近些年来，日本电影、报刊、短视频等中的中国形象研究日益增多，以问卷调查方式了解日本眼中的中国形象是研究当代日本人中国认识的方式。日本动画片如《三国志》中的中国形象的塑造反映了当下日本对中国的看法，日本教科书中的中国形象也是学界研究的热点之一，例如，考察《朝日新闻》中的中国形象、日本 NHK 中国题材纪录片中的中国形象等。这些中国形象的塑造与日本古代文学中的中国形象有何关联，笔者打算留待今后持续关注。

本书内容发表的期刊

[1]"神国思想"和《太平记》中元日战争的叙述[J]. 外国问题研究，2018（3）.

[2]《三国演义》在日本近世的传播与接受：以《通俗三国志》和《太平记》的交涉为中心[J]. 华文文学，2021（6）.

[3]元日战争和日本中世文学中的中国形象[J]. 中国文化研究，2022（2）.

[4]日本古代文学中的"朝鲜征伐"叙事[J]. 国外文学，2022（4）.

[5]《全浙诗话》中的"倭诗"[J]. 历史档案，2023（4）.

[6]日本遣明使的北京之行[J]. 读书，2024（6）.

[7]日本古代文学中的吕洞宾形象[J]. 宗教学研究，2023（6）.

[8]日本政治思想史中的《太平记》：以君臣关系的重构为中心[J]. 政治思想史. 2023（6）.

参考文献

一、中文文献（按拼音顺序）

（一）著作

[1] 白居易. 白居易集笺校 [M]. 朱金城, 笺注. 上海：上海古籍出版社, 1988.

[2] 北京日本学研究中心文学研究室. 日本古典文学大辞典 [M]. 北京：人民文学出版社, 2005.

[3] 陈小法. 明代中日文化交流史研究 [M]. 北京：商务印书馆, 2011.

[4] 崔官. 壬辰倭乱：四百年前的朝鲜战争 [M]. 北京：中国社会科学出版社, 2013.

[5] 陈寅恪. 元白诗笺证稿 [M]. 北京：商务印书馆, 2015.

[6] 王晓秋, 大庭修. 中日文化交流史大系：历史卷 [M]. 杭州：浙江人民出版社, 1996.

[7] 丁莉. 永远的"唐土"：日本平安朝物语文学的中国叙述 [M]. 北京：北京大学出版社, 2016.

[8] 董诰, 等. 全唐文 [M]. 北京：中华书局, 1983.

［9］德川光国．日本史记：第三册［M］．合肥：安徽人民出版社，2013．

［10］葛兆光．宅兹中国：重建有关"中国"的历史论述［M］．北京：中华书局，2011．

［11］勾艳军．日本近世小说观念研究：兼论其中国文学思想渊源［M］．北京：中华书局，2020．

［12］高伟．日本近世国学者的华夷论与自他认识［M］．北京：社会科学文献出版社，2018．

［13］北京日本学研究中心．日本学研究［M］．北京：学苑出版社，2015．

［14］胡亚敏．战争文学［M］．北京：外语教学与研究出版社，2021．

［15］霍利．壬辰战争［M］．方宇，译．北京：民主与建设出版社，2019．

［16］姜亚沙，经莉，陈湛绮．朝鲜史料汇编：18［M］．全国图书馆文献缩微复制中心，2004．

［17］江静．赴日宋僧无学祖元研究［M］．北京：商务印书馆，2011．

［18］刘岳兵．日本的宗教与历史思想：以神道为中心［M］．天津：天津人民出版社，2015．

［19］赖山阳．重订日本外史［M］．久保天随，订．北京：北京大学出版社，2015．

［20］罗贯中．三国演义［M］．李卓吾，批评．合肥：黄山书社，1991．

［21］刘兆伟，译注．论语［M］．北京：人民教育出版社，2015．

[22] 欧阳询. 艺文类聚 [M]. 上海：上海古籍出版社，1999.

[23] 潘畅和. 东亚儒家文化圈的价值冲突：以古代朝鲜和日本的儒家文化比较为中心 [M]. 北京：中国社会科学出版社，2012.

[24] 邱岭，吴芳龄. 三国演义在日本 [M]. 银川：宁夏人民出版社，2006.

[25] 三宅正彦. 日本儒学思想史 [M]. 陈化北，译注. 济南：山东大学出版社，1997.

[26] 宋濂，等. 元史 [M]. 北京：中华书局，2000.

[27] 陶元藻. 全浙诗话 [M]. 北京：中华书局，2013.

[28] 王煜焜. 万历援朝与十六世纪末的东亚世界 [M]. 上海：上海大学出版社，2019.

[29] 吴楚材，吴调侯. 古文观止 [M]. 北京：北京燕山出版社，2009.

[30] 萧统，编. 李善，注. 文选 [M]. 上海：上海古籍出版社，1986.

[31] 严绍璗，中西进. 中日文化交流史大系：文学卷 [M]. 杭州：浙江人民出版社，1996.

[32] 严绍璗. 比较文学视野中的日本文化：严绍璗海外讲演录 [M]. 北京：北京大学出版社，2004.

[33] 严绍璗. 比较文学与文化"变异体"研究 [M]. 上海：复旦大学出版社，2011.

[34] 叶隆礼. 契丹国志 [M]. 上海：上海古籍出版社，1985.

[35] 郑麟趾，等. 高丽史 [M]. 重庆：西南师范大学出版社，2014.

[36] 郑洁西. 跨境人员、情报网络、封贡危机：万历朝鲜战争与

16世纪末的东亚[M].上海：上海交通大学出版社，2017.

[37] 中华书局编辑部.晋书[M].北京：中华书局，1974.

[38] 朱舜水.朱舜水集[M].北京：中华书局，1981.

[39] 平家物语[M].王新禧，译.上海：上海译文出版社，2011.

[40] 王三庆，等.日本汉文小说丛刊：第一辑：第四册[M].台北：台湾学生书局，2003.

[41] 朱之瑜.朱舜水全集[M].北京：中国书店，1991.

[42] 魏庆之.诗人玉屑[M].王仲闻，点校.北京：中华书局，2007.

[43] 朱莉丽.行观中国：日本使节眼中的明代社会[M].上海：复旦大学出版社，2013.

[44] 张廷玉，等.明史[M].北京：中华书局，1974.

[45] 张哲俊.中国古代文学中的日本形象研究[M].北京：北京大学出版社，2004.

[46] 朱谦之.日本的朱子学[M].北京：人民出版社，2000.

[47] 朱谦之.日本哲学史[M].北京：人民出版社，2002.

[48] 王晓平.亚洲汉文学[M].天津：天津人民出版社，2001.

[49] 王晓平.东亚文学经典的对话与重读[M].上海：复旦大学出版社，2011.

[50] 王勇，大庭修.中日文化交流史大系：典籍卷[M].杭州：浙江人民出版社，1996.

(二) 期刊

[1] 陈小法.日本"神国思想"与元明时期的中日关系[J].许昌学院学报，2005（1）.

[2] 陈小法.琉球"己酉倭乱"与明代东亚局势推演之研究：兼

论琉球的历史归属[J].浙江社会科学,2015(11).

[3]陈学超.论中国现当代文学的经典建构[J].陕西师范大学学报(哲学社会科学版),2007(1).

[4]陈志刚.先秦时期的华夷观念及其演变[J].学术研究,2015(6).

[5]陈志刚.秦汉至明清时期北部中国华夷观念演变的几个特点:兼论华夷观在华夷族群封贡体系中的地位[J].学习与探索,2016(4).

[6]党芳莉.吕洞宾传说的早期形态及其在宋元之际的拓展[J].上海财经大学学报,2001(4).

[7]董灏智.江户-明治文学家对"郑成功形象"的日本化建构:兼论中日视野下"郑成功形象"的变迁[J].文学评论,2019(6).

[8]葛兆光.文化间的比赛:朝鲜赴日通信使文献的意义[J].中华文史论丛,2014(2).

[9]谷惠萍,张雨轩.日本军队歌曲《元寇》与甲午战争日军精神动员[J].抗日战争研究,2018(3).

[10]韩东育.日本对外战争的隐秘逻辑(1592—1945)[J].中国社会科学,2013(4).

[11]何芳川."华夷秩序"论[J].北京大学学报(哲学社会科学版),1998(6).

[12]寇淑婷.文本与史实之乖离:论《国姓爷合战》中的"郑成功"[J].励耘学刊,2021(1).

[13]寇淑婷,曹顺庆.郑成功的身份认定与挪位:以中日文人的不同书写为中心[J].河南大学学报(社会科学版),2020,60(1).

[14]寇淑婷,曹顺庆.日本的郑成功形象建构及其对台湾的文化

殖民［J］．四川大学学报（哲学社会科学版），2021（2）．

［15］寇淑婷．日本的"郑成功文学"与"华夷变态"思想［J］．上海师范大学学报（哲学社会科学版），2022，51（4）．

［16］廖肇亨．高泉与温泉：从高泉性潡看晚明清初渡日华僧的异文化接触［J］．长江学术，2017（3）．

［17］栾凡．明代中朝朝贡礼仪的制度化［J］．社会科学战线，2008（12）．

［18］廖荣发．鸿胪馆里文章盛 远人自来证中华：试论鸿胪馆中的"华夷思想"与"文章经国"［J］．域外汉籍研究集刊，2014（2）．

［19］刘建强．日本古代对华外交中的遣隋（唐）使［J］．唐都学刊，2008（4）．

［20］刘少东．儒学在日本变异考论：以"忠孝观"为中心［J］．日语学习与研究［J］．2010（5）．

［21］刘芳亮．风说情报与江户时代的中国现实题材文学：以朱一贵起义传闻为例［J］．解放军外国语学院学报，2017，40（2）．

［22］刘晓峰，龚卉．江户时期日本对中国传统史学的吸收与改造：以《大日本史》编纂为例［J］．南开学报（哲学社会科学版），2019（2）．

［23］刘晓露．1609年萨琉之役原因探析［J］．黑龙江史志，2011（21）．

［24］刘迎秋．日藏稀见本《靖台实录》文献价值考［J］．广东社会科学，2022（2）．

［25］目黑将史，霍君．"萨琉军记"描述的侵略琉球：解读与异国交战的历史叙述［J］．日语学习与研究，2017（3）．

［26］欧明俊．神仙吕洞宾形象的演变过程［J］．中国典籍与文化，

2002（2）．

［27］滕宇鹏，刘恒武．明代日本、朝鲜的中国认知：以策彦周良、崔溥为中心的考察［J］．当代韩国，2016（3）．

［28］邱岭．试论《三国演义》与《太平记》中战争描写的异同［J］．福建师范大学学报，1989（6）．

［29］邱岭．辞世之歌：《太平记》中日本武士的生死观［J］．日本学研究，1998（7）．

［30］邱岭．《史记·项羽本纪》与《太平记》中的楚汉故事［J］．外国文学研究，1994（2）．

［31］仇梓萱．儒家思想对日本忠臣观的影响：以楠木正成为例［J］．文化学刊，2019（7）．

［32］小秋元段．『太平記』における歴史叙述と中国故事［J］．日本学研究，2013（0）．

［33］王静波．论中国道教对日本七福神信仰的影响［J］．中国道教，2009（4）．

［34］王向远．江户时代日本民间文人学者的侵华迷梦：以近松门左卫门、佐藤信渊、吉田松阴为例［J］．重庆大学学报（社会科学版），2008（4）．

［35］武鹏，高文汉．吉川英治《三国志》底本问题考究：兼考《通俗三国志》的底本问题（J）．学术界，2016（7）．

［36］吴光正．佛道争衡与吕洞宾飞剑斩黄龙故事的变迁［J］．文学遗产，2005（4）．

［37］袁家冬．日本萨摩藩入侵琉球与东亚地缘政治格局变迁［J］．中国社会科学，2013（8）．

［38］于君．《太平记》中的武士形象：以"忠"和"孝"为中心

[J].日语学习与研究,2020(2).

[39]张博.《国姓爷合战》的创作依据与主题思想[J].外国问题研究,2011(3).

[40]张静宇.元代帝师和《太平记》中的西蕃帝师[J].暨南史学,2019(2).

[41]张静宇.古代日本对中国革命思想的接受和变异[J].广东外语外贸大学学报,2016,27(6).

[42]张静宇.《太平记》中三国故事的来源和意图[J].天中学刊,2018,33(2).

[43]张静宇.元日战争和日本中世文学中的中国形象[J].中国文化研究,2022(2).

[44]张崑将.从东亚视域看郑成功形象的"中华"意识之争[J].深圳社会科学,2020(2).

[45]张龙妹.《源氏物语》《桐壶》卷与《长恨歌传》的影响关系[J].日语学习与研究,2007(4).

[46]张隆溪.记忆,历史,文学[J].外国文学,2008(2).

[47]张晓希.中国文化的传播者:日本的五山禅僧[J].日语学习与研究,2013(1).

[48]张哲俊.《太平记》中三国故事的文献来源考察[J].内蒙古大学学报(哲学社会科学版),2010(5).

[49]张真.《太平记》中的三国故事来源再考察[J].明清小说研究,2014(2).

[50]赵东一,李丽秋.东亚文明的再认识[J].国际汉学,2012(1).

[51]赵季玉.汉诗、和歌与神风:论谣曲《白乐天》的白居易叙

事［J］.外国文学评论，2021（4）.

［52］朱莉丽.日本遣明使笔下的江南城市生活：以对文人生活的刻画为中心［J］.东岳论丛，2013，34（7）.

［53］朱稀元，梁超，刘炳森，等.永乐宫壁画题记录文［J］.文物.1963（8）.

［54］庄佩珍.日本丰臣政权时期外交文书中所见"神国思想"的发展与创新：兼论中国典籍对日本思想文化发展的影响［J］.福建师范大学学报（哲学社会科学版），2010（1）.

［55］庄佩珍.从日本文化的特质看杨贵妃传说的创新［J］.福建师范大学学报（哲学社会科学版），2012（5）.

二、日文文献（按五十音图顺序）

（一）著作

［1］相良亨.近世儒家文集集成：第5巻［M］.東京：ぺりかん社，1985.

［2］相良亨.近世儒家文集集成：第12巻：上［M］.東京：ぺりかん社，1997.

［3］青木輔清.絵本朝鮮征伐記［M］.東京：同盟舎，1887.

［4］荒野泰典，石井正敏，村井章介.律令国家と東アジア［M］.東京：吉川弘文館，2011.

［5］安積覚.大日本史賛藪［M］.頼山陽，鈔.京都：平楽寺，1869.

［6］池田利夫，校注訳.浜松中納言物語［M］.東京：小学館，2001.

［7］池宮正治，小峯和明.古琉球をめぐる文学言説と資料学：

東アジアからのまなざし［M］．東京：三弥井書店，2010．

［8］伊藤聡．神道とは何か：神と仏の日本史［M］．東京：中央公論新社，2012．

［9］伊藤正義，校注．謡曲集［M］．東京：新潮社，1988．

［10］井上哲次郎，蟹江義丸．日本倫理彙編：巻七［M］．東京：育成会，1903．

［11］井上泰至，金時徳．秀吉の対外戦争：変容する語りとイメージ：前近代日朝の言説空間［M］．東京：笠間書院，2011．

［12］井上泰至．近世日本の歴史叙述と対外意識［M］．東京：勉誠出版，2015．

［13］市古貞次，校注訳．平家物語［M］．東京：小学館，1994．

［14］岩佐正，時枝誠記．神皇正統記　増鏡［M］．東京：岩波書店，1965．

［15］上田設夫，注釈．梁塵秘抄全注釈［M］．東京：新典社，2001．

［16］鵜飼信之．明清闘記［M］．大阪：柏原屋清右衛門，1661．

［17］海津一朗．楠木正成と悪党：南北朝時代を読みなおす［M］．東京：筑摩书房，1999．

［18］榎本渉．南宋・元代日中渡航僧伝記集成—付江戸時代における僧伝集積過程の研究［M］．東京：勉誠出版，2013．

［19］大関定祐．朝鮮征伐記：1［M］．東京：国史研究会，1916．

［20］大田錦城．錦城文録［M］．江戸：和泉屋金右衛門，1858．

［21］梶原正昭，大津雄一，野中哲照，校注訳．曽我物語［M］．東京：小学館，2002．

［22］上村観光．五山文学全集：第一巻［M］．東京：思文

閣，1973.

[23] 上村觀光. 五山文学全集：第三巻［M］. 東京：思文閣，1973.

[24] 韓京子. 近松時代浄瑠璃の世界［M］. 東京：ぺりかん社，2019.

[25] 北島万次. 豊臣政権の対外認識と朝鮮侵略［M］. 東京：校倉書房，1990.

[26] 金時德. 異国征伐戦記の世界：韓半島・琉球列島・蝦夷地［M］. 東京：笠間書院，2010.

[27] 近藤瓶城. 史籍集覧：歴代皇紀［M］. 京都：臨川書店，1967.

[28] 近藤瓶城. 改定史籍集覽：善隣國寶記［M］. 東京：臨川書店，1984.

[29] 近藤春雄. 長恨歌・琵琶行の研究［M］. 東京：明治書院，1981.

[30] 黒板勝美. 吾妻鏡［M］. 東京：吉川弘文館，1968.

[31] 小秋元段. 太平記・梅松論の研究［M］. 東京：汲古書院，2005.

[32] 桑田忠親. 太閤記の研究［M］. 東京：德間書店，1965.

[33] 後藤丹治，釜田喜三郎，校注. 太平記［M］. 東京：岩波書店，1960.

[34] 国民図書株式会社. 日本随筆全集：第5巻［M］. 東京：国民図書株式会社，1927.

[35] 国民図書株式会社. 近代日本文学大系：第12巻［M］. 東京：国民図書株式会社，1927.

[36] 小島憲之，校注訳. 日本書紀［M］. 東京：小学館，1994.

[37] 小沢正夫，松田成穂，校注. 古今和歌集［M］. 東京：小学館，1994.

[38] 湖南文山. 通俗三國志［M］. 東京：有朋堂書店，1912.

[39] 小山忠雄. 教育勅語と国民精神［M］. 東京：北海出版社，1931.

[40] 佐藤進一. 南北朝の動乱［M］. 東京：中央公論社，1965.

[41] 佐伯真一.「武国」日本：自国意識とその罠［M］. 東京：平凡社，2018.

[42] 桜井徳太郎，萩原竜夫，宮田登，校注. 日本思想大系：第20巻［M］. 東京：岩波書店，1975.

[43] 下川玲子. 北畠親房の儒学［M］. 東京：ぺりかん社，2001.

[44] 信太周，犬井善壽，校注訳. 保元物語 平治物語［M］. 東京：小学館，2002.

[45] 菅野禮行，校注訳. 和漢朗詠集［M］. 東京：小学館，1999.

[46] 崇文院. 慊堂全集［M］. 東京：崇文院，1926.

[47] 鈴木彰，三澤裕子. いくさと物語の中世［M］. 東京：汲古書院，2015.

[48] 杉山藤次郎. 豊臣再興記：仮年偉業［M］. 東京：自由閣，1887.

[49] 禪學大系編撰局. 禪學大系：祖錄部：第4巻［M］. 東京：一喝社，1911.

[50] 叢文社. 北方未公開古文書集成［M］. 東京：叢文社，

1978：44.

[51] 雜賀博愛，監修．吉田松陰集［M］．東京：興文社，1943.

[52] 太平記国際研究集会．『太平記』をとらえる 第三卷［M］．東京：笠間書院，2016.

[53] 高須芳次郎．水戸学全集：第五編［M］．東京：日東書院，1933.

[54] 高楠順次郎．大正新修大藏經：第80卷［M］．東京：大正新修大藏經刊行會，1961.

[55] 滝本誠一．日本経済叢書：卷三十三［M］．東京：日本経済叢書刊行会，1917.

[56] 竹内理三．鎌倉遺文：古文書編第十四卷［M］．東京：東京堂出版，1971.

[57] 玉村竹二．五山文学新集：第二卷［M］．東京：東京大学出版會，1968.

[58] 玉村竹二．五山文学新集：第四卷［M］．東京：東京大学出版会，1970.

[59] 近松全集刊行会．近松全集：第十卷［M］．東京：岩波書店，1989.

[60] 近松全集刊行会．近松全集：第十二卷［M］．東京：岩波書店，1990.

[61] 中世禅籍叢刊編集委員会．中世禅籍叢刊：第7卷［M］．東京：臨川書店，2016.

[62] 塚本哲三．山鹿素行文集［M］．東京：有朋堂書店，1914.

[63] 津阪孝綽．忠聖録［M］．大阪：大阪府立図書館同人会，1935.

[64] 鄭杜熙. 壬辰戦争: 16世紀日・朝・中の国際戦争 [M]. 東京: 明石書店, 2008.

[65] 鄭秉哲, 等. 訳註球陽 [M]. 東京: 三一書房, 1971.

[66] 德田武. 日本近世小説と中国小説 [M]. 東京: 青裳堂書店, 1987.

[67] 東京大學史料編纂所. 後愚昧記 [M]. 東京: 岩波書店, 1992.

[68] 時枝誠記, 木藤才藏, 校注. 神皇正統記 増鏡 [M]. 東京: 岩波書店, 1965.

[69] 德橋達典. 吉川神道思想の研究 吉川惟足の神代巻解釈をめぐって [M]. 東京: ぺりかん社, 2013.

[70] 鳥越文藏, 等校注訳. 近松門左衛門集: 3 [M]. 東京: 小学館, 2000.

[71] 長胤. 古学先生詩集 [M]. 東京: 玉樹堂, 1717.

[72] 中野幸一, 校注訳. 紫式部日記 [M]. 東京: 小学館, 1994.

[73] 中村幸彦. 日本古典文学大辞典 [M]. 東京: 岩波書店, 1985.

[74] 长尾直茂. 本邦における三国志演義受容の諸相 [M]. 東京: 勉誠出版, 2019.

[75] 永積安明, 島田勇雄, 校注訳. 保元物語 [M]. 東京: 岩波書店, 1961.

[76] 南浦紹明. 南浦文集 [M]. 日本国立国会图书馆电子书, 1625.

[77] 日本随筆大成編輯部. 関秘録 牛馬問 [M]. 東京: 吉川弘

文館，1977.

[78] 野間光辰. 近世芸苑譜 [M]. 東京：八木書店，1985：224.

[79] 長谷川段，校注. 太平記：3 [M]. 東京：小学館，1996.

[80] 長谷川端，校注. 太平記：4 [M]. 東京：小学館，1998.

[81] 長谷山峻彦. 学芸会用児童劇集：文部省小学唱歌準拠 [M]. 東京：大正書院，1930.

[82] 長谷川端. 太平記の時代 [M]. 東京：新典社，2004.

[83] 林子平. 海国兵談 [M]. 東京：図南社，1916.

[84] 林春勝，林信篤. 華夷変態 [M]. 東京：東洋文庫，1958.

[85] 塙保己一. 羣書類従：第2輯 [M]. 東京：書類従刊行会，1952.

[86] 塙保己一. 続群書類従伝部：第9輯：下 [M]. 東京：続群書類従完成会，1957.

[87] 塙保己一，編. 太田藤四郎，補続. 羣書類従補遺：満済准后日記 [M]. 東京：続群書類従完成会，1958.

[88] 塙保己一，編. 太田藤四郎，補続. 羣書類従補遺：看聞御記 [M]. 東京：続群書類従完成会，1958.

[89] 塙保己一. 続群書類従：第13輯 [M]. 東京：経済雑誌社，1959.

[90] 檜谷昭彦，江本裕，校注. 太閤記 [M]. 東京：岩波書店，1996.

[91] 藤原定家. 松浦宮物語 [M]. 東京：小学館，1999.

[92] 佛書刊行會. 大日本佛教全書：96 [M]. 東京：名著普及會，1982.

[93] 牧田諦亮. 策彦入明記の研究 [M]. 東京：臨川書店，

2016.

［94］堀正意．通俗日本全史：第20卷［M］．東京：早稲田大学出版部，1913.

［95］堀田麦水．琉球属和録［M］．日本国立国会图书馆电子书，1766.

［96］増田欣．中世文藝比較文学論考［M］．東京：汲古書院，2002.

［97］松尾善弘．西郷隆盛漢詩全集［M］．東京：斯文堂，2010.

［98］松尾葦江，校注．源平盛衰記：二［M］．東京：三弥井書店，1991.

［99］松尾葦江．平和の世は来るか：太平記．東京：花鳥社2019.

［100］三木紀人，校注．方丈記 発心集［M］．東京：新潮社，1976.

［101］南鶴基．蒙古襲来と鎌倉幕府［M］．東京：臨川書店，1996.

［102］三村昌義．白居易研究講座：第四卷．東京：勉誠社，1994.

［103］宮田南北．絵本琉球軍記［M］．東京：永昌堂，1887.

［104］宮田脩述．東洋倫理學史書解題［M］．東京：早稲田大学出版部．1900.

［105］村井章介，須田牧子．笑雲入明記：日本僧の見た明代中国［M］．東京：平凡社，2010.

［106］村井弦斎．鎧の風［M］．東京：春陽堂，1898.

［107］明治聖德記念学会研究所．琉球神道記［M］．東京：明世

堂書店，1943.

[108] 目黒将史．薩琉軍記論：架空の琉球侵略物語はなぜ必要とされたのか［M］．東京：文学通信，2019.

[109] 森茂暁．中世日本の政治と文化［M］．東京：思文閣出版，2006.

[110] 山口佳紀，神野志隆光，校注訳．古事記［M］．東京：小学館，1997.

[111] 屋良朝陳．喜安日記［M］．琉球王代文献頒布会，1940.

[112] 柳川市史編集委員会．安東省菴集［M］．柳川：柳川文化資料集成，2002.

[113] 横田きよ子．外国地名受容史の国語学的研究［M］．東京：和泉書院，2019.

[114] 類聚伝記大日本史：第八巻［M］．東京：雄山閣，1936.

[115] 鷲尾順敬，校注．太平記［M］．東京：刀江書院，1943.

[116] 早稲田大学編輯部．通俗日本全史：第20巻［M］．東京：早稲田大学出版部，1913.

[117] 渡辺乙羽，校訂．其磧自笑傑作集：上巻［M］．東京：博文館，1904.

[118] 明清軍談：上巻［M］．東京：潤生舎，1883.

[119] 明清軍談：国姓爺忠義伝［M］．京都：田中荘兵衛，1717.

[120] 槇不二夫．文天祥・藤田東湖・吉田松陰正気歌詳解［M］．東京：文禄堂，1904.

[121] 黄檗文化研究所高泉全集編纂委員会．高泉全集：第三巻［M］．京都：黄檗山万福寺文华殿，2014.

（二）期刊

［1］新井孝重．「不思議」の人楠木正成［J］．アナホリっシュ國文学，2019（8）．

［2］荒木浩．政治的寓意としての能：「白楽天」をめぐって［J］．大阪大学大学院文学研究科紀要，2010（50）．

［3］伊川健二．国姓爺合戦にみる異国観［J］．Waseda RILAS Journal，2021（10）．

［4］石井正敏．大伴古麻呂奏言について：虚構説の紹介とその問題点［J］．法政史学，1983（1）．

［5］井上厚史．『国姓爺合戦』から『漢国無体 此奴和日本』へ：江戸時代における華夷観の変容［J］．同志社国文学，2003（3）．

［6］岡見正雄．白河印記と兵法［J］．国語国文，1958（11）．

［7］川添昭二．蒙古襲来と中世文学［J］．日本歴史，1973（7）．

［8］神田正行．唐土の八仙と『南総里見八犬伝』［J］．日本語・日本学研究，2013（1）．

［9］菊地仁．和歌陀羅尼致［J］．伝承文学研究，1983（28）．

［10］北村昌幸．『太平記』貞和4年記事の構成：宝剣進奏説話を中心に［J］．国語と国文学，1997（12）．

［11］邱岭．中日古典小説の叙事法について：『水滸伝』と『南総里見八犬伝』の人物設定を例に［J］．中京国文学26号，2007．

［12］金時徳．『鎮西琉球記』・『絵本琉球軍記』の研究：琉球軍記物と朝鮮軍記物との接点として［J］．日本文学，2009（5）．

［13］倉員正江．「明清軍談国姓爺忠義伝」をめぐって［J］．国文学研究，1985（3）．

[14] 倉員正江.『国姓爺明朝太平記』の方法：近松と其磧との間[J]. 京都語文, 2001 (5).

[15] 黒石陽子.「国姓爺合戦」考：3段目の老母像を中心に[J]. 言語と文芸, 1988 (2).

[16] 小秋元段.『太平記』巻三十六、細川清氏失脚記事の再検討[J]. 日本文学誌要69号, 2004.

[17] 小口雅史. 古代東アジア世界のなかの日本の自国認識：大唐帝国は日本律令国家の「隣国」か「蕃国」か[J]. 国際日本学, 2013 (10).

[18] 小峯和明. 琉球文学と琉球をめぐる文学--東アジアの漢文説話・侵略文学[M]. 日本文学, 2004 (4).

[19] 崔官. 近松門左衛門の『本朝三国志』に関する考察」[J]. 日本文化学報, 1997 (10).

[20] 崔官. 朝鮮軍記物の展開様相についての考察[J]. 語文, 2004 (3).

[21] 崔官. 鄭成功から和藤内へ：近松の『国姓爺合戦』を中心に[J]. 東アジア文化交渉研究, 2012 (2).

[22] 田中尚子.『通俗三国志』試論：軍記の表現の援用とその指向性(J). 国文学研究, 2003 (6).

[23] 田中正人.『太平記』の蒙古襲来記事周辺からみるその対外意識の一端[J]. 同志社国文学, 2007 (66).

[24] 張小鋼. 白楽天と住吉明神との邂逅：十八世紀の日本人における中国文化受容の意識[J]. 名古屋大學中國語學文學論集, 2007 (19).

[25] 張静宇.『太平記』と呂洞賓の物語[J]. 軍記と語り物,

2016（52）．

［26］鶴巻由美．『延慶本平家物語』の神功皇后譚［J］．国語国文，2012（9）．

［27］長尾直茂．江戸時代元禄期における『三国志演義』翻訳の一様相・続稿（J）．国語国文，1998（10）．

［28］中村忠行．「台湾軍談」と「唐船噺今国姓爺」［J］．天理大学学報，1970（3）．

［29］中村格．教材としての太平記：天皇制教育への形象化［J］．日本文学，1982（1）．

［30］中村格．天皇制教育と正成像：「幼学綱要」を中心に［J］．日本文学，1990（1）．

［31］中村格．天皇制教育と太平記――正成・正行像の軌跡［J］．日本文学，1996（3）．

［32］林进．雪村の呂洞寳図について：その主題とモティーフを中心に―［J］．大和文華第，1978（63）．

［33］樋口大祐．「神国」の破砕：『太平記』における「神国/異国」［J］．日本文学，2001（7）．

［34］松浦章．清代台湾朱一貴の乱の日本伝聞［J］．満族史研究，2002（5）．

［35］向井芳樹．近松の時代浄るりの劇空間：「国姓爺合戦」をめぐって［J］．國文學：解釈と教材の研究，1985（2）．

［36］村井章介．雪舟等楊と笑雲瑞訢：水墨画と入明記にみる明代中国［J］．東洋文化研究所紀要，2011（12）．

［37］目黒将史．〈薩琉軍記〉について［J］．史苑，2010（3）．

［38］目黒将史．架蔵『島津琉球合戦記』解題と翻刻［J］．立教

大学大学院日本文学論叢，2010（10）．

　　[39] 森田貴之．『太平記』と元詩：成立環境の一隅 [J]．国語国文，2007（2）．

　　[40] 矢野美沙子．為朝伝説と中山王統 [J]．沖縄文化研究，2010（3）．

　　[41] 山下則子．江戸における『国姓爺合戦』の受容：浄瑠璃抄録物草双紙の視点から [J]．近松研究所紀要，2003（13）．

　　[42] 山田尚子．拡大する范蠡像：商人と釣翁 [J]．和漢比較文学，2003（8）．

　　[43] 山田尚子．伍子胥と范増：『太平記』巻二十八所引漢楚合戦譚をめぐって [J]．芸文研究，2005（88）．

　　[44] 和田琢磨．『太平記』における<天皇>と足利将軍：『明徳記』『応永記』を視野に入れつつ [J]．古典遺産，2003（9）．

后　记

　　本书是我主持的北京市社会科学基金项目"13—19世纪中期日本文学中的中国形象研究"（20WXC014）成果。虽然本书即将出版，但还有许多需要完善的地方，如对比较文学形象学理论的把握还不够，跨学科的视野研究日本古代文学中的中国形象还存在很大欠缺、从整体上论述13—19世纪中期日本文学中的中国形象也很不充分、未能完全揭示日本在塑造"中国形象"时对"本土意识"的建构过程和模式等。恳请专家同行批评指教！

　　在本书出版之际，我又回想起了往昔求学时光。高中毕业离开故乡已20多年，虽然每年会回老家，但待的时间都不长。我先后在福州、北京、东京等地求学，而后又在北京工作。无论是在四季温暖的南方，还是在暖气充足的北京，抑或是在全年绝大部分气温0℃以上的东京，每到冬天，我总会想起故乡的冬天。20世纪80、90年代的冬天比现在要冷些，农村也比较落后，冬天取暖靠火炉或用柴火烤火。那时候，小孩的手甚至脸在冬天都会被冻裂，但每逢下雪，小孩们滚雪球、打雪仗、从土坡往下滑、玩"挤暖和"等十分开心。那时，我上初中就开始住校了，周末顶着凛冽的北风，骑着自行车回家，遇到下雪时只能步行。有时从家里带点馒头和酱豆，在学校就着热开水就是一顿饭，当时并不觉得苦。上高中后，学业压力越来越大，有时一个月回家一次。记得一次下大雪，课间我正在教室和同学说话，听到有人说我母亲来看我，让我下楼。我下楼后看到母亲给我送来了棉衣棉袜，并给我买了一个热腾腾的红薯。其实我带到学校的棉衣足够穿，但是母亲怕我受冻，冒着大雪骑十几里的自行车，路上多次摔倒也要过来。高中宿舍的条件也没那么好，窗户是用塑料膜封起来的，一旦破了后，冷风就会吹进宿舍，半夜都会被冻醒。参加高考那年的寒假，我和几位同学从家里带了馒头、酱豆、咸菜，买了方便面，一起在学校备考直到除夕那天才回家。记得除夕那天与回家方向相同的同学一起步行了两个小时左右才到家，当时还下着雪，路上多次滑倒，但我们一路上欢声笑语，对未来充满无限的希望。高中的语文课本学到元末明初政治家、文学家宋濂的《送东阳马生序》，心有戚戚焉，记得当时早读时我反复朗读。至今我仍能背诵其中的"余幼时即嗜学。家贫，无从致书以观，每假借于藏书之家，手自笔录，计日以还。天大寒，砚冰坚，手指不可屈伸，弗之怠。录毕，走送之，不敢稍逾约……当余之从师也，负箧曳屣行深山巨谷中，穷冬烈风，大雪深数尺，足肤皲裂而不知。至舍，四支僵劲不能动，媵人持汤沃灌，以衾拥覆，久而乃和"。每到冬天，我也时常会找出这篇古文再温习下。与其说我喜欢在冬天读宋濂的这篇文章，倒不如说是怀念在故乡度过的往昔岁月。如今，全球气候变暖，故乡冬天已没有小时候那样寒冷，加上生活条件得到提高，家家户户有了各种各样的取暖设施，也基本没有了手脸被冻伤的情况，但我总不自觉地想起以往读书求学时的不易。

感谢首都师范大学外国语学院刘营书记、王宗琥院长、杜维平教授。本书在三位老师的关怀与帮助下才得以最终出版，尤其是刘营老师多次跟学校财务的管理人员沟通才使出版经费顺利完成报销。在此特别感谢刘营老师！感谢父母帮我照顾孩子免除我的后顾之忧，使我能够安心读书、写论文。父母已是古稀之年，祝愿父母身体健康！

2025 年 2 月于北京甘家口